KATRIN JÄGER

Jagdgrund

Buch

Viktoria Latell, die Berliner Polizeireporterin mit den langen Beinen und dem Instinkt für gute Geschichten, ist seit ihrem letzten Fall mit Kai, dem Landarzt aus Westbevern, zusammen. Nach einem überflüssigen Streit geht Kai Joggen und taucht nicht wieder auf. Und auch wenn sein Verhalten so gar nicht zu ihm passt, ärgert sich Viktoria zunächst nur über sein Verschwinden und beschäftigt sich intensiv mit dem Aufbau ihrer eigenen Nachrichtenagentur, die sie *Goldeber* nennt. Gleichzeitig taucht ein junger Student aus Münster auf, der ihr von ihrem Kollegen Charly empfohlen wird. Hagen ist ehrgeizig, taff, und er hat eine echte Polizeireportergabe. Es dauert nicht lange, bis er eine 1-a-Geschichte mit exklusiven Fotos für ihr Nachrichtenmagazin liefert: In Münster ist eine Studentin verschwunden, deren Fahrrad ganz in der Nähe gefunden wurde. Viktoria hat es Hagen zu verdanken, dass ihre Agentur von der Branche schnell wahrgenommen wird. Noch dazu sieht er gut aus und ist clever.

Doch Viktoria kann nicht aufhören, über das Verschwinden von Kai nachzugrübeln, und versucht, mehr über seine letzten Tage in Westbevern herauszufinden. Nichts ahnend, dass dieser ganz in der Nähe um sein Leben kämpft …

Autorin

Katrin Jäger wurde 1970 in Münster geboren und wuchs in dem nahe gelegenen Dorf Westbevern-Vadrup auf. Nach ihrem Publizistik-Studium volontierte sie an der Berliner Journalisten-Schule und arbeitete danach als Reporterin, Redakteurin und stellv. Ressortleiterin bei der *B.Z.*, Berlins größter Zeitung. Vor ein paar Jahren ging sie der Liebe wegen in ihr Heimatdorf zurück und lebt dort mit ihrer Familie in einem Haus mitten auf einer Wiese.

Von Katrin Jäger sind bereits erschienen:

Schützenkönig (37766)
Luderplatz (37925)

Katrin Jäger

Jagdgrund

Roman

blanvalet

Die Handlung und alle handelnden Personen sind frei erfunden.
Jegliche Ähnlichkeit mit lebenden oder realen Personen
wäre rein zufällig.

MIX
Papier aus verantwortungsvollen Quellen
FSC® C014496
FSC www.fsc.org

Verlagsgruppe Random House FSC® N001967
Das für dieses Buch FSC®-zertifizierte Papier *Holmen Book Cream*
liefert Holmen Paper, Hallstavik, Schweden.

1. Auflage
Originalausgabe Mai 2014 bei Blanvalet, einem Unternehmen
der Verlagsgruppe Random House GmbH, München

Umschlaggestaltung: © Johannes Wiebel | punchdesign,
unter Verwendung von Motiven von Shutterstock.com
Redaktion: Gerhard Seidl, text in form
UE · Herstellung: sam
Satz: Uhl + Massopust, Aalen
Druck und Einband: GGP Media GmbH, Pößneck
Printed in Germany
ISBN: 978-3-442-38330-6

Besuchen Sie uns auch auf www.facebook.com/blanvalet und
www.twitter.com/BlanvaletVerlag.
www.blanvalet.de

»Um zu leben, nicht um zu sterben,
hat Manitu uns geschaffen.«
Winnetou in Winnetou II

Prolog

Das Bettlaken war weiß. Und es roch sauber. Sauber und hygienisch rein. Sie muss das Bett frisch bezogen haben, bevor sie in ihren letzten, nie endenden Schlaf fiel.

Die Bettdecke lag aufgeschlagen über ihr, sodass ihr mintgrünes Pyjamaoberteil zu sehen war. Ihre dunklen Haare lagen um ihr Gesicht verteilt wie ein Kranz. Ihr Haaransatz war grau, es wäre wieder Zeit gewesen für eine Tönung.

Dafür hatte ihr Gesicht Farbe. Aber keine schöne. Es war bläulich angelaufen. Die Gesichtshaut war mit kleinen Punkten übersät, die so aussahen wie Flohstiche. Bei genauerem Hinsehen sah man die kleinen Blutungen auch in den Bindehäuten der Augen.

Er beugte sich über sie. Ein letztes Mal noch. Er roch den Weichspüler, dessen sauberer Duft aus ihrer Bettwäsche in seine Nase stieg. Er roch ihren Schweiß, was gar nicht unangenehm war. War es doch zutiefst menschlich, im Angesicht des Todes zu schwitzen.

Er widerstand dem Drang, sie mit bloßen Fingern zu berühren. Vorhin, mit den dünnen Latexhandschuhen, hatte er alles angefasst. Gerade vorsichtig genug, damit niemand wissen würde, dass er hier gewesen war. Und doch wollte er sich einprägen, wie sich ihre Haare an-

fühlen, ihre Wangen, ihre Hände, wenn sie tot sind. Ihre Brüste zeichneten sich unter dem Pyjamaoberteil ab, mit seinem Zeigefinger hatte er sanft die Konturen nachgemalt – wie ein schüchterner Liebhaber.

Die Handschuhe steckte er in seine Jackentasche. Es wurde Zeit zu gehen.

Er stand vor ihrem Bettende und betrachtete das Gesamtbild. Er wollte es sich einprägen, und gleichzeitig wollte er es vergessen. Er versuchte, nicht auf den hellblauen schmalen Schal zu schauen, der sich viel zu eng um ihren schlanken Hals geschlungen hatte. Viel zu eng.

Er hörte sich selbst atmen. Er wollte zu ihr gehen, den Knoten des Schals lösen. Er trat neben das Bett, beugte sich über sie und ließ es bleiben. Zu spät. Es war ohnehin zu spät. Er drehte sich um. Öffnete die Tür mit dem Ellenbogen, um keine Spuren zu hinterlassen, und ging.

Draußen wartete der Freund, der ihm noch etwas geschuldet hatte. »Und?«, fragte er.

»Geil«, sagte er.

1. Kapitel

Winnetou sah wie aus dem Ei gepellt aus. Die Haare waren akkurat frisiert, so als hätte er sie vorher noch mit dem Wunderöl geglättet, auf das im Moment alle Hollywood-Stars schworen und das es bei Rossmann für ein oder zwei Euro zu kaufen gab. Die Klamotten waren viel zu sauber und saßen, als wären sie gerade erst gebügelt worden. Viktoria gähnte und griff nach der Fernbedienung. Der Indianerheld ihrer Kindheit in HD-Qualität, das ging einfach nicht, fand sie. Selbst die Berge im Hintergrund, die ja eigentlich echt waren, wirkten im hochaufgelösten Fernsehformat wie Pappkulissen.

Mit einem lauten Schmatzer wechselte der Fernseher das Programm. *Formel 1*. Viktoria ließ es wieder schmatzen. *Plötzlich Prinzessin*.

Kai jammerte. »Was hast du gegen Karl May?«

»Die sind mir da alle zu sauber geworden.« Viktoria wollte weiterschalten.

Kai schnappte nach der Fernbedienung. »Du spinnst, Frau Latell!«

»Das sieht alles viel zu scharf aus. Gar nicht mehr staubig und wild.«

»Ich sage ja, du spinnst.«

Viktoria krallte sich an der Fernbedienung fest.

Kai versuchte weiter, sie ihr zu entwenden.

Sie versteckte das Gerät hinter dem Rücken, er griff nach ihren Händen, hielt sie fest. Ihre Finger klammerten sich um das Plastik.

Sein Gesicht war direkt vor ihrem. »Staubig und wild, na, das kannst du haben«, flüsterte er ihr ins Ohr, während er sie noch fester in den Schwitzkasten nahm und küsste.

Sie ließ die Fernbedienung los, brauchte die Hände jetzt für andere Dinge.

Viktorias kleiner Rollkoffer stand schon im Flur, vor der Wohnungstür. Ihre Laptoptasche lehnte daneben. Sie hatte versucht, eine Reportage für den *Berliner Express* zu schreiben. Doch es war ihr nicht gelungen. Nicht mal der Einstiegssatz taugte zu irgendwas. Wenn sie hier war, hier in Westbevern, hier bei Kai, fühlten sich ihre Finger auf der Tastatur bleischwer an. Hier wollte sie keine Pflichten erledigen. Sondern einfach nur das Wochenende genießen. Die kurze Zeit nutzen, bevor sie wieder zurückfuhr in ihre Wohnung nach Kreuzberg, zu ihrer Arbeit als Polizeireporterin, in ihr anderes Leben.

»Du gehst *doch* noch joggen?« Ihre Stimme klang etwas spitz.

Kai verdrehte die Augen. Er war gerade dabei, sich seine Trainingshose über die Boxershorts zu ziehen. Dann griff er nach dem verwaschenen grünen T-Shirt, das er nur noch beim Sport trug. »Ja«, sagte er. »Nach der ganzen Rumgammelei muss ich mich einfach bewegen.« Er blickte auf das zerwühlte Bett. Aus den Lautsprechern drang gerade Old Shatterhands Stimme: »Gebt mir Feuerschutz, ich hol ihn raus!«

Viktoria stand in Unterwäsche in der Badezimmertür. »Na, *du* wolltest doch die ganze Zeit fernsehen.«

Kai zuckte mit den Schultern. Es war offensichtlich, dass er keine Auseinandersetzung wollte.

»In einer Stunde muss ich zum Bahnhof.« Sie klang vorwurfsvoll.

»Weiß ich. Ich kann ja auch später loslaufen«, antwortete Kai und schaute dabei Richtung Bildschirm.

Viktoria drehte sich um und verschwand wieder im Bad. Sie packte ihre Zahnbürste, das Deo und ihre spärlichen Schminkutensilien in ihre Kulturtasche. Sie war sauer. Kai durfte gleich draußen herumlaufen, während sie vier Stunden im Zug sitzen musste. Und wenn sie ihn am nächsten Wochenende würde sehen wollen, würde es genauso laufen. Sie schloss den Reißverschluss der Tasche und kam wieder ins Schlafzimmer.

Kai hatte sich wieder aufs Bett gelegt. Ohne sie anzusehen, sagte er. »Da könnte ich immer noch heulen.«

Viktoria folgte seinem Blick. Auf dem Bildschirm sah man Pierre Brice in Großformat. Er sagte: »Nun ist sein Herz leicht und voll von Frieden wie dieser See. Es ist erfüllt von Liebe zu Manitu. Und Winnetou weiß, dass sein Tod nicht mehr fern ist.«

»Dich scheint es ja gar nicht zu stören, dass ich gleich abfahre?«

Kai schaute auf. »Hey, Viktoria, was soll das? Ich kann nichts dafür, dass du in Berlin wohnst.«

»Ich kann aber auch nichts dafür, dass du hier wohnst.«

Kai stand auf und ging auf sie zu. »Wir sehen uns doch schon am Freitagabend wieder.«

»Freitagnacht, meinst du wohl eher.« Viktorias Magen tat weh. Sie wollte sich nicht streiten, aber es passierte. Ganz ohne ihr Zutun. Die Worte kamen aus ihrem Mund geflogen. »Glaubst du, mir macht es Spaß, dauernd im Zug zu hocken, weil du mal wieder Bereitschaft hast.« Sie wollte aufhören, doch ihre Zunge war schneller als sie. Gespaltene Zunge, würden Karl Mays Indianer dazu sagen.

»Dauernd?« Kai hob die Augenbrauen an. »Einmal! Bislang musstest *du* doch immer am Wochenende arbeiten.«

Ihr Hals wurde enger. Doch die Worte fanden trotzdem noch einen Weg nach draußen. »Das ist nun mal mein Job.«

»Meiner auch.«

Sie standen voreinander. Ratlos. Still. Wütend. Traurig.

Er hatte recht. Das nächste Wochenende war erst das zweite, an dem er Notdienst hatte, und sie deshalb gezwungen waren, in Westbevern zu bleiben. Trotzdem war sie öfter bei ihm gewesen als er bei ihr. Doch auch das war nicht seine Schuld. Sie war es, die ihre Online-Tickets gebucht hatte. Sie war es, die sich wohler mit ihm fühlte, wenn sie bei ihm war. Kai passte nicht nach Berlin. Kai passte nicht in ihre seltsame Welt. Diese Welt, die voll war mit Kollegen, deren Leben sich um ihre Arbeit drehte.

War er dabei, gaben sie sich Mühe, nicht über den *Express* zu reden. Fünf Minuten lang. Doch dann redeten sie doch über die absurden Ideen des Chefredakteurs, über Klatsch-Kiaras Botox-Gesicht, über die sinkenden Auflagen und den steigenden Druck. Kai versuchte mitzureden. Doch es gelang ihm nicht. Wie auch? Wäre Viktoria in eine Runde von Ärzten geraten, hätte sie auch nichts Kluges beitragen können. Sie hätte wahrscheinlich irgendwann von ihrer Platzwunde erzählt, die sie sich als Kind zugezogen hatte, weil sie auf dem Schulhof gegen einen Betonpfosten gerannt war. Die Ärzte hätten milde gelächelt und dann weiter über Medikamente, Kollegen, die Gesundheitspolitik gefachsimpelt.

Aber in Westbevern gab es keine Ärzte. Keinen außer Kai. Wenn sie hier bei ihm war, reichten sie sich oft zu zweit. Denn hier bei ihm, da war einfach nicht viel mehr. Und wenn sie sich doch einmal trafen, mit seinen Freunden, dann war es einfach für sie. Sie erzählte Geschichten aus Berlin, und alle hörten ihr zu. Die anderen erzählten von ihren Neffen, Kindern, alten Eltern, Fußballspielen, seltsamen Häusern im Neubaugebiet oder dem neuen Job – und sie hörte ihnen zu. Hier fachsimpelte niemand, hier war die Arbeit da, um Geld für das Leben zu verdienen. In Berlin war die Arbeit für viele das Leben selbst.

Sie kam gerne her. Doch sie hasste das Wegfahren. Und die Stunden davor. Wenn sie auf die Uhr schaute und die Minuten plötzlich im Sekundentakt liefen. Dieses Gefühl, in einem Vakuum gefangen zu sein, in dem sie nichts mehr machen konnte, weil sie so gelähmt war, weil sie nur daran denken konnte, dass sie gleich weg sein würde – es schlug ihr auf den Magen. Sie verplemperte kostbare Zeit mit dem Gelähmtsein, statt jede Sekunde zu nutzen. Plötzlich war jedes Wort, das sie oder er sagte, das letzte für eine Woche, das sie sich Angesicht zu Angesicht sagen konnten. Die Küsse wurden nicht mehr leidenschaftlich, weil gleich der Zug ging und keine Zeit mehr war für was auch immer. Man wollte nichts Banales mehr tun, wenn man nur noch ein paar Minuten hatte. Jedes Wort sollte sitzen. Aber natürlich ging genau das nicht. Sondern es ging, wie es gerade gegangen war. Kein Wort saß mehr. Sie sagten nur noch das Falsche.

Kai schaute auf die Uhr. »Ich glaube, ich brauche jetzt schon frische Luft … Kommst du mit?«

Sie schüttelte den Kopf und blickte zu Boden. »Ich habe gerade geduscht.« Sie biss sich auf die Unterlippe. Sie schaute nicht auf die Uhr, doch sie wusste auch so, dass die Zeit ihr im Nacken saß. Wenn er jetzt doch schon rausginge, um zu laufen, würde sie noch kürzer werden.

Er zog sich die Joggingschuhe an, ging zur Tür und schaute sich zu ihr um. »Ich bin gleich wieder da«, murmelte er und wartete auf ihre Reaktion.

Doch Viktoria blieb still. Sie sah ihn nicht an, sondern blickte auf den Flachbildschirm. Dort sagte ein alter Indianer, den Winnetou seinen weisen Vater nannte, gerade: »Mehr als das Recht bedeutet der Friede.« Kluger, weiser Mann, ging es ihr durch den Kopf. Doch seine graue Perücke sieht echt scheiße aus. Die Tür schloss sich. »Viel Spaß, wir sehen uns dann nächste Woche!«, rief sie ihm noch hinterher. Doch nach Spaß klang ihre Stimme dabei ganz und gar nicht.

Nach fünf Minuten ging ihr Puls wieder seinen normalen Gang. Sie wusste, dass Kai das einzig Richtige getan und ihnen beiden mit seinem Abgang eine kurze Verschnaufpause verschafft hatte. Es hatte wieder zu regnen begonnen. Seit Tagen ging das so. Eine halbe Stunde Sonne am Tag, dann tat der Mai wieder so, als sei er ein November. Sogar Bodenfrost hatten sie für die kommende Nacht angesagt. Das hatte sie an der Wursttheke des kleinen Lebensmittelladens aufgeschnappt, in dem sie am Samstagmorgen Brötchen und Aufschnitt gekauft hatte. »Bodenfrost! Dabei ist doch morgen Kommunion«, hatte die Wurstverkäuferin geschimpft, und die Kundin hatte traurig genickt. »Die armen Kinder. Holen sich ja den Tod bei der Kälte.« So schnell erfriert man nicht, hatte Viktoria gedacht, aber ebenfalls ein trauriges Gesicht gemacht. Gleich würde sie »Kommunion« googeln. Zwar wusste sie, dass katholische Kinder ihre Kommunion feierten, aber nach dem Wortwechsel der beiden Westbevernerinnen war sie neugierig geworden und wollte nachschauen, ob es vielleicht eine Art Taufritual gab, bei dem die armen Kleinen ins eiskalte Emswasser getaucht und so vielleicht tatsächlich in Lebensgefahr gebracht wurden.

Sie trat ans Fenster. Gleich würde Kai um die Ecke biegen. Seine Joggingrunde dauerte meistens nur eine knappe halbe Stunde, und er würde sich von ihr verabschieden wollen – trotz ihres blöden Spruchs vorhin. Pitschnass würde er gleich in der Tür stehen. Und sie würden sich umarmen und wissen, dass es so zwar nicht weiterging, dass es aber weiterging. Sie mussten nur eine

Lösung finden. Und eigentlich hatte sie das ja schon. Sie musste nur selbst daran glauben und dann daran arbeiten. Es könnte klappen. Wenn sie den Mut aufbrachte …

Viktoria ließ sich rücklings aufs Bett fallen und schloss die Augen. Sie hatte es gut durchdacht, fand sie selbst und fand auch Mario Siewers. Der Fotograf wusste als Einziger vom *Express*, was sie vorhatte. Verstehen konnte er es nicht. Er kannte Westbevern durch ihre gemeinsamen Recherchen, die sie schon zweimal hier in die Nähe von Münster geführt hatten, doch er hätte sich nie vorstellen können, seinen Großstadtjob und damit sein Großstadtleben für dieses unscheinbare, unspektakuläre und ganz und gar unaufregende Dorf aufzugeben. Klar, er wusste um Kai und Viktoria und um deren … War Liebe das richtige Wort? Aber er, da war sich Mario Siewers sicher, würde nicht ins Wanken geraten wie Viktoria gerade jetzt. Ihre Idee war dennoch so gut wie einfach. Sie würde sich selbstständig machen und eine eigene Agentur für das Münsterland aufbauen. Schwerpunkt dieser Nachrichtenagentur wären selbstverständlich die sogenannten Polizeigeschichten. Denn auch wenn Viktoria immer wieder sagte, dass sie es leid wäre, nur über Böses und Schreckliches zu schreiben, tat sie es doch besonders gut und mitunter sogar schön. Beim *Express* wusste man das – und ihr Chefredakteur ließ ihr so manche Freiheit, die er bei anderen Mitarbeitern niemals zugelassen hätte. Denn auch wenn sich Guido Willmers regelmäßig über »die Latell« ärgerte, war ihm klar, dass sie am Ende liefern würde. Und wenn einmal doch nicht, kam sie mit einer noch besseren Geschichte.

Wenn sie sich also nicht zu dämlich anstellte, müsste es klappen mit einer eigenen Agentur. Sie würde den Medien Geschichten anbieten, die im Münsterland passierten oder spielten. Denn hier gab es, das war ihr beim Blick in die wenigen ansässigen Tageszeitungen sofort klar gewesen, eine mediale Unterversorgung. Vielleicht nicht, was die Berichterstattung über Feuerwehrjubiläen, Frühlingsmärkte oder Schützenfeste anging – doch die echten, harten Geschichten, die fanden nicht statt. Oder besser: Sie fanden nicht in den Medien statt. Dabei gab es einen großen Bedarf genau an diesen Geschichten. Boulevard-Magazine im Fernsehen, überregionale Boulevard-Zeitungen, Zeitschriften, Hörfunksender und Online-Zeitungen – sie alle suchten immer nach gutem Material. Und eine Polizeigeschichte war meist ganz automatisch gutes Material. Denn wurde ein Verbrechen verübt, hatte man immer auch die komplette emotionale Bandbreite, die schließlich dafür sorgt, dass der Leser liest und der Zuschauer schaut. Ein bemitleidenswertes Opfer, ein verachtungswürdiger Täter, die spannende Frage, wer es war oder warum wer was getan hat. Die grausigen Details, die kaum zu ertragenden Leidensgeschichten – nicht umsonst entstanden Staus, wenn die Autofahrer ihre Augen nicht vom Unfall auf der Gegenseite nehmen konnten. Die Menschen schauen hin, wenn etwas zum Wegschauen ist. Und neben all diesem hatte es ja manchmal sogar Sinn, über Verbrechen zu berichten. Dann, wenn man damit bei der Tätersuche half. Oder wenn man den Opfern eine Stimme gab. Wenn man sie nicht zum Schweigen verdammte, sondern sie klagen ließ. Viktoria könnte all diese Geschichten erzählen. Sie könnte sich ein Informantennetz aufbauen. In einem recht überschaubaren, fast konkurrenzlosen Raum wie dem Münsterland wäre es nicht schwer, die richtigen Ansprechpartner zu finden. Dorfpolizisten, die gerne aus dem Nähkästchen plauderten, Polizeisprecher, die sonst nicht viel erzählen konnten, der Münsteraner Rechtsmediziner Frank Metzger, dem sie bei ihrer letzten Recherche einen Gefallen getan hatte – sie alle würde sie weichkochen, eintüten, anzapfen. Oder netter ausgedrückt: Sie würde mit ihnen effektiv zusammenarbeiten. Ein großes Startkapital war nicht nötig. Ein Computer, ein Telefon und eine Homepage, viel mehr brauchte es nicht in einem Agenturbüro. Gleich, wenn sie zum Bahnhof fahren würden, würden sie wieder an den leer stehenden Räumen des ehemaligen Wäscheladens vorbeikommen. Es wären ideale Räume. Und es wären günstige Räume. Sie hatte schon mit dem Vermieter gesprochen. Als sie Mario erzählt hatte, wie hoch die Monatsmiete sei, hatte er nachgefragt: »Du meinst pro Woche, oder?«

Viktoria lag immer noch da. Sie lächelte. Öffnete die Augen und erschrak. Eine halbe Stunde war vergangen. Sie stand auf und ging wieder zum Fenster. Draußen vermischten sich Wind und Regen zu einer nassen Masse. Sie blinzelte, versuchte, um die Straßenbiegung zu linsen. Kais grünes T-Shirt kam trotzdem nicht in Sicht. Na toll, dachte sie. Er hat sich jetzt wahrscheinlich in der Fledermaushütte untergestellt, die auf seiner üblichen Route lag, und sie musste gleich los. Sie würden sich verpassen. Wenigstens anrufen könnte er ja. Sie spürte wieder diese

Wut, die sie nicht spüren wollte. Dieser Zorn auf etwas, was sie nicht würde ändern können, krallte sich an ihr fest. Kai konnte nichts dafür, dass sie in zwei verschiedenen Welten lebten. Er konnte nichts für den Regen. Aber anrufen, das könnte er.

Sie griff nach ihrem Handy, das neben ihr lag und einfach nicht klingeln wollte. Stattdessen verhöhnten sie die großen Ziffern, die ihr unmissverständlich die Uhrzeit anzeigten. Wenn Kai nicht gleich auftauchte, würde sie ohne Abschied fahren müssen. Der Zug nach Osnabrück ging um 16.11 Uhr, dort würde sie umsteigen und um 21.14 Uhr am Berliner Hauptbahnhof ankommen. Mit dem Handy in der Hand lief sie durch seine Wohnung.

Zu Fuß wollte sie nicht durch dieses miese Wetter zum kleinen Bahnhof am Ende von Westbevern stapfen. Kais Autoschlüssel lag auf der Kommode neben der Eingangstür. Im Halbdunkel des Flurs rief sie ihn an. Die Mailbox sprang sofort an. Sie schnaufte und griff nach seinem Schlüssel. »Hey, ich fahre jetzt mit deinem Auto zum Bahnhof. Den Schlüssel lasse ich stecken – in deinem tollen Westbevern klaut ja keiner was. Schönen Tag noch – und vielen Dank fürs Wegbringen!« Am liebsten hätte sie ihr Handy gegen die Wand geschmettert, doch sie beherrschte sich und konzentrierte sich darauf, ihre Tränen zurückzuhalten. Als sie in seinem Golf saß und die Scheibenwischer anstellte, hoffte sie immer noch, irgendwo im Regen ein grünes T-Shirt zu entdecken. Es passte nicht zu Kai, dass er sie einfach alleine fahren ließ. Doch vielleicht hatte sie sich ja in ihm getäuscht. Schließlich passte es auch nicht zu ihr, dass sie wegen eines Mannes heulte. Sie startete den Motor, gab Gas und war eine Minute später am Bahnhof. Als der Zug einfuhr, hörte es auf zu regnen.

2. Kapitel

»Kalklatte!«

»Arschloch!«

»Ich hab dich auch lieb.« Charly Berendsen warf Viktoria Latell von der anderen Seite des Schreibtischs einen Flugkuss zu und grinste.

Viktoria fuhr sich mit den Händen über ihr bleiches Gesicht. Sie hatte schlecht geschlafen. Oder besser: beinahe gar nicht geschlafen. Kai hatte sich immer noch nicht bei ihr gemeldet. Rief sie ihn an, sprang seine Mailbox auf dem Handy oder sein Anrufbeantworter auf dem Festnetz an. Erst war sie einfach nur sauer gewesen, dann traurig und jetzt ratlos. Klar, sie hatten gestritten. Und die Nachrichten, die sie hinterlassen hatte, waren auch kein romantisches Gesäusel, sondern eher ein zickiges Gemotze gewesen. Vielleicht hatte sie ihn damit abgeschreckt. Er war vorsichtig mit Frauen, das hatte er ihr immer wieder gesagt. Er wolle sich niemals wieder so sehr einengen lassen, wie er es schon einmal bei einer anderen Frau zugelassen hatte. Doch sich überhaupt nicht zu melden. Einfach abzuhauen und sie alleine abreisen zu lassen?

»Du siehst echt übel aus.« Charly, der Polizeireporter von gegenüber, riss sie aus ihren Gedanken.

»Danke auch!«, blaffte sie ihn an.

Er ließ sich nicht davon beirren. Die beiden kannten sich, die beiden schätzten sich, und die beiden motzten sich einfach gerne an. »Hast du denn genug für die Konferenz?« Seine Stimme klang etwas weicher. Heute hatte Viktoria den Polizeidienst. Gleich musste sie dem Chefredakteur und den Ressortleitern die Themen präsentieren, die sie und ihre Polizeireporter-Kollegen zum aktuellen Blatt beitragen konnten.

Sie nickte Charly zu und ließ den Blick nicht von ihrem Bildschirm. In kurzen Sätzen schrieb sie auf, was das kriminelle Berlin an diesem Montag für den *Express* bereithielt. Womit könnte man an diesem Wochenbeginn den Blutdurst der Leser befriedigen? – Ein schwerer Crash auf der Avus war im Angebot. Ohne die Fotos wäre der Unfall höchstens eine Meldung wert, doch die Bilder vom völlig zerdrückten Porsche waren gut – und brauchten Platz. Außerdem hatte sie schon vor Längerem eine Geschichte vorbereitet. Ein Nachdreh zu einem inzwischen geklärten Vermisstenfall. Ein Junge war verschwunden, dessen Leiche erst Jahre später in der Spree gefunden worden war. Sie hatte ein Gespräch mit dessen Eltern und seiner Schwester geführt. Wie sie es schafften, Florian – so hieß der Teenager, der beim Entenfüttern ausgerutscht und ertrunken war – nicht zu vergessen und trotzdem ein erfülltes, durchaus auch fröhliches Leben zu führen.

Mario Siewers, der Fotograf, stand gerade vor einer Haustür in Steglitz. Dort war die Leiche einer zweiundvierzigjährigen Frau gefunden worden. Vermutlich war sie mit einem Halstuch erdrosselt worden. Das hatten sie schon über ihre Polizeiinformanten herausgefunden, weitere Details würden sicher noch folgen.

Viktoria gähnte, druckte ihren Text und stand auf, um ihn aus dem Druckerraum abzuholen und damit in die Konferenz zu gehen. Zum Glück war die Nachrichtenlage okay. Sie schlurfte zu ihrem Platz. Viktoria spürte jeden Knochen und ihre Magenwände. Sie fühlte sich elend.

Die Zeitung vom morgigen Tag lag vor ihnen. Mario hatte sie gerade dem Zeitungsboten abgekauft, den seine Abendtour auch in ihre Stammkneipe gegenüber vom Verlag geführt hatte. Obwohl sie wussten, was drinstehen würde, wurde es für einen Moment still am Tisch. Drei Köpfe drängten sich um den *Express*, Mario blätterte Seite für Seite um. Nach ein paar Minuten waren sie fertig, Viktoria winkte Mudak, dem Wirt, mit ihrem leeren Averna-Glas zu. Mario hob sein halb leeres Bierglas in die Höhe, Charly zeigte auf sein Weizenglas und nickte. Mudak verstand. Am Reportertisch war Nachschub gefragt. Nicht zum ersten Mal an diesem Abend – und ganz gewiss auch nicht zum letzten Mal.

»Ich versteh's nicht!«, fluchte Charly und tippte auf die Seite eins des *Express*. »Wie kann man mit so einer Scheiße aufmachen.«

»Ich find's hübsch«, nuschelte Mario, dessen Blick schon nicht mehr ganz geradeaus ging, aber doch ganz eindeutig auf dem Titelbild der Zeitung hängen blieb. Zu sehen war eine Frau oder eher der wohlgeformte

Hintern einer Frau. Dieser war in enge Hotpants gehüllt und saß auf einem Fahrrad. Die langhaarige Dame, der dieser Super-Po gehörte, freute sich offensichtlich darüber, denn sie grinste über ihre Schulter hinweg in die Kamera, als habe sie gerade den Lotto-Jackpot geknackt. In Wahrheit hatte sie allerdings nur den ersten Preis – dreihundert Euro – im vom *Express* ausgerufenen Po-Wettbewerb gewonnen. »Arschparade« wurde die Aktion intern genannt, und jetzt war also die Siegerin ermittelt und mit einem großen Aufmacherfoto auf der Eins und einer ganzen Seite im Blattinneren gewürdigt worden. *Berlins schönster Po* lautete die einfallslose, aber dennoch sehr eingängige Überschrift.

»Ich bin nur froh, dass es jetzt endlich vorbei ist«, sagte Meike Niemüller, die gerade vom Rauchen im Freien zurückkam. Sie hatte die Bilder der meisten Titelanwärterinnen gemacht und dafür gesorgt, dass Orangenhaut-Dellen, kleine Speckansammlungen oder blaue Äderchen nicht zu sehen waren.

Mario musterte Meike kritisch. »Quatsch, du hattest vier Wochen lang 'ne sichere Einnahmequelle.«

Meike streckte ihm die Zunge raus. »Neidisch?«

Mario nickte. »Klar. Vor allem auf diese Aussichten …« Er tippte beinahe zärtlich auf Berlins schönsten Po.

»Wisst ihr, warum Männer keine Cellulite haben?« Charlys Stimme klang schon ein wenig schräg, gerade so, wie sein Grinsen aussah. Die anderen schüttelten gelangweilt den Kopf. Charly nahm noch einen Schluck, weil er auf Nummer sicher gehen wollte, dass die ganze

Aufmerksamkeit auf ihn und die Pointe gerichtet war: »Weil es scheiße aussieht!«

Viktoria musste lachen, obwohl sie den Witz längst kannte. Das erste Mal an diesem Tag. Ihre Magenwände fühlten sich immer noch übel an, doch jetzt konnte sie es auf den Averna schieben und nicht mehr auf Kais Abtauchen. Ihr Handy klingelte. Es war keiner ihrer gespeicherten Kontakte, sie nahm ab – und telefonierte zum ersten Mal mit Christel Westmark. Kais Mutter.

Mario und Charly diskutierten gerade laut darüber, was einen guten Frauenarsch ausmache.

Viktoria hielt ihre Hand über das Handy und machte, dass sie vor die Tür kam. Sie wankte etwas und war froh, dass Christel das nicht sehen konnte. Draußen an der frischen Luft nahm sie Haltung an und versuchte, nüchtern zu klingen. »Oh, hallo Frau Westmark, äh… Christel.« Das mit dem Duzen fiel ihr schwer, doch Kais Mutter hatte bei ihrem vorletzten Besuch darauf bestanden. Die ganze Sache war aber so steif und verkrampft abgelaufen, dass es nach dem Satz: »Frau Latell, Sie können ruhig Christel zu mir sagen!«, und ihrer Antwort: »Gerne, Frau Westmark. Ich bin Viktoria«, überhaupt nicht mehr ging. Viktoria umging einfach die direkte Ansprache und damit auch fast jedes Gespräch mit der Mutter, deren Anwesenheit in der unteren Etage sie ohnehin immer noch irritierend fand.

»Ich, äh. Tut mir leid, dass ich jetzt noch störe. Ich hoffe, ich habe Sie, äh, dich nicht geweckt.«

Viktoria verdrehte die Augen. Wohl kaum, dachte sie. Christel Westmark musste doch mitbekommen haben, dass sie irgendwo unter Menschen war. »Nein, kein Problem. Ich bin hier noch bei einer … äh … Besprechung.«

»Ich wollte auch nur kurz fragen, ob Kai vielleicht zufällig bei dir ist …«

Viktoria atmete gleichmäßig.

»Sein Wagen ist verschwunden – und er ist auch weg, da dachte ich …«

»Den Wagen habe ich genommen, er müsste am Bahnhof stehen.« Viktoria antwortete schnell. Sie hatte ein schlechtes Gewissen, fühlte sich ertappt und wunderte sich: »Kai ist weg?« Sie fragte es, obwohl sie es nicht aussprechen wollte. »Ist er denn nach dem Laufen gar nicht wiedergekommen?«

»Keine Ahnung. Ich kontrolliere den Jungen ja nicht.«

Den Jungen! Viktoria musste sich zusammenreißen, um nicht ins Telefon zu blaffen: *Der Junge ist ein Mann über dreißig!* »War er denn nicht in seiner Wohnung gestern Abend, nach dem Regen. Du hörst doch, wenn er oben ist?« Sie sah ihn vor sich. Das grüne T-Shirt, die Joggingschuhe …

»Ich weiß es nicht. Ich war nicht zu Hause, und er ist schließlich erwachsen, da schaue ich ja nicht, ob er früh genug im Bett liegt.«

Und am liebsten würdest du es tun, dachte Viktoria.

»Hat er sich denn bei dir gemeldet?«

Viktoria schüttelte langsam den Kopf, erst dann schob sie ein trauriges »Nein« hinterher. Am anderen Ende blieb es einen Moment lang still.

»Und jetzt?«, fragte Christel dann.

Viktoria hatte keine Ahnung, was jetzt war. Sie spürte ihre Blase. Ihr war ein bisschen schwindelig. Sie wollte aufs Klo und danach noch einen Averna trinken, damit ihr Magen auch wirklich Grund hätte, sich so aufzuführen, wie er es gerade tat. Dann wollte sie über Frauenärsche lachen. Oder sich mit Charly darüber aufregen, dass der Willmers nicht die strangulierte Frau auf die Eins genommen hatte. Ein Tuch mit Muster, das man locker zum indischen Tuch hätte aufbauschen können. Jeder Leser hätte sofort an den Edgar-Wallace-Klassiker mit Klaus Kinski gedacht. *Das indische Tuch von Steglitz* war doch besser als jede noch so knackige Frauenrückseite.

»Ich dachte, du weißt vielleicht besser, was wir jetzt tun müssen.«

Wir. Christel sagte »wir«. Viktoria versuchte, sich auf das Gespräch mit ihr zu konzentrieren. »Wieso soll *ich* besser wissen, was wir jetzt tun müssen?«

»Na, du bist doch Polizeireporterin. Soll ich da jetzt anrufen?«

»Wo?«

»Bei der Polizei.« Christel klang müde.

Viktoria war müde. »Ich, äh. Ich weiß nicht. Hast du schon mal bei ihm nachgeschaut? Fehlt etwas?« Sie versuchte, professionell zu sein. Sachlich.

»Bleibst du eben dran?« Christel ging offensichtlich mit dem Telefon in der Hand in die obere Etage ihres Hauses, in die ihr Sohn gezogen war, als sein Vater gestorben war und er dessen Arztpraxis übernommen hatte. Es war kalt draußen auf dem Bürgersteig. Der Berliner Wind fegte mal wieder um die Ecken, von drinnen winkte Mario ihr lachend zu. Sie nickte – ernst. Christel sprach ins Telefon, als rede sie mit sich selber. »Er scheint hier geschlafen zu haben. Das Bett ist zerwühlt.« Hoffentlich überprüfte Mama Christel nicht die Laken nach eventuellen Spuren.

»Fehlt Kleidung?« Viktoria wollte die Suche vorantreiben, damit sie endlich weitertrinken könnte.

»Ich weiß nicht. Da liegen Jeans, da liegen die Pullover. Aber ich sehe doch nicht, ob da was fehlt.« Christels Stimme wurde weinerlich.

»Was ist mit seinen Taschen, Koffern? Die liegen oben auf dem Schrank.« Viktoria konzentrierte sich und stellte sich Kais Schlafzimmer vor. Den Raum, den sie am Wochenende so selten verließen. »In der Ecke steht die Trittleiter!« Sie hörte Christels Atem.

»Ich sehe den schwarzen Koffer mit den Rollen und den Seesack.«

Viktoria wartete. »Was ist mit der gelben Sporttasche?« Kai hatte das leuchtende Ding dabeigehabt, als er sie beim letzten Mal in Berlin besucht hatte. Sie hatte oben auf dem kleinen Balkon ihrer Dachgeschosswohnung gestanden und beobachtet, wie sein Golf die Straße auf und ab fuhr. Der Parkplatz, den er schließlich fand, war außer Sichtweite. Und obwohl sie wusste, dass er jeden Moment wieder zu sehen sein würde, hatte sie diese Minuten kaum ausgehalten. Ihr Herz hatte schneller geschlagen, ihre Kehle war trocken, und als sie ihn dann endlich wieder sah, mit seiner gelben Tasche, die wie eine Laterne neben ihm zu leuchten schien, da konnte sie nur noch eines: glücklich sein.

Es war kalt gewesen, als er sie besucht hatte. Berlinkalt. Der Ostwind war um die Häuser gefegt und hatte ihre und seine Wangen betäubt. »Willst du keinen Weihnachtsbaum?«, hatte Kai sie am nächsten Morgen gefragt, und sie hatte mit den Schultern gezuckt. Dann war er Brötchen holen gegangen und mit einer Tüte Schrippen, zwei Croissants und einem Baum zurückgekommen. »Ich habe keinen Schmuck dafür«, hatte sie gesagt. »Davon bin ich ausgegangen«, hatte er geantwortet und das grüne Ungetüm in ihren Flur gelegt. »Deshalb werden wir auch nach dem Frühstück auf einen Weihnachtsmarkt gehen.« Viktoria schaute zweifelnd. Weihnachtsmarkt, Weihnachtsschmuck, Weihnachtsbaum – drei Dinge, die sie bislang nicht vermisst hatte, würden jetzt also in ihr Leben treten. So wie Kai in ihr Leben getreten war. Während sie in ihr Croissant biss, überlegte sie, ob ihr das gefiel. War das alles nicht ein bisschen zu schnell, ein bisschen zu kitschig, ein bisschen zu viel Veränderung? Sie war aufgestanden, immer noch kauend, hatte sich auf Kais Schoß gesetzt und ihm einen krümeligen Mund auf die Wange gedrückt. »Aber eines muss dir klar sein, ich will Glaskugeln, goldene Engel und echte Wachskerzen, Weihnachtsmann!«

Als er am Sonntagabend wieder abreiste, stand sie wieder auf dem Balkon. Die gelbe Tasche konnte sie im Halbdunkel noch sehen, ihn nicht mehr. Ihr Herz hatte schneller geschlagen, ihre Kehle war trocken, und als sie ihn dann gar nicht mehr sah, sondern nur noch die gelbe Tasche, die wie eine Laterne neben ihm zu leuchten schien, da konnte sie nur noch eines: unglücklich sein.

Christel suchte offensichtlich noch.

Viktoria spürte ihren Herzschlag. »Sie ist eigentlich nicht zu übersehen. Knallgelb mit blauen Streifen.«

Atmen am anderen Ende. »Nein. Die ist nicht da.«

Viktoria versuchte, ruhig zu bleiben. »Zahnbürste. Was ist mit seiner Zahnbürste?« Sie hörte nichts, wusste aber, dass das Parkett leicht knarzen würde, wenn Christel durch den Flur ins Bad ging. Sie war schneller, als Viktoria dachte.

»Keine Zahnbürste!«, rief sie laut und voll Enthusiasmus ins Telefon. Der Satz schmerzte in Viktorias Ohr.

Vielleicht lag es an ihrer vollen Blase, vielleicht auch am Averna oder an ihren Magenwänden: Als Christel Westmark sich erleichtert von Viktoria verabschiedete, weil sie nun wusste, dass ihr Sohn offensichtlich nur eine kleine Auszeit nach einem Streit mit dieser Berlinerin brauchte, konnte diese nur einen einzigen, bösen Satz denken: *Er hat sich verpisst!*

3. Kapitel

Er drehte den Kugelschreiber zwischen den Fingern hin und her. Er war aufgeregt. Noch ein paar Sekunden, dann würde sein Computer ihn willkommen heißen. Noch ein paar Sekunden, und er könnte sie sich ansehen. Die Bilder. Von ihr. Friedlich, so als ob sie schliefe, wäre eine Floskel, die man den Hinterbliebenen sagen würde, um sie zu trösten. Doch der Tod sah nicht nach Schlaf aus. Man erkannte ihn sofort. Er hätte blitzen sollen, dann würde man die Farbe des Tuchs besser erkennen können. Und die Farbe ihres Gesichts. Doch ein Blitz wäre zu auffällig gewesen. Er wollte nicht auffallen. Er wollte doch nur den Moment festhalten. Den Moment, in dem er allein mit ihr war und niemand sie stören konnte. Nicht einmal ein Räuspern von ihr. Denn mit stranguliertem Hals konnte man sich nicht mehr räuspern. Still war sie. Still war er. Still war der Moment. Das Gebläse des Computers drang an sein Ohr. Beim nächsten Mal würde er die Bilder auf seinem Tablet anschauen, das war leiser. Er freute sich schon darauf.

Sie versuchte, den Kopf gerade zu halten. Sie versuchte zu ignorieren, dass ihr speiübel war. Sie konzentrierte sich auf den Wasserstrahl, der aus dem verkalkten

Duschkopf über ihre schwarz getönten Haare floss, und schloss die Augen. Keine gute Idee. Sie öffnete sie wieder und fluchte. Der Schwindel verschwand zwar, dafür brannte der Schaum. Sie drehte am Temperaturregler, um das Wasser ein bisschen frischer werden zu lassen. Ganz kalt, das ging nicht. Lauwarm. Sie zitterte. Doch es half. Sie angelte nach dem Handtuch und trocknete sich ab. Gut, dass ihr Badezimmerspiegel beschlagen war. So musste sie ihr bleiches Gesicht nicht anschauen. Zu wenig Schlaf, zu viel Alkohol, zu viel Wut – schöner wurde man davon nicht gerade. Langsam ließ sie die Plastikbürste durch ihre Haare gleiten. Sie genoss die kleine Kopfmassage und wunderte sich wieder einmal, warum sie noch keine Glatze hatte. In der Bürste verfingen sich wie immer zig Haare. Mit routiniertem Griff zog sie diese zwischen den Borsten heraus und trat mit dem rechten großen Zeh auf den kleinen Mülleimeröffner, um die Büschel loszuwerden. Danach fuhr sie sich mit den Fingern durch die nassen Haare und fischte noch ein paar Strähnen heraus. Den Abfluss würde sie sich später vornehmen, dazu war sie heute nicht in der Lage. Sie trat erneut auf den Mülleimeröffner. Und während etwa dreißig Haare der Mülltüte entgegensegelten, wusste sie plötzlich, dass etwas nicht stimmte. Sie rannte nackt aus dem Badezimmer, die Haare landeten auf dem geschlossenen Mülleimerdeckel, und Christel Westmark bekam zum ersten Mal einen Anruf von der Freundin ihres Sohnes, von der sie seit gestern eigentlich gedacht hatte, diese sei seine Ex-Freundin.

4. Kapitel

Mario Siewers war der Einzige, der wusste, dass sie nicht krank war. Obwohl er ihr genau das vorwarf, als sie ihm sagte, sie würde nicht zur Arbeit kommen und den nächsten Zug nach Westbevern nehmen. »Du bist krank, Victory«, murmelte er verschlafen in sein Telefon. »Lass ihm doch ein bisschen Luft. Der wird schon wieder von alleine auftauchen.«

Viktoria ging nicht weiter darauf ein.

»Du warst doch sonst nicht so …« Mario fehlten die Worte. Seine Hirnzellen liefen noch nicht so richtig rund nach dem letzten Abend bei Mudak. »Jetzt überstürz doch nicht alles«, sagte er lahm. Doch ihm war klar, dass Viktoria nicht auf ihn hören würde. Das war nicht ihre Art. Allerdings war es auch nicht ihre Art, wegen eines Mannes so einen Wind zu machen. Soweit er es verstanden hatte, war Kai nach einem Streit mit ihr nicht ordnungsgemäß zur Verabschiedung erschienen. *So what!* Jetzt glaubte sie, dass er abgehauen sei. Aber eigentlich glaubte sie es auch nicht. Er hatte die Zusammenhänge nicht so ganz verstanden. Irgendwas mit einer Zahnbürste hatte sie ihm gleich zu Beginn ihres Telefonats gesagt, doch da hatte er noch mit dem Aufwachen zu tun gehabt. »Du machst also heute blau, und ich soll dein

Alibi sein?« Er fasste zusammen, was sie ihm mehr als drei Mal erklärt hatte.

»Genau! Du sagst, dass ich Magen-Darm habe. Dass ich mein Telefon ausgestellt habe, weil ich nur mit Kotzen beschäftigt bin, und du erwähnst nicht mit einer Silbe, dass ich gestern vielleicht ein paar Averna zu viel gehabt haben könnte. Außerdem sagst du, dass du nach mir schauen wirst, damit nicht auf einmal irgendein fürsorglicher anderer Kollege auf die Idee kommt.«

»Verstanden. Aber …«

»Ne, Mario. Bitte kein Aber. Mach es einfach, okay?«

»Okay.«

»Danke.«

»Bitte.« Mario schaute auf den Wecker. Er schüttelte den Kopf. Jetzt fiel ihm wieder ein, was er Viktoria hatte sagen wollen: *Du warst doch sonst nicht so ein anhängliches Weibchen.* Gut, dass er geschwiegen hatte.

5. Kapitel

Schon auf Höhe der Abfahrt Magdeburg war ihr klar, dass es keine gute Idee gewesen war, doch lieber mit ihrem Lada-Geländewagen zu fahren. Sie klemmte zwischen zwei Lkw fest, weil ihr Auto zu lahm für ein Überholmanöver war, bei dem sie sich noch mal eben schnell vor eines der von hinten heranrauschenden Fahrzeuge hätte drängeln müssen. Also tuckerte sie mit hundert auf der rechten Spur dahin. Sie stellte das Radio lauter. Bei dem Lärm, den ihr eigener Wagen veranstaltete, verstand sie kaum ein Wort von dem, was Tim Bendzko da gerade von sich gab. Vielleicht gut so, denn ihr war jetzt nicht nach schmachtender Gefühlsmusik mit Tiefgangabsicht. Sie konzentrierte sich auf den Rückspiegel und suchte nach einer Lücke, die groß genug war, um auszuscheren. Es fiel ihr schwer. Kai. Kai. Kai. Wo steckte er? War er doch nicht einfach abgehauen? Als sie am Morgen ihre Haare in den Mülleimer hatte fallen lassen, war ihr wieder eingefallen, was sie am Sonntag gehört hatte, ohne es bewusst wahrzunehmen. Kai hatte sich die Zähne geputzt, während sie im Bett lag. Er hatte etwas gemurmelt, dann hatte sie gehört, dass er den Mülleimer aufgeklappt hatte und etwas hineinfiel. Als sie danach ins Bad kam, stand ihre Zahnbürste alleine im Zahnputzbecher. Ihr war es eigentlich nur aufgefallen, weil die beiden Zahnbürsten am Abend zuvor so ausgesehen hatten, als ob sie sich küssten. Sie hatte eine Bemerkung darüber machen wollen, es dann aber gelassen, weil es ihr zu niedlich vorkam. Sie wollte schließlich nicht zu den Frauen gehören, die alles Mögliche süß finden.

Ihr Anruf bei Kais Mutter hatte dann schließlich Gewissheit gebracht. Christel Westmark war – wieder mit dem Hörer in der Hand – in Kais Badezimmer gegangen und hatte in seinen kleinen Mülleimer geschaut. Darin lag seine Zahnbürste. Er hatte sie also weggeschmissen und nicht in seine Tasche gepackt, um ein paar Tage Urlaub von Viktoria zu machen. Ob sie sich darüber freuen sollte, wusste Viktoria nicht. Aber sie wusste, dass sie unmöglich in Berlin bleiben könnte, um dort tatenlos abzuwarten, was geschehen würde. Sie wusste, dass sie etwas unternehmen musste. Also hatte sie sich in ihren lahmen Lada gesetzt und war losgefahren. Sie würde Kai finden. Und dann würde sie ihn anschreien oder küssen, oder sie würde ihm heulend in die Arme fallen. Irgendwas von alldem oder alles. Und sie würde ihm endlich sagen, dass sie ihn liebte.

Der Mülleimer war leer. Viktoria drehte sich zu Christel Westmark um, die in der Badezimmertür stand. »Ich habe die Mülltüte weggeworfen«, sagte sie entschuldigend. »Aber wenn du die Zahnbürste selbst sehen willst, in der großen Tonne …«

»Nein, nein …« Viktoria schüttelte den Kopf. Es war ihr unangenehm, dass Kais Mutter dabei war. Aber es hatte sich nicht vermeiden lassen. Kai hatte ihr eigentlich einen Schlüssel für seine Wohnung geben wollen, doch sie hatten es beim letzten Mal vergessen.

»Meinst du, es ist in Ordnung, dass wir einfach in seine Wohnung gehen?« Christel klang unsicher.

Viktoria spürte ihre eigene Ungeduld. Sie wollte alleine sein. Sie wollte sich aufs Bett fallen lassen und nachdenken, seinen Geruch einatmen. Sie ging durch den Flur, öffnete die Küchentür, die Schlafzimmertür. Christel hatte das Bett gemacht, so wie nur Hausfrauen Betten machen können. Viktoria würde es nie gelingen, die Ecken so deckungsgleich übereinanderzulegen. Bei ihr war die Bettwäsche nie reinlich und frisch, sondern immer zerwühlt und ein paar Tage zu lang aufgezogen. Sie schaute sich um.

Christel Westmark folgte ihr unschlüssig. Schließlich räusperte sie sich und gab Viktoria ihren Wohnungsschlüssel. »Hier, du möchtest dich sicher ein bisschen ausruhen.« Sie ging langsam zur Wohnungstür und drehte sich kurz noch einmal um. »Ist es denn so schlimm, dass er seine Zahnbürste weggeworfen hat?«

Viktoria umschloss den Wohnungsschlüssel mit der Hand. »Ich glaube nicht.« Sie schaute in Christels große sorgenvolle Augen. Zum ersten Mal fiel ihr auf, dass sie dieselbe Farbe wie die von Kai hatten. »Er wird sich sicher bald melden«, sagte sie leichthin und glaubte sich selbst kein Wort.

Christel Westmark nickte dankbar und schloss die Tür ganz leise von außen.

Endlich. Viktoria ließ sich rückwärts auf das perfekt gemachte Bett fallen und sank in die Bettdecke. Der Geruch nach ihm und ihr benebelte und tröstete sie ein wenig. Dabei wusste sie gar nicht, ob sie getröstet werden musste. War sie nicht eigentlich wütend, weil er weg war? Denn noch, und das war ihr erst klar geworden, als sie in seinem Badezimmer stand, sprach eigentlich weiterhin alles für eine planmäßige Abreise von ihm. Die weggeworfene Zahnbürste bedeutete gar nichts. Er konnte sich eine neue aus seinem Badezimmerschränkchen genommen haben. Die gelbe Reisetasche hatte er immerhin mitgenommen. Und sein Auto stand auch nicht mehr am Bahnhof. Sie hatte selbst nachgeschaut und bei ihrem Wendemanöver auf der großen Kehre am Ende der Bahnhofssackgasse riskiert, dass ihre Reifen von den Glassplittern neben den Glascontainern zerstochen wurden. Sie hatte Glück, was ihre Reifen betraf. Mit Männern offensichtlich weniger. Sie setzte sich auf und versuchte, ihre Gedanken und die Fakten zu ordnen.

Fakt war, dass weder sie noch Christel Kai gesehen hatten, nachdem er zum Joggen aufgebrochen war.

Fakt war, dass seine Reisetasche fehlte.

Fakt war, dass sein Auto fehlte.

Fakt war, dass sie sich gestritten hatten.

Fakt war, dass es in Strömen geregnet hatte, als sie losgefahren war, ohne sich von ihm verabschieden zu können.

Fakt war, dass seitdem mehr als vierundzwanzig Stunden vergangen waren.

Fakt war, dass er sich nicht gemeldet hatte. Seit ebenfalls mehr als vierundzwanzig Stunden.

Sie stand auf und öffnete ihren kleinen Koffer. Obenauf lagen ihre Joggingschuhe, darunter Laufhose und Sport-BH. Sie zog alles an, mechanisch, als hätte sie einen Auftrag zu erledigen, und steckte den Wohnungsschlüssel in die kleine Tasche ihres Shirts. Sie kannte seine Stamm-Laufstrecke. Sie würde sie laufen. Frische Luft, das würde ihr guttun. Sie versuchte, nicht daran zu denken, dass er sie gefragt hatte, ob sie nicht mitkommen wolle. Sie war beleidigt gewesen, sie war zu faul gewesen. Jetzt könnte sie sich dafür ohrfeigen, doch helfen würde das auch nichts. Sie zog die Haustür ins Schloss und nickte Christel Westmark zu, die aus dem Küchenfenster schaute. Dann lief sie los. Langsam. Sie wollte sich umschauen. Wonach sie suchte, konnte sie nicht sagen. Er würde sicher nicht mehr in der Fledermaushütte sitzen und auf sie warten. Der Regen war lange vorbei.

Wie gut, dass er dem Drang widerstanden hatte, das Tuch mit seinen bloßen Händen zu berühren. So fand man in der Rechtsmedizin nur Genmaterial, das man eindeutig ihr zuordnen konnte. Die Untersuchungen hatten außerdem ergeben, dass an ihren Händen Faseranhaftungen des Tuchs vorhanden waren. Da sie laut Aussagen ihres Bruders und ihrer Eltern nach dem Tod ihres Mannes immer wieder an depressiven Verstimmungen gelitten hatte, weil sie deshalb sogar vor einem Jahr in Behandlung gewesen war, diese aber abgebrochen hatte, kamen sowohl die Rechtsmedizin als auch die Polizei zu dem Schluss, dass sich Janina D. selbst erdrosselt hatte. Ihre Wohnung sei aufgeräumt gewesen, die Kleidung unversehrt – nichts habe auf einen Kampf hingedeutet. Die Rechtsmediziner fanden weder Würgespuren noch Abwehrverletzungen. Auch das hatte zu dem Schluss geführt, dass es sich um einen Selbstmord handelte.

Er nahm noch einmal das kopierte Blatt und las den Bericht der Rechtsmedizin. »Die 42 Jahre alte Frau ist an einer langsam verlaufenen äußeren Erstickung durch Erdrosseln verstorben. Flohstichartige und fleckförmige Einblutungen in der Gesichtshaut, den Augenlidern, den Bindehäuten, den Weichteilen in der Umgebung der Unterkieferdrüsen, dem gesamten Schlund- und Rachenraum und im lockeren Bindegewebe der Brustschlagader und beiden äußeren Mittelohren sprechen dafür.«

Dann schaute er sich noch einmal die Bilder an. Auf seinem stillen Tablet. Doch die Aufregung vom ersten Mal, die war nicht mehr da. Es wurde Zeit für eine neue Leiche.

6. Kapitel

Normalerweise fühlte sie sich nach dem Laufen gut. Das war ja schließlich auch der Sinn der Sache. Das Gefühl, sich überwunden zu haben – und die bleierne Müdigkeit, die klebrige Trägheit. Wenn sie es geschafft hatte, einen Fuß vor den anderen zu setzen, wenn sie plötzlich jeden Muskel ihrer Beine spürte, wenn ihr weder kalt war, wenn es kalt war, wenn sie die Hitze genoss, die sie zum Schwitzen brachte, dann war sie froh, dass sie es getan hatte. Doch heute blieb die Klebrigkeit bis zum Schluss. Heute spürte sie keine Muskeln in ihren Beinen, sondern ihr Inneres, das mit Seitenstechen zu kämpfen hatte. Und noch mit ganz anderen Dingen.

Sie war Richtung Haus Langen gelaufen. Die Strecke, die Kai als seine Stammstrecke bezeichnete. Sie kannte sie, von ihren Spaziergängen. Zusammen laufen, das klappte nicht so gut. Zu unterschiedlich waren ihre Geschwindigkeiten, und ihr Atem-Rhythmus passte nicht zu seinem – oder umgekehrt. Wenn sie aber gingen, dann passte alles. Der Atem, die Schritte, sein Lachen, ihr Lachen.

Sie kam an dem kleinen weißen Häuschen vorbei, das sie Beermanns Kapellken nannten, und hielt sich links. Bei der nächsten Gabelung lief sie rechts, am Luderplatz vorbei, Richtung Ems. Ein alter Baumstamm lag auf der anderen Uferseite, wie von einem Natur-Dekorateur drapiert. Sie bog links ab. Die Senke kurz vor der Bevermündung war noch nicht mit Wasser vollgelaufen. Trotz der heftigen Regenfälle in den letzten Tagen. Langsam trabte sie über die Brücke, die über die Bever führte. Genau an der Stelle, an der sie ihr Wasser an die Ems weitergab. Sie blieb kurz stehen. Schaute sich um. Der Fluss war prall gefüllt, er schien ihr schneller zu fließen als sonst. Ein paar Enten schnatterten aufgebracht, Viktoria hörte sie nicht. Sie versuchte sich vorzustellen, wie Kai hier entlanglief. Nass vom Regen. Wütend auf sie. Vielleicht war er ausgerutscht. Sie blickte auf die Strömung der Ems. Nein, sie schüttelte den Kopf und lief weiter. Kai war ein guter Schwimmer. Es konnte nicht sein.

Christel Westmark öffnete überrascht die Tür. Viktoria hatte dreimal hintereinander geklingelt. Als ihr bewusst wurde, wie aufdringlich sie war, schämte sie sich.

»Ja?« Kais Mutter streckte ihren Kopf durch die Tür.

»Mir ist noch was eingefallen.«

»Du weißt, wo er sein könnte?« Christels Stimme wurde eindringlicher.

»Nein. Tut mir leid. Das nicht. Aber eine Frage habe ich noch.«

Christel Westmark wartete ab.

»Hat er sich bei der Arbeit abgemeldet?«

»Keine Ahnung.«

Viktoria ließ sich nicht entmutigen. »Hat denn eine seiner Sprechstundenhilfen bei Ihnen… bei dir angerufen. Hat jemand aus der Praxis sich gemeldet und gefragt, wo er sei?«

»Nein. Bei mir nicht.«

»Das ist gut.«

»Wieso ist das gut?« Christel Westmark verstand nicht, worauf Viktoria hinauswollte.

»Weil sie bestimmt angerufen hätten, wenn er einfach nicht erschienen wäre. Dann hätten sie sich Sorgen gemacht …«

»So wie wir …« Christel sprach mehr zu sich selbst.

»Er hat sich in der Praxis bestimmt abgemeldet«, sagte Viktoria, als wolle sie ihre Gedanken einfach laut aussprechen.

Christel nickte erleichtert. »Dann ist ihm nichts zugestoßen?«

Viktoria schüttelte den Kopf und versuchte zu lächeln. Es geriet etwas schief. Denn so recht freuen konnte sie sich nicht darüber, dass nun offensichtlich doch stimmte, was sie als Erstes gedacht hatte. Dass er sie einfach nur nicht mehr sehen wollte.

Christel war zu erleichtert, als dass sie etwas von Viktorias Gemütslage mitbekam. Sie öffnete die Tür ganz weit und verschwand im Wohnzimmer. Viktoria folgte ihr unschlüssig. Als sie gerade ins Wohnzimmer trat, sah sie Christel Westmark strahlen. Sie hatte den Telefonhörer noch in der Hand und verabschiedete sich gerade von einer Arzthelferin namens Nicki. »Viktoria«, rief sie aufgeregt. »Er hat in der Praxis angerufen und gesagt, dass er für ein paar Tage verreist sei, weil er private Dinge regeln müsse.«

Viktoria wusste nicht, wie sie reagieren sollte.

»Komm«, Christel fasste Viktoria am Ellenbogen und zog sie mit sich zur Wohnzimmervitrine. »Auf den Schreck trinken wir jetzt erst mal einen.«

Viktoria war zwar nur halb so gut gelaunt wie Kais Mutter. Aber einen Schnaps, den könnte sie jetzt auch vertragen.

Die Flasche, aus der Kais Mutter ihr eingoss, sah aus wie eine alte Apothekerflasche. Die Flüssigkeit darin war dunkelbraun. »Nussschnaps«, flüsterte Christel verschwörerisch. »Selbst gemacht.«

Viktoria war nicht klar, wer das braune Zeug selbst gemacht hatte, doch als sie das Glas mit einem Schluck leerte, verfluchte sie den unfähigsten aller Schnapsbrenner. Sie blinzelte, hustete und sagte dann: »Das ist bei Weitem das Ekelhafteste, was ich je getrunken habe.«

»Nicht wahr?«, pflichtete Christel ihr mit einem strahlenden Lächeln bei und goss ihr noch ein Glas ein.

Viktoria winkte heftig ab, doch ihr Telefon ging – und so drückte Christel ihr das Glas in die linke Hand, während sie mit der rechten das Gespräch annahm.

Es war Charly Berendsen vom *Express*. Ihr alter Kollege, der sie einst in die Feinheiten der Polizeireporter-Arbeit eingeweiht hatte. »Hey Victory, ich hab hier 'ne Nachricht für dich. Wie geht's dir? Kommste überhaupt vom Klo runter?«

Viktoria fiel ihre Lüge mit der Magen-Darm-Grippe wieder ein, und sie unterlegte ihre Stimme mit einem Leidenston. »Ja, geht so einigermaßen. Aber manchmal da…«

»Erspar mir die Details«, fiel Charly ihr ins Wort. »Ich hatte vorhin so ’nen Typen am Apparat, der deine Handynummer haben wollte.«

»Du hast sie doch hoffentlich …«

»Natürlich habe ich sie nicht rausgegeben. Aber er hat es sehr dringend gemacht. Er hieß Karl Westmann oder so und sagte, sein Handy sei kaputt und er habe deine Nummer darin gespeichert gehabt und deshalb habe er dich nicht erreichen können.«

»Karl Westmann? Bist du sicher.«

»Ne. Bin ich ’ne Sekretärin oder was? Da war schlechter Empfang auf seiner Leitung. Der kann auch was weiß ich wie geheißen haben.«

»Kai Westmark.«

»Yep. Ich glaub, das isser.«

Viktoria wurde lauter. »Charly, nun sag schon, was wollte Kai.«

»Aha, Kai. Ist das dein neuer Lover?« Charly wollte sie foppen, doch danach war Viktoria im Moment ganz und gar nicht zumute.

»Charly! Komm, jetzt sag schon.«

»Ruhig Blut, Langbein. Also: Dieser Karl oder Kai hat gesagt, dass er dich erreichen wollte, aber dass er deine Nummern nur in dem kaputten Handy hat. Deshalb hätte er also jetzt in der Redaktion angerufen. Ich soll dir schon mal ausrichten …«

Charly machte eine Kunstpause. Viktoria wünschte ihm die Pest an den Hals, sagte aber nichts. Wenn Charly merkte, dass er sie ärgern konnte, würde er das Spielchen noch weiter ausbauen.

»Also sinngemäß hat er gesagt, dass er bald wieder da ist, dass er dringend wegmusste und dass er sich freut, dich dann wiederzusehen. Oder so ähnlich.«

Viktoria nickte erleichtert. »Danke«, sagte sie und legte auf. Dann trank sie den Schnaps. Irgendwie schmeckte er doch gar nicht so übel, fand sie plötzlich. Als Christel ihr den dritten einschenkte, wehrte sie sich nicht. Der Alkohol wärmte ihr Inneres. Oder war es vielleicht die Nachricht von Kai gewesen?

7. Kapitel

Glückliche Fügung. Er mochte diese beiden Wörter. Sie hatten so etwas Unschuldiges. Niemand konnte etwas dafür, wenn das Schicksal einem den Weg ganz deutlich aufzeigte. Es nahm eine positive, eben eine glückliche Wendung. Zufall hätte man auch sagen können. Doch das klang so profan. Er hatte in einem Buch über das Phänomen Serienmörder gelesen, dass ein besonders übler Schlachter in den USA eine Familie nur deshalb ausgelöscht hatte, weil diese ihre Terrassentür nicht geschlossen hatte. Diese offene Tür an einem warmen Sommertag hatte ihn veranlasst, genau dort zu töten. Er – also der Mörder – habe gedacht, hieß es in den Vernehmungsprotokollen, dass er dort sicher willkommen sei. Also trat er ein – und ermordete Mutter, Vater und zwei Kinder. Einfach so.

Verborgen vom Laub der Sträucher beobachtete er ihn, ohne dass er selbst gesehen werden konnte. Er lief nicht mehr, er lag dort, bewegte sich aber. Er hatte seine Ellenbogen aufgestützt und versuchte immer wieder aufzustehen. Es ging nicht. Er fiel in den Schlamm. Er konnte offensichtlich nicht weglaufen. War das die offene Tür?

Sie fand es seltsam, alleine in seiner Wohnung zu sein. Doch die Alternative, unten bei Kais Mutter zu bleiben, erschien ihr noch seltsamer. Zwar war Christel durch den Hochprozentigen etwas lockerer geworden, doch die Aussicht, sich mit ihr gemeinsam um das Abendessen zu kümmern oder gar zu zweit vor dem Fernsehapparat zu sitzen, war dann doch eher keine schöne, sondern eine bedrohliche. Sie hatte sich also verabschiedet, hatte etwas gemurmelt von müde und sie müsse noch telefonieren, und war die Treppe nach oben gestiegen. Sie ließ den Schlüssel in die Schale neben dem Eingang fallen und zog die Stiefel aus. Kai hatte sich über ihre Cowboyboots lustig gemacht. Wenn er gewusst hätte, wie viel sie dafür ausgegeben hatte, hätte er sicher an ihrem Verstand gezweifelt. Kalbslederschuhe mit handgemachten Applikationen hatten eben ihren Preis. Und die Dinger hielten jetzt schon seit fünf Jahren. »Das sind Klassiker«, hatte Viktoria ihm geantwortet. »Die kann ich noch tragen, wenn ich achtzig bin.«

Kai hatte gelacht. »Das glaube ich dir. Du wirst auch damit ausreiten und Lassos werfen, wenn du achtzig bist.«

Sie schlenderte in seine Küche. Das Geschirr, das sie benutzt hatten, stand noch in der Spüle. Sie ließ das Wasser laufen, damit es heiß wurde, und gab Spülmittel dazu. Kai hatte keine Spülmaschine. »Lohnt sich nicht«, hatte er gesagt. »Für einen alleine.« Jetzt stand sie alleine in seiner Küche und stellte die sauberen Teller auf die Abtropffläche. Sie überlegte, ob sie nach Hause fahren sollte. Doch der holzige Geschmack in ihrem Mund hinderte sie daran. Vielleicht sollte sie noch ein bisschen ausnüchtern und später aufbrechen. Irgendwie war ihr noch nicht danach, nach Berlin zurückzukehren. Sie würde hierbleiben. Ihr Magen gurgelte mit dem Wasser, das im Abfluss verschwand, um die Wette. Der Kühlschrank hielt aber keine entsprechende Antwort bereit. Sie schaute auf die Uhr. Okay, sie würde jetzt noch ihre Mails abrufen und schauen, ob sie mit ihrem Projekt weitergekommen war. Dann würde sie ins Gasthaus König gehen und beim guten, grauen und stillen Harry etwas zu essen bestellen.

Es war außergewöhnlich kalt für einen Maitag. Bodenfrost war für die Nacht angesagt. In einigen Gebieten leichter Schneeregen, in allen Gebieten Regen. Es wurde dunkel. Er konnte nur noch Umrisse erkennen. Das Grün des T-Shirts vermischte sich mit dem Dunkelgrau des Himmels. Es wäre so leicht. Die Tür stand sperrangelweit offen. Er drehte sich um. Und ging.

8. Kapitel

Rosa, die geschwätzige Frau vom stillen Wirt, war zum Glück nicht da. Viktoria war nicht nach Reden. Nicht nur, weil sie die Kartoffelsuppe in aller Ruhe genießen wollte. Sie wollte ihre Gedanken ein bisschen sortieren. Denn die waren arg durcheinandergeraten in den letzten zweiundsiebzig Stunden.

Beim ersten Löffel verbrannte sie sich die Zunge. Sie war also mal wieder viel zu gierig gewesen, wie so oft. Immer wollte sie alles haben. Am liebsten sofort und auf der Stelle. Hatte Kai deshalb Reißaus genommen? War ihm die Sache mit ihr zu eng, zu verbindlich geworden. Sie pustete, und die sämige, heiße Flüssigkeit schlug kleine Wellen.

Quatsch. Sie hatte ihn nicht unter Druck gesetzt. Deshalb hatte sie schließlich auch nichts von ihrem sogenannten Projekt erzählt. Von dem sie sogar Mario überzeugt hatte, auch wenn er nicht davon angetan war, dass sie plante, eine Agentur für Polizeigeschichten im Münsterland aufzubauen. Doch dass es klappen könnte, davon war er überzeugt. Vorhin hatte sie von Marios Freund, der Grafiker war und sich mit Computer-Dingen gut auskannte, eine Mail bekommen. Im Anhang war ein Vorschlag für ihren Internet-Auftritt gewesen.

Sie würde ihre Agentur »Goldeber« nennen. Es würde passen. Die Reporterin, die nach Geschichten wühlt wie ein Trüffelschwein nach den teuren Pilzen.

Ihr gefiel das Layout, die Schrift, das stilisierte Bild eines Wildschweins. Unter dem Link »Was wir bieten« hatte sie zusammengefasst, was ihre Agentur leisten würde. Aktuelle Polizeigeschichten aus dem Münsterland in Wort und Bild. Hintergrundgeschichten. Reportagen, Porträts, Interviews aus dem weiten Feld der Polizeiarbeit. Sie würde einen Dorfpolizisten bei der Arbeit beobachten, die schwierigsten Fälle des Münsteraner Rechtsmediziners Metzger vorstellen, die strukturellen Schwächen einer Feuerwache darstellen, die zu wenig Platz oder einen falschen Standort hat. Es machte ihr Spaß, sich auszumalen, was sie anbieten könnte. Doch je konkreter es wurde, desto mulmiger wurde ihr. Erstens: Wie würde sie das alles alleine stemmen können? Sie würde sich erst einmal freie Mitarbeiter heranziehen müssen, Fotografen, die nicht allzu teuer, aber fit sind, rekrutieren und die Kunden überzeugen müssen, die ihren Dienst abonnieren könnten. Immerhin würde sie mit ihrer Agentur der dpa Konkurrenz machen. Die Frage, die aber eigentlich hinter allem stand, war: Wollte sie das überhaupt? Und: Wollte er das überhaupt? Sie in Westbevern. Nicht nur am Wochenende, sondern richtig? Würde es gut gehen?

Die Suppe hatte nun die richtige Temperatur. Sie aß und spürte, wie sich ihr Magen langsam beruhigte. Kai hat gesagt, er freue sich, mich bald wiederzusehen, dachte sie und genoss das Gefühl, satt zu werden. Die

Suppenschale war leer. Sie kratzte die letzten Reste mit dem Löffel zusammen. Mit jedem kleinen Pling, das der Löffel machte, wenn er mit dem Geschirr zusammenstieß, wurde die Frage, die sie sich eigentlich nicht stellen wollte, in ihrem Kopf immer lauter: Wo zum Teufel steckt er gerade?

Zum Glück hatte Christel sie nicht abgefangen. Sie konnte in seine Wohnung gehen, ohne irgendwelche Höflichkeitsfloskeln wechseln zu müssen. Sie musste die ganze Sache dringend systematischer anpacken. Auch wenn er sich gemeldet hatte, wollte sie wissen, wo er war. Wohin war er gereist oder besser zu wem? Sein kaputtes Handy konnte auch eine Ausrede sein. Sie spürte wieder ihre Magenwände, die sich doch nach der Kartoffelsuppe eigentlich beruhigt hatten.

Unschlüssig lief sie in der Wohnung hin und her. Öffnete seinen Kleiderschrank und versuchte, sich einen Überblick zu verschaffen. Sie hatte den Eindruck, als sei alles noch da, doch sie könnte sich täuschen. Immerhin führten sie beide eine Wochenendbeziehung. Sie kannte nicht einmal all seine Shirts oder Hosen. Schließlich hockte sie sich auf die Bettkante.

Auf dem Stuhl neben dem Schrank lagen eine Jeans und T-Shirts. Das grüne, das er beim Joggen getragen hatte, war nicht dabei. Sie stand auf, suchte im Flur nach seinen Laufschuhen. Sie waren nicht da. Sie klappte seine Wäschekiste auf. Kein grünes Shirt, keine Jogginghose. Über dem Badewannenrand lag nur ein Handtuch. So wie es aussah, hatte er seine Joggingsachen nicht ausgezogen. Dabei hätten sie nass sein müssen, nach dem Regen an diesem Tag. Das ergab keinen Sinn. Wenn er wirklich eine kurze Reise angetreten hatte, dann hätte er sich vorher abgetrocknet und umgezogen.

Sie dachte wieder an das matschige Ufer, an dem sie vor ein paar Stunden noch vorbeigelaufen war. War er ausgerutscht und in die Ems …? Sie verbot es sich, weiter daran zu denken. Wahrscheinlicher war, dass er es sehr eilig gehabt hatte wegzukommen. Er hatte ein paar Sachen in die Sporttasche geworfen und war zum Auto am Bahnhof gelaufen, um wegzufahren. Wohin auch immer!

Sie ging in sein kleines Wohnzimmer, in dessen Ecke der Computer stand. Sie fuhr ihn hoch. Natürlich war es ein Vertrauensbruch, wenn sie seine E-Mails lesen würde oder in seinen Dokumenten herumstöberte. Aber war es nicht auch ein Vertrauensbruch, einfach abzuhauen, ohne zu sagen, wohin. Sie zögerte. Hatte er selbst nicht immer wieder betont, dass er eigentlich kaum Mails schreibe oder bekomme? Und wenn, dann seien sie von beruflichem Belang oder aber von ihr? Hatte er ihr nicht selbst das Passwort gesagt, welches dasselbe war, mit dem man den Computer anmelden musste, und das so dämlich und simpel war, dass er genauso gut hätte darauf verzichten können. Er wusste das. Ihm war es egal. »Ich habe nichts zu verbergen«, hatte er gesagt. Wir werden sehen, dachte Viktoria und tippte seinen Vornamen und das Geburtsdatum ein. Vielleicht würde sie die Buchungsbestätigung eines Hotels finden, vielleicht könnte sie sehen, welche Adresse er zuletzt in Google Maps eingegeben hatte …

Die einzigen Internetseiten, die Kai allerdings aufgerufen hatte, waren die von Wetterdiensten oder ein paar Infoseiten von Pharmaunternehmen. Die meisten Mails kamen von ihr selbst, er hatte sie offensichtlich alle nicht gelöscht. Die übliche Werbung von Online-Versandfirmen war dabei, und ein paar Freunde, deren Namen Viktoria bekannt vorkamen, hatten sich nach Geschenkideen erkundigt für eine Hochzeit, die demnächst stattfinden würde. Ein paar medizinische Studien waren ebenfalls von den entsprechenden Forschungs- oder Pharmaunternehmen an Kai gegangen. Das Urban-Klinikum aus Berlin war auch unter den Absendern. Viktoria vermutete ebenfalls Werbung, fast hätte sie die Nachricht nicht einmal geöffnet. Doch sie tat es. *Sehr geehrter Herr Dr. Westmark* stand dort. Sie überflog die ersten Worte. *... würden wir Sie gerne persönlich kennenlernen.* Sie rieb sich die Augen, las noch einmal in Ruhe die Mail vom Berliner Krankenhaus. Dann lehnte sie sich im Schreibtischstuhl zurück. Kai hatte sich dort ganz offensichtlich um die Stelle eines Assistenzarztes beworben. Er war bereit, nach Berlin zu gehen? Sie las noch einmal, weil sie es nicht glaubte. Und offensichtlich standen seine Chancen auf einen Job sogar recht gut. Er sollte einen Termin für ein Vorstellungsgespräch bestätigen. Für einen kurzen Moment hoffte sie, dass dies das Ziel seiner Reise war. Der Chefarzt des Berliner Urban-Klinikums hatte einen Termin mit Kai. Vielleicht heute?

Sie hatte gedacht, er wolle keine enge Beziehung mit ihr. Sie hatte gedacht, er wolle sie nicht häufiger sehen.

Dabei hatte er an einer gemeinsamen Zukunft gearbeitet.

Sie rief bei der angegebenen Telefonnummer an. Doch die Personalabteilung wollte ihr keine Auskunft geben. »Datenschutz«, sagte man ihr. Also versuchte sie es direkt beim Chefarzt. Die Sekretärin ließ sie abblitzen. »Er ist gerade in einer Besprechung – die kann dauern«, sagte sie. Viktoria änderte also ihre Taktik. »Dann richten Sie ihm doch bitte aus, dass das Vorstellungsgespräch mit Herrn Westmark verschoben werden muss. Er lässt fragen, ob er eine oder zwei Stunden später kommen könnte.« Am anderen Ende war es einen Moment still. »Ah, ja, da habe ich ihn. Das müsste gehen.«

»Das ist toll. Wann genau soll er dann kommen?« Viktoria hoffte, dass ihr Plan aufgehen würde. Es klappte.

»Um 17 Uhr, am Freitag, 18. Juni.«

Kurz freute sie sich, dass sie das Datum so schnell herausgefunden hatte. Dann begriff sie, dass es nichts brachte – außer der Erkenntnis, dass Kai also nicht heute oder kurz nach ihrem Abschied am Tag ihrer Abreise zu einem Gespräch ins Berliner Krankenhaus gefahren war.

Sie hielt ihr Telefon noch in der Hand und ließ den Blick über den Schreibtisch schweifen. Ein paar Stifte lagen dort, ein paar Zettel, Tesafilm, ein Taschenrechner. Die Schreibtischunterlage war mit unleserlichen Notizen vollgekritzelt. Uhrzeiten, Telefonnummern, Stichworte, die sie nicht einordnen konnte. Dann sah sie das Datum. Sonntag stand dort in schwarzer Schrift. 29.5. stand dort, 19 Uhr stand dort. Und zwei Namen: Paul, dahinter fr. 9–11., ein Pfeil und J. oder I. Hesselmann.

Sie nahm sich ein leeres Blatt aus seinem Drucker und schrieb die Notiz ab.

Treffer, dachte sie. Mitten ins Schwarze. Es sah so aus, als ob Kai sich nach ihrer Abreise am Sonntag, den 29. Mai, noch mit jemandem treffen wollte, der Paul hieß oder J. oder I. Hesselmann? Hat er sich dort verkrochen? Oder hatte er sich mit einer dieser Personen schon am Freitag zwischen 9 und 11 Uhr getroffen – noch bevor sie in Westbevern angekommen war? Und wenn ja, warum hatte er ihr dann nichts davon erzählt?

Sie suchte die Unterlage auch nach anderen Daten oder Nummern ab – und notierte, was sie entziffern konnte. Recherchieren war schließlich ihr Job. Und den würde sie jetzt machen.

9. Kapitel

Wenn Dummheit quietschen würde, würdest du den ganzen Tag mit einer Ölkanne herumlaufen … Jetzt fiel ihm auch noch dieser nicht sehr komische Witz aus seinen Kindertagen ein. Weil es ja stimmte. Er war dumm – und dämlich noch dazu. Warum nur hatte er gemeint, eine weitere Strecke laufen zu müssen, an einem Tag, an dem die Regenwahrscheinlichkeit bei über hundert Prozent lag. Er war sauer. Auf sich selbst, nicht auf Viktoria. Obwohl sie es ihnen beiden so schwer machte. Statt die wenige Zeit, die sie gemeinsam verbringen konnten, zu genießen, wurde sie schon am Sonntagmorgen unruhig und maulig. Plötzlich war alles, was sie in den Stunden vor ihrer Abfahrt nach Berlin taten, zu wenig, zu belanglos, reine Zeitverschwendung. Er empfand es anders. Er genoss jede Minute, die sie bei ihm war. Ganz egal, was sie taten. Oder auch nicht taten. Viktoria gehörte zu den wenigen Menschen, die er um sich haben konnte, ohne dass er irgendwann das Bedürfnis hatte, sie wieder loswerden zu müssen. Sie nervte nicht. Sie langweilte ihn nie. Und sie klammerte sich nicht an ihn.

Als er nach ihrem kleinen Streit losgelaufen war, merkte er gleich, dass er schneller war als sonst. Die Muskeln hatten sich offensichtlich an sein regelmäßiges Training gewöhnt. Also bog er, als er auf seiner üblichen Route Richtung Ems lief, an der letzten Gabelung vor dem Fluss rechts statt links ab. Neben der Holzbrücke hatten sie vor einigen Jahren eine Art Aussichtspodest gebaut, von dem aus man einen schönen Blick über die Ems hatte. Kurz hatte er darüber nachgedacht, ob er die Treppen in Rocky-Balboa-Manier hochlaufen sollte, doch er entschied sich, die Kräfte zu sparen und einfach nur über die Brücke zu joggen. Als er gerade seinen ersten Fuß auf dem Holz hatte, hörte er das seltsame Pfeifen, das ein nahender Zug verursachte. Rechts von ihm war die Bahnlinie. Als er ein Junge war, war er manchmal mit seinem Vater über die Eisenbahnbrücke gelaufen, nachdem sie gelauscht hatten, ob ein Zug kam. Damals gab es die Holzbrücke für Fußgänger noch nicht. Er und sein Vater hielten sich an der Brückenbrüstung fest, während sie zügig, aber nicht hastig das gefährliche Stück in nur einem Meter Entfernung von den Gleisen über die Ems gingen. Das Herzklopfen beim Hinüberlaufen, die Angst vor der heranrasenden Gefahr, das hatte er nie vergessen. Und das Lachen seines Vaters, wenn sie heil auf der anderen Seite angekommen waren. Von dort marschierten sie dann in den militärischen Sicherheitsbereich, den in Westbevern aber jeder nur Panzerübungsgelände nannte. Dort übten die Soldaten aus den nahe gelegenen Handorfer Kasernen alles, was man für einen Krieg können musste. Schießen, verstecken, anschleichen, Panzer fahren. Breite Panzerspuren hatten sich so über Jahre durch das unübersichtliche Gelände gegraben. Alles sah aus wie ein riesengroßer Abenteuerspielplatz, fand Kai damals. Hügel, von Hand gegrabene Löcher, leere Patronenhülsen. Nur sonntags durften Spaziergänger das Gelände betreten. Überall hatten große Warnschilder gestanden. Das, an dem er jetzt vorbeikam, gab es früher nicht an dieser Stelle. Er blieb kurz stehen. *Grenze des Standortübungsplatzes* stand dort. Und: *Blindgänger! Lebensgefahr!* Das Betreten des Platzes sei verboten, wer sich nicht daran halte, würde strafrechtlich verfolgt. Kai lächelte. Wenn schon sein eigentlich sehr braver und pflichtbewusster Vater sich nicht an diese Regel gehalten hatte, würde er das jetzt auch nicht tun. Er wollte schließlich nur kurz schauen, ob es hier immer noch so aussah wie in seiner Erinnerung. War der riesengroße Spielplatz kleiner geworden? Und soweit er wusste, hatten hier schon lange keine echten Truppenübungen mehr stattgefunden. Die Briten waren längst aus Münster abgezogen, deren Kasernen zu hübschen Wohnanlagen umgebaut. Er hatte die Wahl zwischen zwei Wegen. Einem ansteigenden, mitten durch dichtes Gestrüpp, und einem ebenen entlang der Ems. Er entschied sich für den schwierigeren Weg.

Und dann hatte es wieder zu regnen begonnen. Er war noch nicht weit vorgedrungen, lief aber inzwischen wieder auf freier Fläche, ohne Schutz des Laubdachs. Er steuerte eine kleine Baumgruppe an, stellte sich unter und überlegte, ob er den Schauer abwarten sollte. Dann würde er auf jeden Fall zu spät kommen, um sich von Viktoria zu verabschieden. Außerdem sah der Himmel so ganz und gar nicht nach Schauer aus, sondern nach einem konstanten Regenwolkendauergrau. Rückzug, dachte er – schon ganz von der kriegerischen Atmosphäre des Übungsgeländes eingenommen. Er lief genau zwei Schritte, dann rutschte er aus, fiel und brach sich sein linkes Bein.

»Wie sieht's aus? Habt ihr euch wieder vertragen und seid jetzt verliebt, verlobt, verheiratet? Bist du morgen wieder da?« Mario hatte angerufen.

»Bisschen viele Fragen auf einmal«, umging sie die Antworten.

»Ja, ja. Aber sag schon, kommst du? Der Chef vermisst dich schon.«

»Ich ihn aber nicht«, antwortete Viktoria. »Außerdem kann so ein Magen-Darm-Virus echt hartnäckig sein.«

»O ja ...« Mario lachte. »Na, gut. Deine Sache.«

»Erfasst.« Viktoria wollte auflegen.

»Warte noch. Ich habe noch jemanden für dich.«

»Wie jemanden?«

»Na, du hast doch journalistischen Nachwuchs gesucht, für deinen ... äh, wie hieß dein Ding noch mal?«

»Goldeber!«

»Ja, genau. Und ich hab 'nen Goldjungen für dich. Er heißt Hagen Pressler, Charly kennt ihn. Ein Student aus Münster. Und er würde gerne als Polizeireporter arbeiten.«

»Aha ...« Viktoria blieb einsilbig.

»Er scheint was draufzuhaben.«

»Scheint ...« Viktoria klang misstrauisch.

»Hey, ich schätze auf Charlys Empfehlung kannst du

dich verlassen. Dieser Pressler wird dich auf jeden Fall anrufen.«

Viktoria nickte und bedankte sich. Stimmt, da war doch noch was. Sie hatte zu tun. Sie würde einen Mitarbeiter haben. Die Sache kam ins Rollen. Ihre eigene Agentur. Sie öffnete noch einmal die Startseite ihrer Homepage, die der Grafiker entworfen hatte. Sie füllte den Text unter den Buttons *Impressum* und *Agentur* und war zufrieden. Sie wäre die Agentur-Chefin. Und Willmers, der ekeligste Chef des *Express* aller Zeiten, könnte sie mal!

Kai hatte es krachen gehört. Die Bänder sind durch, war der erste Gedanke. Dann hatte er nach unten geblickt. Sein linker Fuß war um fünfundvierzig Grad nach links abgeknickt. Charlie Chaplin hätte seine Freude daran, dachte er und wunderte sich, dass es nicht wehtat. Ein Bruch, diagnostizierte er sachlich und prüfte, ob noch andere Körperteile in Mitleidenschaft gezogen worden waren. Seine rechte Hand hatte offensichtlich auch etwas abbekommen. Das Handgelenk war wahrscheinlich schwer gestaucht. Also fummelte Kai mit der linken Hand sein Handy aus der rechten Hosentasche. Es dauerte eine ganze Zeit, bis er es endlich anstellen konnte. Seltsamerweise fiel ihm sofort die PIN-Nummer ein, bei der er sonst immer eine Eselsbrücke brauchte. Er war nicht so gut mit Zahlen, doch in diesem Moment hätte er sämtliche mathematische Formeln seiner Schul- und Studienzeit herunterbeten können. So klar war er. Er begann, die Zahlen einzutippen, was mit links schwerer war, als er dachte. Bei der letzten Ziffer erwischte sein Daumen zwei Zahlen. »Falscher PIN-Code« zeigte das Display. Bei seinem zweiten Versuch stellte er sich noch ungeschickter an. Das Telefon rutschte ihm aus der Hand; wäre seine rechte Hand okay gewesen, hätte er es reflexartig auffangen können. Doch so fiel es direkt in eine Pfütze. Er fischte es schnell heraus, aber offensichtlich nicht schnell genug. Das Display zeigte nichts mehr an.

Egal, dachte er, wieder mit einer Entschlossenheit und einem Optimismus, die er angesichts seiner Situation selbst nicht für möglich gehalten hatte. Was sind wir Menschen doch für geniale Schöpfungen, dachte er. Wir konzentrieren uns in Notsituationen auf das Wichtigste, spüren keinen Schmerz und setzen ungeahnte Kräfte frei. Er würde sich jetzt weiter Richtung Fußgängerbrücke schleppen. Von dort war es nicht mehr so weit bis zur Nathmanns Heide. Einer kleinen Siedlung außerhalb von Westbevern. Da gab es Menschen, Menschen, die funktionierende Telefone besaßen. Er kam zehn Meter weit, dann musste er eine Pause machen. Der abgeknickte Fuß und die nicht mehr tragfähige Hand machten es ihm unmöglich, hier wegzukommen. Er würde sich auf die guten alten Methoden besinnen und ohne moderne Kommunikationsmittel Rettung herbeiholen müssen. Er würde laut und deutlich um Hilfe rufen.

»Hübsch«, war das erste Wort, das ihr in den Sinn kam. Das zweite war »fix«. Hagen Pressler war beides. Er hatte sie am Morgen angerufen, und statt Worte auf Höflichkeiten und Vorstellungsfloskeln zu verschwenden, war er gleich auf den Punkt gekommen. Er habe eine super Geschichte, mit der sie ihre Agentur augenblicklich zum Laufen bekommen könnte. Er würde ihr gerne die Fotos und Details zeigen. Er schlug vor, mit seinem Material vorbeizukommen. Vielleicht könnte man sich in einem Café in Westbevern treffen.

»Ne, lass mal«, hatte sie erwidert und war damit gleich beim Du gelandet. »Café in Westbevern is' nicht – also gibt's nicht.«

Weil Hagen in Münster wohnte, trafen sie sich eine Stunde später im Marktcafé am Domplatz. Als Viktoria durch die Tür kam und sich umschaute, erhob sich Hagen schon. Seine Jeans hing locker auf seinen Hüften, darüber trug er ein weißes Longshirt, unter dem ein orangefarbenes T-Shirt hervorblitzte. Und unter dem man seine definierte Brustmuskulatur erahnen konnte. Sein Dreitagebart sah aus, als pikse er nicht, und mit seinen Augen schaute er sie offen, freundlich und sehr lange an.

»Frau Latell?«

»Ne, Viktoria«, sagte sie und streckte ihm die Hand entgegen. »Hi, Hagen.« Sie setzten sich, Hagen winkte der Kellnerin. Viktoria bestellte eine Cola light.

Hagen grinste. »Schon am frühen Morgen?«

Sie ging nicht weiter darauf ein, fragte stattdessen: »Du hast was Schönes für mich?« Sie wollte sehen, ob das hübsche Bürschchen sich schnell verunsichern ließ, wenn man nicht gleich auf sein charmantes Lächeln reagierte.

Er bestand den Test. Aus einer Tasche unter dem Tisch

holte er eine Mappe hervor, schlug sie auf und zog den Papierausdruck eines Fotos heraus.

»Ein Fahrrad?« Viktoria lächelte mitleidig.

Hagen ließ sich nicht beirren. Er fasste die Story zusammen. »Dieses Fahrrad wurde in Ostbevern-Brock gefunden, das müsste in der Nähe von Westbevern sein.« Viktoria nickte. Sie hatte auch schon von diesem Ort gehört, der noch kleiner und unspektakulärer sein sollte als Westbevern.

»Es gehört dieser Dame«, sagte er und präsentierte ein zweites Bild. Es zeigte eine junge Frau mit kurzen schwarzen Haaren, großen Creolen im Ohr und Haremshose an den Beinen. In der Hand hielt sie ein Glas mit Strohhalm, die Umgebung war dunkel.

Hagen fuhr fort: »Das ist Lilly Andrea. Eine Studentin. Ein sogenanntes Primimäuschen. Sie studiert auf Lehramt, will mal Grundschullehrerin werden. Jetzt ist sie weg.«

»Sagt wer?« Viktoria tat cool. Dabei war ihr längst klar, dass diese Bilder ausgezeichnet waren. Vermisste junge Frauen gingen immer gut. »Die Polizei. Aber erst morgen.«

»Und du weißt es schon heute?« Sie glaubte ihm nicht.

»Ja. Ich kenne da ein paar Leute …«

Sie nickte. Mehr würde sie nicht zu diesem Thema fragen, das war Polizeireporter-Gesetz. Jeder hatte seine Informanten, und je weniger die Kollegen davon wussten, desto besser.

Seit wann genau die Studentin verschwunden war, wusste laut Hagen niemand. Sie war noch nicht lange an der Uni, kannte nicht allzu viele Leute, und es fiel nicht weiter auf, ob man bei allen Vorlesungen war oder nicht. Mit den Eltern hatte sie nicht sonderlich viel Kontakt. Sie war das fünfte Kind, ein Nachzügler, die Eltern lebten in Oldenburg und ließen Lilly im Großen und Ganzen in Ruhe. Lilly hatte ein Zimmer im Wohnheim am Aasee. Wäre sie nicht mit dem Küchendienst dran gewesen, wäre wahrscheinlich noch später aufgefallen, dass sie nicht mehr da war.

Die Polizei wollte morgen mit einer Suchmeldung an die Öffentlichkeit gehen. Sie hätte noch gezögert, doch das jetzt gefundene Fahrrad hatte die Lage verändert.

»Wer hat es gefunden?«, fragte Viktoria. Hagen zuckte mit den Schultern. »Alles weiß ich auch nicht.«

»Na, das ist ja beruhigend.«

Viktoria bestellte noch eine Cola, und Hagen sah sie fragend an.

»Kann ich also bei dir einsteigen?«

»Du musst«, sagte sie. »Eigentlich bin ich zwar noch nicht so weit mit meinen Vorbereitungen. Aber: Egal! Deine Geschichte kriegen wir verkauft. Es ist der perfekte Einstieg ins Polizei-Agentur-Geschäft.«

Hagen fuhr sich durch seine fast schwarzen, kurzen Haare. Man sah ihm an, dass er sich freute, es aber nicht zeigen wollte.

»Ich habe noch keine Ahnung, wie wir das mit deinem Honorar machen. Willst du prozentual beteiligt werden, willst du eine Pauschale?«

Hagen lehnte sich zurück und schaute Viktoria direkt in die Augen. »Das Geld ist mir völlig egal.«

Als sie in Kais Einfahrt einbog, schlug für einen kurzen Moment ihr Herz schneller. Ein Golf stand dort, die Bremsleuchten gingen gerade aus. Dann begriff sie, dass es nicht Kais Auto war. Ein schlaksiger Mann stieg aus, ging mit federnden Schritten zur Haustür und drückte Kais Klingel. In seiner linken Hand hielt er eine knallgelbe Sporttasche mit Streifen darauf. Als Viktoria dazukam, lachte er und hob die Tasche hoch. »Hi, du musst Viktoria sein.«

Sie nickte und konnte nur die Tasche anschauen. Kais Tasche.

Er hielt sie ihr entgegen. »Kannst du sie ihm wiedergeben, wenn er wieder da ist? Er hat sie beim letzten Training in meinem Auto vergessen.«

Sie nahm die Tasche mechanisch entgegen. »Klar«, sagte sie. Klar, dachte sie. Das musste der Zahnarzt aus Ostbevern sein, mit dem Kai ab und zu Badminton spielte. Sie räusperte sich und versuchte ein Lächeln. »Ich gebe sie ihm, wenn er wieder da ist.« Wenn er wieder da ist. Die Worte klangen in ihrem eigenen Kopf nach wie ein Echo.

Der Zahnarzt bedankte sich und ging zurück zu seinem Wagen. »Tschüs«, rief er fröhlich, dann klappte die Autotür zu.

Viktoria stand da und konnte sich nicht regen. Die Tasche fühlte sich an, als wiege sie hundert Tonnen.

Das Handy lag auf der Baumwurzel und schien ihn auszulachen. Es hatte ein fieses, breites Grinsen. Kai konnte es sehen. Es machte sich lustig über ihn und seine Hoffnung, dass es vielleicht doch noch funktionieren würde, wenn es nur trocknen würde. Dass er vielleicht doch noch die 112 wählen könnte. Oder ihre Nummer. Um ihre Stimme zu hören. Kai schloss die Augen. Seit wie vielen Stunden er hier lag, wusste er nicht mehr. Selbst bei den Tagen war er nicht sicher. Hatte er zwei Nächte überstanden. Waren es drei? Immer wieder hatte er versucht aufzustehen. Es ging nicht. Er hatte in die Stille geschrien, gebrüllt. Er war erstaunt, welche Laute dort aus ihm, aus seinem Mund kamen. Er hatte sie schon einmal gehört, vor einigen Jahren.

Er war Arzt im Praktikum, und als er eines Nachts im Schwesternzimmer saß, hörte er sie. Sie drangen über den Innenhof des Klinikums durch das offene Fenster. Eine Schwester, die ihn amüsiert beobachtet hatte, sagte nur ein Wort: »Kreißsaal«. Kai war sich sicher: Hätte er dieselben Geräusche, die Frauen unter Presswehen von sich gaben, außerhalb des Krankenhauses, auf einer Straße oder in einem Wald gehört, er wäre sicher gewesen, dass dort jemand auf bestialische Weise getötet wurde. Jetzt schrie er selbst um sein Leben. Es klang furchtbar, also wurde er wieder still.

Der Regen war sein Feind. Er ließ ihn frieren. Er hielt jede Hilfe fern. In dieser gottverdammten Gegend war schon so kaum jemand unterwegs, bei diesem Wetter keine Menschenseele mehr. Gottverdammt, hallte es in seinem Hirn nach, und wie einen Ohrwurm wurde er es nicht mehr los. Es begann wieder zu regnen, die Tropfen fielen auf das hämische Handy. Er nahm es an sich und steckte es unter sein durchweichtes T-Shirt. So als müsse er es beschützen, sein kleines Fünkchen Hoffnung.

Gleich würde er wieder um Hilfe schreien. Doch jetzt war er dazu zu müde. Ihm fielen die Augen zu. Er hatte Hunger. Ihm war kalt. Er spürte, wie sein Kreislauf schwächer wurde. Nur die Schmerzen, die spürte er nicht. Der Regen tat weiter seinen unheilvollen Dienst und füllte die Pfützen, die sich in den Panzerfurchen gebildet hatten, immer weiter. Immerhin kann ich so nicht verdursten, dachte er. Immerhin. Seine Augen fielen zu. Er konzentrierte sich auf die Geräusche um ihn, dann filterte er den Wind und den Regen, der auf den nassen Boden fiel, weg und hörte nichts mehr außer seinen Atem. Was hätte er jetzt für den Krach der Motocrossfahrer gegeben, die die Kriegslandschaft an der Ems für ihre wilden Fahrten nutzen. Und über die sein Vater früher so sehr geflucht hatte. Was hätte er für jedes Geräusch gegeben, das anders klang als sein Atem, das Tropfen des Regens und das Stöhnen des Windes?

Sie war nicht die Einzige, die noch wach war. In der Etage unter ihr rumorte Christel Westmark in der Küche. Hier rumorte es in ihrem Magen. Ihr war speiübel. Seine Reisetasche war wieder aufgetaucht. Kai war weg. Doch jetzt glaubte sie nicht mehr, dass er verreist war. Ohne Gepäck? Diese verfluchte knallgelbe und damit nicht zu übersehende Reisetasche. Sie hatte sie unter sein Bett geschoben, um sie nicht dauernd anzustarren.

Christel hatte, nachdem sie ihr von der Tasche erzählt hatte, die Polizei in Warendorf angerufen. Dort hatte man sie beruhigt, gesagt, dass es durchaus vorkommen könnte, dass ein Mann mal alleine sein wolle. Als sie auf Nachfrage auch noch sagte, dass Kai sich bei der Arbeit abgemeldet hatte, vertröstete man sie auf den nächsten Tag. »Die haben mir gesagt, ich soll noch mal drüber schlafen. Mein Sohn sei schließlich erwachsen.« Christel regte sich auf.

Viktoria versuchte, sie zu beruhigen. »Die haben recht. Aus ihrer Sicht machen sie das Richtige.«

Doch Christel ließ sich nicht beruhigen. »Vielleicht ist ihm auf seiner Joggingtour etwas passiert. Wahrscheinlich liegt er irgendwo im Graben.«

Viktoria schüttelte entschieden den Kopf. »Nein. Erstens bin ich seine Strecke abgelaufen. Zweitens hat er sich ja tatsächlich bei der Arbeit abgemeldet, und er hat später noch beim *Express* angerufen, um mir auszurichten, dass sein Handy kaputt sei.«

»Hat er das?« Christel seufzte.

Viktoria nickte. »Das dachte ich zumindest.« Sie fasste sich an die Stirn. »Wie hieß noch mal die Arzthelferin, mit der du gesprochen hattest.«

»Nicki? Die mir gesagt hat, dass er verreist wäre?«

»Genau!« Viktoria ließ sich die Nummer geben und rief bei Nicki an. Das machte es nur noch schlimmer. Denn Kai, so erfuhr sie, hatte nicht persönlich mit Nicki gesprochen, sondern er hatte sehr früh angerufen, als lediglich die Putzfrau in der Praxis war. Der habe er aufgetragen, die Nachricht zu überbringen.

»War es seine Stimme?« Viktoria musste sich zusammenreißen, damit sie nicht in den Telefonhörer schrie.

Nicki antwortete ratlos. »Woher soll ich das wissen? Ich habe doch gar nicht mit ihm gesprochen …«

»Weiß es denn die Putzfrau?« Viktoria wurde ungeduldig.

»Wie denn. Die kennt ihn doch gar nicht.«

Viktoria bekam weiche Knie. Und während sie auflegte, dachte sie, Charly Berendsen kennt seine Stimme auch nicht. Hat Kai nach seiner Joggingtour überhaupt mit jemandem gesprochen? Sie rieb sich die Schläfen. Sie musste sich beruhigen. Schließlich war sie keine Hysterikerin. Ihr Polizeireporter-Instinkt schien mit ihr durchzugehen. »Wir geben morgen eine Vermisstenanzeige auf«, sagte sie mit fester Stimme zu Christel. »Vielleicht hat er sich bis dahin ja schon gemeldet.«

Ihr fielen die Notizen auf seiner Schreibtischunterlage wieder ein. »Sag mal, hat Kai einen Bekannten, der Paul heißt oder Hesselmann?«

Christel schüttelte den Kopf und schaute dabei aus dem Wohnzimmerfenster. »Noch nie gehört, wer soll das sein?«

»Egal. Keine Ahnung, vergiss es«, sagte sie und dachte: Vielleicht jemand, der uns sagen kann, wo er ist.

Viktoria war klug genug, um in einer Sache zu lügen. »Nein, es gab keinen Streit«, antwortete sie klar und deutlich, als der Polizeibeamte sie danach fragte. Christel schaute zu Boden, was nicht weiter auffiel, weil sie während der ganzen Zeit, in der sie im Polizeipräsidium in Warendorf saßen, die Fliesen zu betrachten schien. Viktoria wusste, dass die Polizei niemals nach ihm suchen würde, wenn sie vermutete, dass er freiwillig abgehauen sei. Das hatte sie auch Christel vorher erklärt, die froh zu sein schien, dass die Polizeireporterin die Sache mit der Anzeige in die Hand genommen hatte. Sie nickte also, als Viktoria ihr auf der Autofahrt erklärt hatte, was zu tun war. »Wir werden nichts sagen, was darauf hindeutet, dass er freiwillig …«

Christel war bleich geworden. »Du meinst, er ist unfreiwillig, also jemand hat …«

»Ich meine gar nichts. Ich weiß aber, dass sie nur suchen, wenn sie glauben, dass …«

Christel flüsterte: »… dass etwas passiert ist.«

Viktoria zwang sich, optimistisch zu wirken. Eine heulende Mutter würde sie jetzt nicht ertragen. Also versuchte sie es mit Small Talk. »Und es gibt echt keine Polizei in Westbevern?«

»Doch schon. Bei uns wohnen ja ein paar Polizisten, aber die arbeiten natürlich nicht hier für uns. Außer wenn sie mal die Straße für den Lambertuszug absperren müssen oder so.«

Viktoria nickte, als fände sie die Sache sehr spannend. »Und in Telgte? Da habe ich doch am Rathaus ein Schild gesehen, auf dem Polizei stand.«

»Ja, das steht da. Aber die Polizei ist dort nicht immer. Die kommen nur ab und zu mal vorbei.«

Was für ein Paradies für Verbrecher hier doch war, dachte Viktoria. Egal was man hier anstellte – man hatte immer eine halbe Stunde Zeit, um abzuhauen. Denn so lange dauerte es, bis sie schließlich vor dem zuständigen Polizeipräsidium in Warendorf standen.

»Warendorf ist ganz schön«, sagte Christel traurig. »Unter anderen Umständen solltest du dir mal die Giebel am Marktplatz anschauen.«

Viktoria spürte, dass die Beamten ihr nicht glaubten. Sie fühlte, dass sie eigentlich nichts machen wollten. Also reichte die eine Lüge und das Verschweigen seiner vermeintlichen Lebenszeichen nicht aus, um eine große Suchaktion in die Wege zu leiten. Sie musste noch nachlegen.

»Kai hatte mir versprochen, mich zum Bahnhof zu bringen, er hält eigentlich immer seine Versprechen, nicht wahr Christel?«

Kais Mutter nickte teilnahmslos.

»Außerdem klagte er über leichte Brustschmerzen, als er loslief. Vielleicht hat er …« Sie machte eine dramatische Pause. »… also, sein Vater hatte ein schwaches Herz. Er ist daran gestorben. Es könnte also …«

Christel schien nicht zuzuhören, sie starrte weiter auf die Fliesen.

Der Polizist richtete sich in seinem Schreibtischstuhl auf der anderen Seite des Tisches auf. »Oh, das ändert die Sache natürlich. Wo, sagten sie noch einmal genau, läuft er immer?«

Das Etappenziel war geschafft. Die Polizei würde ihn suchen. Viktoria atmete tief durch.

Es war verrückt, vollkommen verrückt. Er fühlte sich wie Superman. Er war der Held mit übermenschlichen Kräften. Gerade hatte er es geschafft, einen Weg von bestimmt hundert Metern zurückzulegen. Kriechend, robbend wie ein Soldat, auf allen vieren. Sein gebrochenes Bein hatte er hinter sich hergezogen wie einen nassen Sack, sein Handgelenk hatte er ignoriert wie einen lästigen Pickel. Jetzt lag er unter einer Kiefer, deren Nadeldach ihn vielleicht etwas besser vor dem Dauerregen würde schützen können. Außerdem wollte er sich anlehnen. Endlich einmal sitzen, nicht mehr liegen und warten. Er wollte mehr sehen. Er musste mehr sehen. Gleich würde er wieder rufen. Der Baum stand auf einem kleinen Hügel, die Akustik war hier bestimmt besser. Kai zog sich weiter. Er konnte den Baumstamm berühren. Er konnte sich weiterschieben. Er konnte sich umdrehen. Er lehnte sich an. Er hatte Durst. So viel Durst, dass es ihm egal war, dass er Schlammwasser trank. Er selbst war ein Schlammmensch geworden in diesen Tagen. Seine Hose, sein T-Shirt, seine Arme, Hände, sein Gesicht – alles war von einem erdigen Braun. Wäre er im Krieg, hätte er die perfekte Tarnung am Leibe. Doch er war nicht im Krieg. Er kämpfte gegen einen Feind, der keine Soldaten hatte. Er war hellwach und kämpfte doch gegen die totale Erschöpfung.

Er spürte den Holzstamm an seinem Rücken, langsam öffnete er wieder die Augen. Da sah er die Gestalt. Sie stand da. Fast schon fürchtete er, er hätte eine Halluzination. Warum sollte ein Mensch so still dort stehen? Kai öffnete den Mund. Er hatte einmal gehört, man solle »Feuer« rufen, wenn man wirklich Angst um sein Leben hat. Denn dann würden die Leute eher helfen, als wenn jemand um Hilfe schrie. Doch welcher Idiot glaubte bei diesem Regen an eine Feuergefahr?

Er schrie: »Hilfe!« Er verfluchte seinen nassen Tarnanzug aus Schlamm. Er versuchte sich aufzurichten, damit man ihn besser sehen könnte, er versuchte, sich mit dem gesunden Bein nach oben zu schieben, den Rücken presste er an den Stamm. Es erforderte so viel Kraft und Konzentration, dass er nicht mehr rufen konnte. Als er fast aufrecht stand, rief er noch lauter, er winkte. Immer wieder begann er von vorn. Winken, rufen, winken. Selbst als die Gestalt sich langsam auf ihn zubewegte, hörte er damit nicht auf.

Hagen Pressler hatte ganze Arbeit geleistet. Sowohl die großen Boulevardblätter als auch ein paar Magazine hatten die Fotos von der vermissten Studentin und ihrem Fahrrad gekauft. Morgen würde also die erste Goldeber-Story deutschlandweit erscheinen, die Agentur war an den Start gegangen, obwohl die Homepage noch nicht einmal richtig fertig war. Viktoria hatte Hagens Vorschlag dankbar angenommen, dass er sich um die Akquise kümmern würde. Ihr war nicht nach telefonieren, freundlich sein, geschäftsmäßig sein. Das einzige Telefonat, das sie an diesem Tag noch führte, war das mit Mario. Dem sie erklärte, dass sie nicht zur Arbeit kommen könnte. Sein Einwand, dass sie dringend eine Krankschreibung bräuchte, wischte sie beiseite mit einem: »Die kann sich der Willmers sonst wohin stecken!«

Mario wechselte das Thema. »Hey, Victory – coole Story mit der vermissten Frau.«

»Hagen«, antwortete sie knapp.

»Also hatte Charly den richtigen Riecher. Der Junge taugt was.«

»Jaaaa«, antwortete Viktoria scheinbar genervt. »Ihr hattet recht. Der Mann ist gut.«

»Siehste!« Mario lachte.

Viktoria verdrehte die Augen.

»Brauchst gar nicht mit den Augen zu rollen«, sagte er.

Sie musste lächeln und legte auf. Ob es einen Menschen gab, der sie besser kannte als Mario? Vor ein paar Tagen noch hatte sie gedacht, Kai wäre der Mann, der direkten Zugang zu ihrer Seele hatte. Doch inzwischen war sie da nicht mehr sicher. Sie war sich nicht einmal mehr sicher, ob sie überhaupt wusste, wer Kai war.

Seit dem Mittag suchten zwei Beamte die Joggingstrecke ab.

Viktoria wusste, dass die Polizisten nichts finden würden. Sie hätte Kai, wäre er tatsächlich auf seiner Strecke zusammengebrochen, nicht übersehen, als sie sie abgelaufen war. Sie hoffte, dass die Suche ausgeweitet wurde. Vielleicht fanden sie heraus, wo Kais Wagen sich befand. Vielleicht entdeckten sie Kai in irgendeinem Wellness-Hotel, auf irgendeiner Nordsee-Insel. Vielleicht …

Christel Westmark putzte ihre Etage, um sich abzulenken. Viktoria bastelte an ihrer Agenturseite, um sich abzulenken. Hagen würde gleich kommen, um mit ihr über die künftige Zusammenarbeit zu reden. Das war ihr recht. Es gab ja schließlich Wichtigeres, als zu warten, auf jemanden, von dem man nicht wusste, ob er überhaupt wollte, dass sie wartete.

Heinz Wischnewski war hart im Nehmen. Dafür tat er ja auch so einiges. Jeden Morgen eine Runde Schwimmen im Waldsee, jeden Abend eine Runde mit dem Fahrrad. Bei Wind und Wetter. Rund um Ladbergen gab es jede Menge Feldwege, auf denen einem nur ab und zu mal ein Trecker entgegenholperte oder ein Geländewagen mit großem Hund im Kofferraum, der zum Gassi-Gehen gefahren wurde. Vor zehn Jahren hatten Heinz und Gabi ihren Wohnwagen auf dem Campingplatz nahe der Autobahn abgestellt – und seitdem nicht mehr weggefahren. Wozu auch? Hier waren sie genau richtig. Wurde es zu kalt, was äußerst selten vorkam, hatten sie noch ihre kleine Eigentumswohnung in Bottrop. An allen anderen Tagen lebten sie hier. Nicht weit von der Autobahn, die sie aber sofort vergaßen, wenn sie die anderen Dauercamper trafen. Ein paar Bierchen, ein paar Plaudereien. Die Leute waren nett, entspannt, und einen kleinen Badesee gab es auch. Im Sommer wurde es dort manchmal ein bisschen voll, dann kamen die Mütter mit ihren Kindern, die ins Wasser pinkelten, aber dann wartete Heinz einfach, bis die Babys ins Bett mussten, und ging erst zum Sonnenuntergang an den Löschsee. Dann schaute er in den roten Himmel und war zufrieden. Auch jetzt war Heinz wieder zufrieden. Der Tachometer seines Fahrrads zeigte eine Durchschnittsgeschwindigkeit von achtzehn Stundenkilometer. Und er hatte keinen Elektromotor. Den würde er sich erst kaufen, wenn er achtzig würde, hatte er sich vorgenommen. Jetzt mit fünfundsiebzig brauchte er so etwas noch nicht. Er war schon eine Stunde unterwegs, noch eine Schleife durch die Bauernschaft, dann würde er zum Campingplatz zurückkehren, vielleicht noch einmal eine halbe Stunde, schätzte er. Ein Flugzeug zog über den heute endlich einmal wieder blauen Himmel an ihm vorbei. Es wollte offensichtlich auf dem nahe gelegenen Flughafen Münster-Osnabrück landen. Seine Camping-Nachbarn führten Listen über die Flieger, die Maschinentypen und deren Start- und Landezeiten. Heinz interessierte das nicht so sehr, dennoch konnte auch er sich nicht der Faszination entziehen. Das Wunder des Fliegens, welche Ingenieurskunst, dachte er und betrachtete das majestätische Flugzeug. Dann sah er rechts im Straßengraben ein Auto. Unfall, dachte er und sprang vom Rad.

Es war wie in einem schlechten Finale einer Boulevard-Theater-Produktion. Alle Protagonisten versammelten sich an einem Schauplatz. In diesem Fall war der Schauplatz die Einfahrt der Familie Westmark. Christel und Viktoria standen noch in der geöffneten Haustür, davor die beiden Polizisten, die gerade darüber informiert worden waren, dass ein verunfallter Wagen in einem Straßengraben nahe des Waldsees in Ladbergen gefunden sei, bei dem es sich um Kais Wagen handeln konnte.

Viktoria wurde wütend: »Ist es ein blauer Golf? Stimmt das Kennzeichen?«

Der Beamte nickte betreten.

»Dann ist es sein Wagen. Ist er verletzt?«

Der Beamte, der den Anruf seiner Dienststelle entgegengenommen und sein Handy noch nicht weggesteckt hatte, schüttelte wieder den Kopf. »Da war niemand.«

Viktoria wollte keine Sekunde länger mit diesem dämlichen Typen verschwenden. Sie stolperte die Treppe hoch, griff sich ihre Jacke samt Autoschlüssel und kam wieder herunter. »Kennst du den Waldsee?«, fragte sie Christel, die immer noch bewegungslos dort stand. Dann schüttelte auch sie den Kopf.

»Aber ich …« Patricia, die Schwester von Kai, war gerade angekommen. »Was ist hier eigentlich los?«

Fast hätte Viktoria gelacht. Ohnsorg-Theater, dachte sie. Fehlt nur noch der Liebhaber auf der Bühne. Bloß weg von hier. Sie öffnete ihren Lada und winkte Patricia zu. »Komm, zeig mir, wie wir da hinkommen. Ich erkläre dir alles auf der Fahrt.«

Christel stand immer noch in der Tür. Sie würde ihr ohnehin keine Hilfe sein. Und es konnte nichts schaden, wenn sie zu Hause bliebe, für den Fall, dass Kai vielleicht doch noch anrufen würde. Kurz bevor sie vom Hof fuhren, sah sie kurze schwarze Haare, einen Dreitagebart und einen fragenden Blick: Hagen Pressler kam ihnen auf einem Rennrad entgegen. Ihr Treffen, natürlich. Sie machte eine entschuldigende Geste. Er nickte. Sie schaute in den Rückspiegel und sah ihn dort stehen. Er würde die Polizisten sehen und begreifen. Er war ein guter Polizeireporter.

»Wo geht's lang?«, fragte sie und schaute wieder nach vorn.

Der braun gebrannte alte Sack in den Funktionsklamotten quatschte drauflos, ohne auch nur Guten Tag zu sagen. Er hatte offensichtlich die Polizei informiert und kam sich jetzt vor wie Bruce Willis. Viktoria war froh, dass der Abschleppwagen ordentlich Lärm machte und sie sich nicht auf dieses Gequatsche einlassen musste. Sie wollte nicht reden, sie musste denken.

Neben ihr stand Kais Schwester Patricia und beobachtete entsetzt, dass das Auto ihres großen Bruders in einem Graben gefunden, ihr Bruder aber offensichtlich seit ein paar Tagen immer noch verschwunden war.

»Bestimmt Jugendliche«, hörte sie den Mann in der Funktionskleidung sagen. »Stank nach Alkohol«, drang noch zu ihr durch. Dann konzentrierte sie sich wieder auf das, was sie sah. Der blaue Golf von Kai war offensichtlich mit der Nase zuerst in den Graben gerutscht. Am unbefestigten Rand des Feldwegs hatten sich tiefe Reifenspuren in das Gras gegraben. Mit einer Seilwinde wurde der Wagen auf die Straße gezogen. An den Vorderreifen und der vorderen Stoßstange klebten Matsch, Dreck und ein paar Grasbüschel. Die Motorhaube hatte sich ein bisschen angehoben, doch nach einem wirklich schweren Unfall sah es nicht aus.

Viktoria trat näher und schaute durch die Fensterscheiben. Der sportliche Alte hatte recht. Drinnen im Fußraum des Beifahrersitzes und auf der Rückbank lagen ein paar bunte Flaschen. Der typische Stoff für jugendliche Trinkanfänger: Alcopops. Außerdem sah sie eine leere Tüte Chips und eine ebenfalls leere Schachtel Zigaretten. Das ist nicht Kais Marke, dachte sie und atmete tief durch. Sie schaute zum Zündschloss. Der Schlüssel steckte. Der Schlüssel, den sie hatte stecken lassen, weil sie so wütend war, weil sie alleine zum Bahnhof fahren musste, steckte immer noch. Alles deutete darauf hin, dass hier, ganz in der Nähe eines kleinen Waldsees, der neben einem Campingplatz lag, auf dem der durchtrainierte Heinz Wischnewski den Großteil des Restes seines Lebens zu verbringen gedachte, das Ende einer Spritzfahrt von betrunkenen Jugendlichen gewesen war. Kai war also nicht mit seinem Auto in ein schönes, abgelegenes Wellness-Hotel gefahren.

Der Fahrer des Abschleppwagens trat neben Viktoria. »Kann ich Ihnen helfen?«

Viktoria schaute ihn irritiert an. »Wieso, was ist denn?«

»Sie sehen so blass aus.«

»Quatsch, mir geht es gut«, erwiderte sie ruppig. Dann kotzte sie ihm auf die Schuhe.

10. Kapitel

Martina Köller wusste sofort, dass sie es hier nicht mit einem harmlosen Bänderriss zu tun hatte. Dafür sah der Fuß viel zu verdreht aus. Sie war schließlich Physiotherapeutin. Da sollte sie einen Beinbruch schon erkennen können. Sie tippte die 112 in ihr Handy. Ihr Hund Balu jaulte leise und hielt sich dicht neben ihr. Ihm war die Situation nicht angenehm. Martina Köller konnte ihn verstehen. Ihr war die Situation auch nicht angenehm, sie tätschelte mit der linken Hand den Hundekopf, dabei ließ sie den abgeknickten Fuß nicht aus den Augen.

»Hallo. Ja, hier Köller. Ich befinde mich im Panzerübungsgelände zwischen Handorf und Westbevern. Hier liegt ein Mann, der offensichtlich einen schweren Beinbruch erlitten hat. Außerdem sieht sein Handgelenk geprellt aus.«

Am anderen Ende nahm man alles auf. Routiniert wurde nachgefragt, wo genau der Standort der Anruferin sei. Martina Köller versuchte, möglichst exakt zu beschreiben, wo sie sich befand. Das war nicht leicht, denn hier, im militärischen Übungsgelände, gab es nur Trampelpfade und keine wirklichen Straßen oder Wege. Deshalb war sie ja hier. Ihr Hund konnte hier laufen, wühlen, graben, und sie fühlte sich wie in einer anderen Welt. Hier gab es nur sie, die Natur und den Hund. Außer jetzt, da war da noch dieser Mann. Sie schlug vor, dass sie die Helfer vielleicht an der Holzbrücke in Empfang nehmen und zu dem Mann führen könnte. Von Handorf aus müsste man mit einem Wagen durchkommen, auch wenn der Weg eigentlich nur für Radfahrer und Fußgänger zulässig war. Am anderen Ende war man einverstanden. Der Rettungswagen würde sich sofort auf den Weg machen.

»Äh, eins noch«, sagte Martina Köller, bevor das Gespräch unterbrochen wurde. »Ja?«

»Was den Rettungswagen angeht, den brauchen wir eigentlich nicht.«

»Sie sagten doch, der Mann habe einen Beinbruch erlitten.« Die Stimme am anderen Ende der Leitung wurde unfreundlich.

»Ja, hat er auch. Aber er ist tot.«

11. Kapitel

»Oh, Frau Latell. Was für eine angenehme Überraschung!« Frank Metzger konnte sich sofort an die Reporterin aus Berlin erinnern. Lange Beine, schwarze Haare, loses Mundwerk. Sie hatte ihn für den *Express* porträtiert, weil er die Leitung des Rechtsmedizinischen Instituts an der Berliner Charité übernehmen wollte. Der Posten war überraschend frei geworden. Er hatte den Job zwar genauso überraschend nicht bekommen, trotzdem bereute er seine Rückkehr in die Provinz nach Münster nicht.

Immer dann, wenn seine Kinder bei ihm waren, wusste er, dass er alles richtig gemacht hatte. Statt einen Karrieresprung zu machen, ließ er sich von Mika und Klara auf der Nase herumtanzen. Und es fühlte sich gut an.

»Hallo, Herr Metzger.«

Dass die Latell seinen Titel in der Anrede wegließ, war klar, dachte er und musste lächeln. Doch ihre Stimme klang nicht so forsch wie sonst … Oder täuschte er sich? Er wartete lieber ab.

»Ich. Äh. Sie schulden mir noch einen Gefallen.«

Sie klang immer noch nicht frech oder forsch, obwohl diese Ansage durchaus frech und forsch war. Metzger warf nur ein unentschiedenes »Na ja« ein. Sie hatte zwar recht, sie hatte seiner angeheirateten Cousine bei einer delikaten Angelegenheit geholfen, aber das rechtfertigte nicht gerade besonders üppige Gegengefallen.

»Woran ist Kai Westmark gestorben?« Sie kam direkt zur Sache, das stand fest.

»Kai Westmark? Ich stehe jetzt etwas auf dem Schlauch. Wer soll das sein?«

»Einer ihrer aktuellen... Kunden.« Sie konnte das Wort Tote oder Leichen nicht sagen. Dann schon lieber das respektlose »Kunden«.

Metzger grübelte. Sein Namensgedächtnis war nicht besonders gut. Doch ihm war der Name tatsächlich untergekommen. Unters Messer gekommen war dieser Kai Westmark allerdings seiner Kollegin. »Sie wissen, dass ich Ihnen das nicht einfach so sagen darf«, erwiderte er.

Sie beschränkte sich auf ein einfaches Ja.

»Außerdem weiß ich auch gar nicht viel. Ich hatte ihn nicht auf dem Tisch, ich müsste erst einmal bei Frau Doktor...«

»Besorgen Sie die Akte! Ich bin in einer Stunde bei Ihnen.«

Sie ließ sich auf das weiche Federbett fallen und spürte, wie sie sanft in die Daunen absank. Das Bettzeug roch nach Weichspüler oder sogar noch nach etwas Besserem. Nach dem Wind draußen. Viktoria stellte sich vor, wie Rosa, die geschwätzige Wirtin mit der stets rötlichen Gesichtsfarbe, Hunderte von weißen Bettlaken an einer unendlich langen Wäscheleine aufhängte. Wie bei der Waschmittelwerbung vom Weißen Riesen. Der Gedanke war schön. Schöner als alle anderen Gedanken. Alle.

Sie hätte es nicht ertragen, in seinem Bett zu liegen, sie hätte das Weinen der Schwester und der Mutter nicht ertragen. Sie hatte Dinge zu erledigen, sie konnte jetzt nicht zusammenbrechen. Sie würde jetzt nicht zusammenbrechen.

Harry, der schweigsame Wirt, hatte ihr den Gefallen getan und geschwiegen, als sie nach einem Zimmer gefragt hatte. Er wusste Bescheid, wie alle in Westbevern. Er nickte nur und gab ihr den Schlüssel. Sein Blick war voll Mitleid.

Viktoria versuchte, es nicht zu sehen.

Die Stufen hätte sie beinahe nicht geschafft. Sie ging vorbei an der Fotogalerie aller Schützenkönige und versuchte, nicht daran zu denken, wie sie mit ihm auf dem Schützenball getanzt hatte. Und wie er gelacht hatte, als sie auf seine Füße trat. Die Stufen waren höher geworden, die Treppe war steil. Der Sauerstoff wurde knapp. So mussten sich die Bergsteiger auf dem Mount Everest fühlen. Sie schlurfte in ihr Zimmer und ließ kaltes Wasser ins Waschbecken laufen. Sie tauchte die Unterarme ein. Das Blut lief wieder etwas schneller durch ihren Körper. Sie durfte jetzt nicht durchdrehen. Sie musste einen klaren Kopf bewahren.

Ihr Handy klingelte. Hagen Pressler. Nicht noch ein Beileidsgestammel, dachte sie und nahm widerwillig ab.

»Hey, Viktoria. Unsere Kunden wollen Nachschub,

soll ich einfach mal machen? Ist vielleicht besser, ich kümmere mich darum.«

»Ja, klar. Gerne. Haben wir denn überhaupt was anzubieten?« Sie hörte ein Räuspern am anderen Ende. O Mann, war sie dämlich. Natürlich war ein Toter im militärischen Übungsgelände eine große Geschichte für die Medien. Einer, der in einer Pfütze ertrunken war, sowieso. Und das wusste sie – noch – exklusiv. »Ja, mach du«, sagte sie und legte auf. Wenigstens Hagen hatte den Verstand nicht verloren.

»Du siehst ...«, Mario stockte, »... gut aus.« Er klang ehrlich überrascht.

»Hast du Augenringe und Leidensmiene erwartet?«, fragte Viktoria und fügte hinzu: »Was machst du hier?«

Mario war sprachlos. Für einen Moment. »Ich bin hier, weil ich dachte, du könntest vielleicht ...« Ihm fehlten die Worte, weil Viktoria so ganz offensichtlich nicht danach aussah, als könnte sie Hilfe gebrauchen. Sie saß aufrecht und angriffslustig vor ihm, fast schien es, als lächele sie sogar.

»Na, passe ich nicht ins Klischee der trauernden Witwe?«

Mario schüttelte ratlos den Kopf. Doch dann sah er es. Ihre Hand zitterte, als sie das Cola-Glas umschloss. Sie hatte es auch bemerkt und ließ das Glas stehen. Ihre verräterischen Hände legte sie in den Schoß unter dem Tisch. Mario wusste, dass er sie mit Beileidsbekundungen in Ruhe lassen musste. Und er wusste: Sie war schwer angeschlagen. Also versuchte er ein anderes Thema, ihr Lieblingsthema: die Arbeit.

»Hey, dein Goldeber läuft ja super an. Das Foto von der vermissten Studentin. Wieso habt nur ihr das?«

Viktoria grinste schräg. »Informantenschutz, weißt du doch«, sagte sie. Sie war dankbar, dass er ein Thema wählte, das nicht wehtat.

»Und sonst. Wie geht es … Ich meine. Kann ich irgendwie …« Er stammelte. Was sagte man, wenn man nicht herzliches Beileid sagen möchte, es aber so meint?

Viktoria nahm ihm die Entscheidung ab. »Hier«, sagte sie sachlich und kramte in ihrer großen Handtasche. Sie zog ein paar zerknickte DIN-A4-Blätter aus dem Innern, strich sie glatt, fegte ein paar Krümel vom Papier und schob den Stapel zu Mario rüber. »Schau mal.«

Mario las und erkannte schnell, dass es sich bei dem Schriftstück um die Untersuchungsergebnisse der Obduktion handelte. Der Obduktion von Kai Westmark. Dem Mann, für den Viktoria bereit gewesen wäre, Berlin zu verlassen. Er schluckte. Ihm fiel es schwer weiterzulesen. Er fühlte sich von Viktoria beobachtet, die nicht bereit war, die trauernde Witwe zu geben. Was er verstehen konnte, denn es hätte auch nicht zu ihr gepasst. Doch es hatte auch nicht zu ihr gepasst, dass sie sich in einen Landarzt verliebt hatte. Einen netten Kerl noch dazu.

Sie tippte ungeduldig mit dem Finger auf ein paar Stellen. »Die Rechtsmedizinerin sagt, Nase und Mund haben im Wasser gelegen. An Mund und Nase hätten sich die für ein Ertrinken typischen feinen, weißen Schaumpilze gebildet.«

Mario nickte. Er wollte es nicht, doch er musste an Bierschaum denken. Er zwang sich weiterzulesen. Die Obduktion schien zum selben Ergebnis zu kommen. Tod durch Ertrinken. Die Lunge war trocken, die Bronchialflüssigkeit schaumig. Alles typische Merkmale bei einem Tod durch Ertrinken. Mario sah wieder das Bier mit einer weißen Krone vor sich. Durst hatte er nicht. Er schüttelte ungläubig den Kopf. »Aber ertrinken in einer Pfütze. Kann ein erwachsener Mann wirklich in einer Pfütze ertrinken?«

»Ja, lächerlich, oder?« Viktoria klang fast fröhlich. Sie blätterte in den Papieren. »Da«, sagte sie und tippte wieder auf eine Stelle. Doch ohne abzuwarten, dass er sie las, fasste sie schon zusammen, was dort stand. »An der Stirn haben sie einen Bluterguss gefunden, eine bläuliche Verfärbung. Die Kopfschwarte wies außerdem relativ frische schwarz-rot glänzende Unterblutungen auf«, referierte sie weiter. »Sie sagen, er sei gestürzt, ohnmächtig geworden und deshalb letztlich ertrunken.« Stille.

Mario war unbehaglich, er rutschte auf seinem Stuhl hin und her.

Viktoria griff doch noch nach ihrem kühlen Cola-Glas. Die Hand zitterte immer noch, doch es störte sie jetzt nicht mehr. »Ich glaube das nicht. Mario, ich glaube das einfach nicht!«

Mario sagte nichts, sondern schaute seine Kollegin ratlos an. Mit einem heulenden Häufchen Elend hätte er mehr anfangen können. Doch ihm gegenüber saß jemand, der dringend Trost gebraucht, ihn aber um nichts auf der Welt angenommen hätte. Also beschränkte er sich darauf zu nicken und beschloss, ein paar Tage Urlaub in Westbevern zu machen.

12. Kapitel

Der Nachttisch war die Agentur-Zentrale. Hier stand ihr aufgeklappter Laptop und lag ihr übliches Durcheinander an Zetteln und Stiften.

Mario schüttelte den Kopf. »Wie kannst du in diesem Chaos nur arbeiten?«, fragte er.

Es war eine rein rhetorische Frage, weshalb Viktoria auch nicht antwortete. Sie und Mario konnten, was Ordnung und Sauberkeit anging, unterschiedlicher nicht sein. Während der Fotograf stets ein Desinfektionsfläschchen bei sich trug, um seine Umgebung sauber und rein zu halten, versank Viktoria in Staub und Krümeln. Ihr Handy klingelte. Hagen hatte einen neuen Kunden an Land gezogen. Viktoria lobte ihn, legte auf und tippte die Nummer des Homepage-Grafikers ins Telefon.

»Hey, Piet! Kannst du mir noch eine Kategorie mehr auf die Seite basteln?« Sie schien mit der Antwort zufrieden. »Ja, genau. Neben *Aktuelles* muss noch ein Punkt, der *Schicksal* heißt.«

Dann rief sie wieder bei Hagen an. »Hey. Ja, du kannst jetzt die Schicksalsgeschichte über die vermisste Studentin anbieten.« Pause.

Mario sah, wie Viktoria sich aufrichtete. Er sah, wie sich ihre Gesichtsfarbe ein kleines bisschen veränderte.

»Nein. Auch wenn sie es haben wollen. Auf keinen Fall. Nie.« Dann legte sie auf. Die Hand zitterte wieder. Sie setzte sich.

Mario fragte nicht, was los war. Er wartete.

»Die Boulevard-Kollegen wollen private Fotos von Kai.« Mario sagte nichts, sondern setzte sich neben sie. Er seufzte. Er schaute sie nicht an, doch er wusste auch so, dass ihre Augen ein bisschen mehr schimmern würden als sonst. Wegen der Tränen, die sie mit solch einem übermenschlichen Willen zurückhielt, als ginge es dabei um Leben und Tod. Und das tat es ja auch.

»Kann ich nicht schwänzen?« Sie hatte sich wieder gefangen.

Mario schüttelte den Kopf. »Ich glaube, das gehört sich nicht.«

»Und das, glaube ich, interessiert mich nicht.«

»Hey, sie haben dich eingeladen und gebeten mitzukommen, und vielleicht tut es dir … äh gut.« Es war mehr eine Frage als eine Feststellung.

Patricia und Christel Westmark hatten Viktoria zum Rosenkranzbeten eingeladen. Oder besser: Sie hatten sie darüber informiert, wann es stattfinden würde. Eine Ausstiegsklausel gab es offensichtlich nicht. Viktoria hatte daraufhin erst einmal gegoogelt, was es mit dem Rosenkranz auf sich hatte, und wurde auch nicht viel schlauer.

»Die Katholiken sind halt schräg drauf«, hatte Mario sie zu motivieren versucht. »Wenn es dir hilft, komme ich mit.«

So standen sie also beide vor der Tür der kleinen

Sankt-Anna-Kapelle, die sich unter großen Kastanien versteckte, und spürten die Blicke der anderen, als sie schließlich eintraten. Christel und Patricia saßen in der ersten Reihe, Viktoria und Mario stellten sich hinten an die weiße Wand.

Gleichförmiges Gemurmel erfüllte den Kirchenraum. Viktoria wäre am liebsten wieder gegangen, so unheimlich waren ihr die tiefen Stimmen. Mario hielt sie am Ellenbogen fest und nickte ihr aufmunternd zu.

Sie versuchte zu verstehen, was die beiden Frauen sagten, die offensichtlich die Aufgabe der Vorbeterinnen hatten und die Viktoria als Nachbarinnen von Kai erkannte. »Er sitzt zur Rechten Gottes, des allmächtigen Vaters; von dort wird Er kommen, zu richten die Lebenden und die Toten.« Sie schloss die Augen. Dachte an ihn. Versuchte, nicht an ihn zu denken. Hörte wieder zu. »Heilige Maria, Muttergottes, bitte für uns Sünder, jetzt und in der Stunde unseres Todes.« Sie spürte ihr Herz. Es schlug schneller. *Kai war kein Sünder*, hätte sie gerne gerufen. »Heilige Maria. Gegrüßet seist du, Maria … der in uns die Liebe entzünde …« Ihr Herz schlug wieder ruhiger. Sie versuchte, nicht auf die Worte, sondern nur auf das Gemurmel zu lauschen.

Die Gebete wiederholten sich in einer Endlosschleife. Niemand schien hier auf das zu hören, was gesagt wurde. Niemand hier schien sich daran zu stören, dass keiner über Kai redete. »Gelitten unter Pontius Pilatus. Gekreuzigt, gestorben und begraben.«

Viktoria wankte.

Trimaleoäre Luxationsfraktur ging es ihr durch den

Kopf. Sprunggelenkbruch. Schienbein und Wadenbein gebrochen. Bänder gerissen, Kapseln zerbrochen. Handgelenk geprellt. Kai hatte gelitten. Die Schlammspuren zeigten, dass er sich dennoch durch den Morast geschleppt hatte. Vielleicht einige Hundert Meter. Er muss gefroren haben. Er hat verschlammtes Wasser getrunken, das zeigte die Obduktion seines Magens. Er muss am Ende seiner Kräfte gewesen sein, als er stürzte und seine Stirn auf der Wurzel aufschlug. Er lag auf dem Bauch, als sie ihn fanden, alle viere von sich gestreckt, wie rücklings erschossen. Das Gesicht lag im dreckigen Pfützenwasser. »Gelitten unter Pontius Pilatus. Gekreuzigt, gestorben und begraben.« Die Stimmen wurden eindringlicher, sie hatten ihren gemeinsamen Takt gefunden. »Hinabgestiegen in das Reich des Todes.«

Niemand merkte, dass Viktoria die Tür öffnete. Erst als sie wieder ins Schloss fiel, drehten sich einige um. Die anderen murmelten unbeirrt weiter. »Am dritten Tage auferstanden von den Toten, aufgefahren in den Himmel …«

Hagens Fahrrad lehnte an der Fachwerkfassade des Gasthauses König. Viktoria bemerkte es, fluchte aber unbeirrt weiter. »Das war ja die reinste Sektenveranstaltung. Die spinnen doch!« Mario versuchte, sie zu beruhigen. »Anscheinend ist es hier so üblich.«

»Früher waren auch Hexenverbrennungen üblich.«

»Victory!« Marios Stimme klang tadelnd. Dann wurde sie wieder weicher. »Hey, ich weiß ja, was du gerade mitmachst …«

»Nichts weißt du.« Viktoria funkelte ihn an.

Mario hob abwehrend die Hände. »Du machst es einem aber auch nicht leicht. Du bist so … so … Ich weiß nicht, wie ich es sagen soll.«

»Dann lass es einfach.« Viktoria riss die Tür zum Gasthof auf. Hagen saß am Tresen und trank ein Wasser. Klar, dachte sie. Der achtet auf seine Ernährung und seinen Körper. Würde Rechtsmediziner Metzger ihn auf den Tisch bekommen, würde er kein Gramm Fett finden. Nur perfekt ausmodellierte Muskelmasse, gute Zähne und kalkfreie Adern. Gut, dass niemand Gedanken lesen kann, dachte sie und setzte sich neben Hagen an die Theke. Mario nahm unentschlossen neben ihr Platz. Er kam sich vor wie das fünfte Rad am Wagen.

Rosa kam aus der Küche geschlurft und gähnte. »Beten schon vorbei?«, fragte sie.

Mario nickte.

Viktoria konnte sich nicht beherrschen. »Ne, die anderen leiern noch ihre Verse herunter.«

Mario stieß ihr mit dem Ellenbogen in die Seite.

Viktoria rückte ein bisschen weiter weg, funkelte ihn böse an, und Rosa zog die Augenbrauen hoch.

»Eine Cola light für mich«, bestellte Viktoria.

»Wollen Sie was essen?«

Viktoria schüttelte den Kopf. »Mir ist schlecht.«

»Man sieht's«, versuchte Mario seine blasse Kollegin zu necken, um die angespannte Stimmung wieder aufzulockern.

Viktoria ging nicht darauf ein. Stattdessen wandte sie

sich demonstrativ Hagen zu. »Na, was gibt es Neues an der Goldeber-Front?«, fragte sie geschäftsmäßig.

Mario bestellte sich einen Flammkuchen. Er hatte das leichte Kratzen in Viktorias Stimme gehört.

Ihr taten die Augen weh, die eigentlich längst Feierabend hatten. Doch sie zu schließen war schmerzhafter, als sie offen zu halten. Wenn sie doch einmal für ein paar Sekunden zufielen, sah sie all die Dinge, die sie nicht bereit war zu sehen. Die sie auch nicht bereit war zu denken. Also trank sie jede Menge Cola und starrte auf ihren Laptop und ihre Notizen. Gut, dass Hagen so ein Technikfreak war. Sie hatte ihm gesimst, dass er nach dem Namen J. oder I. Hesselmann suchen solle, dem Namen, der auf Kais Schreibtischunterlage gestanden hatte. Der zweite Name – Paul – war zu allgemein, als dass sie Hoffnungen hatte, dass Hagen etwas herausfinden könnte. Trotzdem versprach er, sein Bestes zu geben. Und das würde er, da war sie sicher.

Denn auch wenn sie im Moment wie unter einer Glocke zu existieren schien, funktionierten ihre Gehirnzellen ab und an noch sehr gut. Besser sogar, als an manchen anderen Tagen. Anscheinend stand sie unter Schock, analysierte sie sich selbst. Und da soll der Körper ja auf Hochtouren laufen. Also spürte sie sehr klar und deutlich, dass Hagen sie mochte. Auf eine angenehme Art mochte. Er hörte ihr zu, schaute sie direkt an, er – ja, so konnte man es wohl nennen – bewunderte sie. Weil er das, was sie so gut konnte, auch können wollte. Er war der perfekte Polizeireporter, das spürte sie. Er hatte diese

Mischung aus Skrupellosigkeit und Empathie. Er ging diesen kleinen Schritt weiter, den viele nicht mehr gehen würden, um an eine Information zu kommen, er hatte aber auch dieses Gespür für Stimmungen und war sensibel. Er fühlte mit den Opfern. Er fieberte mit den Ermittlern. Er jagte die Täter – er versetzte sich aber auch in deren Lage. Viktoria erkannte sich selbst wieder, mit Anfang zwanzig. So wie sie damals war, war er heute. Neugierig und gleichzeitig schon wissend. Ehrgeizig und gleichzeitig gelassen. Sie waren aus demselben Holz geschnitzt.

13. Kapitel

Gleich würde die Beerdigung beginnen. Schon das Wort Beerdigung hatte nichts mit ihrem Leben zu tun, fand Viktoria. Trotzdem hatte sie den dunklen Trenchcoat übergeworfen und sich die Haare gekämmt. Sie sind schwarz, dachte sie. Da kann keiner meckern. Beerdigungs-Dresscode: gedeckte Farben!

Sie musste an ihre Mutter denken, die ihr in der Nacht ein Foto von sich selbst geschickt hatte. Das Bild und vor allem das Kleid, das Marie Latell trug, war alles andere als gedeckt. Es knallte in Lila, Hellgrün und Orange auf Viktorias Netzhaut. Natürlich schickte Viktoria ihr ein freundliches Smiley und schrieb das übliche »Wow« dazu. Warum sollte sie ihr auch sagen, was passiert war? Warum sollte sie ihr die Reise verderben. Marie Latell war in Indien und erfüllte also mal wieder ihr eigenes Klischee. Immerhin hatte sie sich für eine organisierte Gruppenreise entschieden, was eigentlich nicht ihre Art war. Doch selbst Viktorias Mutter hatte begriffen, dass man hin und wieder auch mal mit dem Strom schwimmen durfte, um Kraft zu sparen. Mario hatte Viktoria gefragt, ob sie sich schon bei ihrer Mutter gemeldet hatte. Er hätte auch fragen können, ob sie sich schon bei ihrer Mutter ausgeheult hätte. Denn das tat man doch im Allgemeinen. Nach Mama schreien, wenn es einem schlecht ging. Viktoria hatte das nie getan, denn es hätte keinen Sinn gehabt. Ihre Mutter war keine Trostmama. Ihre Mutter war schön gewesen und hatte zu früh ein Kind bekommen, das ihr kein Glück brachte, weil der Mann, mit dem sie es bekam, zwar das Kind über alles, sie aber nicht genug geliebt hatte. Und so wuchs Viktoria ohne Vater und mit einer eifersüchtigen Mutter auf, die sich selbst nicht mochte und ihr Kind deshalb nicht so lieben konnte, wie es eine Mutter tun sollte. Absolut und bedingungslos und erkennbar. Sie versteckte ihre Gefühle. Und Viktoria hatte gut von ihr gelernt. Erst als sie erfuhr, wer ihr Vater war und wie er zu Tode kam, ging es besser mit ihnen beiden. Doch besser war noch nicht perfekt. Und so reiste also Marie mit ihrer Reisegruppe durch Indien und lachte über die Tatsache, dass in diesem seltsamen Land die Hippies als Sehenswürdigkeit galten. Die nackten Langhaarigen am Strand von Goa wurden von Bussen voll mit reisenden Indern angesteuert, und die Speicherchips der Kameras waren voll von bunten, grauhaarigen, dünnen, leicht weggetretenen und oft nackten Aussteigern aus Deutschland. »Viktoria, Schatz, die Hippies hier haben alle Raucherhusten«, hatte Marie bei ihrem letzten kurzen Telefonat erzählt. »Da kann man sich gar nicht mehr auf den Sonnenuntergang konzentrieren.« Dabei hatte sie laut gelacht und sich verabschiedet. »Und bei dir Viktoria, alles klar?«, hatte sie noch gefragt, weil Viktoria nicht eingestimmt hatte in ihr Lachen. »Alles gechillt, Mama«, hatte sie geantwortet und aufgelegt.

Dann hatte sie leise geflüstert: »Hilf mir, Mama. Bitte hilf mir!«

Sie hatte noch eine halbe Stunde. Patricia und Christel hatten sie angerufen und gefragt, ob sie gemeinsam hingehen wollten. »Nur das nicht«, hatte sie schroff geantwortet. Jetzt saß sie an Harrys Theke und blätterte im Telefonbuch. Kai wird beerdigt, Kai wird beerdigt, Kai wird beerdigt ... Sie schloss die Augen, wollte sich konzentrieren, auf etwas anderes. Dann sah sie ihn liegen, im Schlamm. Sie öffnete die Augen und zwang sich, weiter im Telefonbuch nach dem Namen Hesselmann zu suchen. Es gab Antonia und Markus Hesselmann und einen Jochen Heselmann. Das J. Und vielleicht hatte Kai nur ein s im Nachnamen vergessen. Ohne nachzudenken, wählte sie die Nummer. Vierstellig.

»Heselmann«, meldete sich eine dunkle Stimme.

»Latell hier. Jochen Heselmann?«

»Ja?«

»Entschuldigen Sie die Störung, aber kennen Sie zufällig Kai Westmark, waren Sie vielleicht mit ihm verabredet?« Sie wollte nicht lang drum herumreden und sparte sich jede Erklärung. Sie nahm ohnehin an, dass sie hier keinen Treffer landen würde.

»Sie meinen den Toten, der in der Pfütze ertrunken ist?«

Viktoria schluckte und legte auf.

Mario berührte sie vorsichtig an der Schulter. »Komm, wir müssen los«, sagte er.

Sie nickte und stand langsam auf. Um den Toten, der in der Pfütze ertrunken war, unter die Erde zu bringen.

Sie hatte abgelehnt, als Patricia sie gefragt hatte, ob sie Kai noch einmal sehen wollte. »Zum Abschiednehmen«, hatte seine Schwester gesagt und sie mit verheulten Augen angeschaut. Viktoria hatte nicht gewollt.

Jetzt starrte sie auf den dunkelbraunen Sarg, den die beiden ihr so fremden Frauen für ihn ausgesucht hatten und der in der Leichenhalle vorn stand, als sei er ein hübsches Ausstellungsstück. Der Pulk der Trauernden war so groß, dass nicht alle in der kleinen Glashalle Platz fanden. Viktoria musste an die große MOMA-Ausstellung in Berlin denken, als der *Express* immer wieder über die Länge der Menschenschlangen berichtet hatte. Doch die Menschenschlangen vor der Nationalgalerie waren bunter als die düsteren Gestalten, die sich hier versammelt hatten. Viktoria sah sie nur als wabernde Masse. Ob sie alt, jung, sympathisch oder hässlich aussahen, konnte sie nicht erkennen. Sie fixierte den Sarg. Sie betrachtete das Holz. Und sie entdeckte Kratzer auf dem Holz. Wahrscheinlich ist dieser Sarg schon einmal benutzt worden, dachte sie. Bestattungsunternehmen arbeiten auch nicht immer korrekt. Welchem Hinterbliebenen fiel schon auf, dass der Sarg ein paar Macken hatte? Hinterbliebene – was für ein seltsames Wort. Sie fühlte sich nicht hinterblieben. Sie fühlte sich alleingelassen.

Das Schluchzen um sie herum war unerträglich. Es schmerzte nicht nur in ihren Ohren, es drückte ihr den Hals zu. Nein, sie würde nicht schluchzen. Nicht hier. Nicht jetzt. Nicht in dieser dunklen Masse unbekannter Menschen. Sie hätte nicht sagen können, wie viele gekommen waren. Sie saß ein paar Reihen hinter Christel und Patricia Westmark und sah deren bebende Körper. Sie schaute weg, wieder auf die Macken im Sarg. Sie würde demnächst mal eine Geschichte über die miesen Methoden der Bestattungsunternehmen machen, dachte sie. Demnächst, wenn das hier vorbei war.

Dabei wusste sie, dass es nie vorbei sein würde. Denn Kai blieb tot, auch wenn sie was von aufgefahren in den Himmel erzählten. Kai blieb tot.

Sie würde trotzdem nicht heulen, sie würde nicht einstimmen in das Klagelied. Sie war ihm noch etwas schuldig, und dafür musste sie bei Sinnen bleiben.

Der Pastor, ein grauer alter Mann mit Bierbauch – oder kam der Bauch von zu viel Messwein? –, sprach über irgendeinen Toten, nicht über Kai. Denn wenn er über Kai gesprochen hätte, dann hätte er sagen müssen, dass er perfekt war, weil er es nicht war. Dann hätte er erwähnen müssen, wie mies Kai kochen konnte und wie gut er dafür zuhören konnte. Er hätte seine Augen beschreiben müssen, die sie nicht mehr anschauen würden, und seine Hände, die sie nicht mehr berühren würden. Er hätte allen sagen müssen, wie er sie dazu gebracht hatte, Weihnachten zu lieben. Wie er sie dazu gebracht hatte, sich selbst zu lieben. Er hätte allen sagen müssen, dass der beste Mensch auf Erden nicht mehr da ist. Der beste …

Viktoria ballte die Hände zu Fäusten, damit die Hände aufhörten zu zittern.

Dann kamen wieder die Gebete. Diese unpersönliche, sich ständig wiederholende Litanei. Viktoria öffnete die Fäuste wieder. Das unbestimmte Murmeln der Anwesenden war besser als die weihevolle Stimme des Pastors, der über Kai sprach, ohne auch nur ein Wort über ihn zu sagen. Murmeln, bekreuzigen, murmeln. Ein paar Mädchen im Teenageralter kamen in weißen Umhängen herein. Zwei von ihnen standen kurz vor einem Kicheranfall, und als sie mit hochrotem Gesicht in Viktorias Richtung blickten, schienen sie sich beinahe zu erschrecken. Geht doch, dachte Viktoria und hörte auf, die beiden pubertierenden Messdienerinnen anzustarren.

Dann trugen sie ihn hinaus. Es ist nur ein Sarg, es ist nur ein Sarg. Viktoria zwang sich, sich Kai nicht darin liegend vorzustellen. Sie versteckte sich in der langen Schlange, die den Sargträgern folgte. Diese trugen Trauerkleidung in den seltsamsten Formen und Schnitten. Doch alle trugen sie weiße Handschuhe.

Der nur etwa einhundert Meter lange Weg bis zum offenen Grab schien sich kilometerweit hinzuziehen. Langsam kam die Trauerschlange zum Stehen. Kurz fürchtete Viktoria, Patricia und Christel würden in die Tiefe fallen, als sie zitternd und weinend eine kleine Schaufel Erde in die Grube warfen. Viktoria schaute sich nach Mario um. Er stand schräg hinter ihr, wie ein Bodyguard, und kämpfte offensichtlich auch mit den Tränen. Kann sich denn hier niemand zusammenreißen?, dachte Viktoria. Dann wurde ihr schwarz vor Augen. Wie passend, dachte sie noch kurz, bevor sie nichts mehr denken konnte, schwarz – die Farbe der Trauer.

Matthias Grone, den sie alle Catchi nannten, und Mario hatten sie auf die Friedhofsbank getragen.

»Mann, bist du schwer«, sagte Mario, als Viktoria wieder zu sich kam.

»Du hast doch nur die Füße gehabt, ich hatte den ganzen oberen Teil«, warf Matthias ein. Der Hüne mit den großen Händen kannte Viktoria flüchtig. Vom Kegeln mit Kai und ihrer letzten Recherche nach einem vermissten Berliner Jungen. Sie hatte damals schon über seine Größe gestaunt – und darüber, dass er so ganz und gar nicht nach einem Nerd aussah. Was er aber von Berufs wegen war. Matthias Grone alias Catchi war Informatiker.

»Entschuldigung«, murmelte Viktoria, der die ganze Situation mehr als peinlich war. Mit weichen Knien und flauem Magen quasi hilflos auf einer Friedhofsbank zu liegen war nun einmal nicht besonders cool.

»Du musst was trinken und essen«, stellte Catchi sachlich fest und griff Viktoria unter die Achsel. »Komm schon, jetzt kannst du ruhig ein bisschen mithelfen«, befahl er, und Viktoria folgte ihm. Dass die Stimme so gar nichts Mitleidiges hatte, tat ihr gut. Wenn sie allerdings gewusst hätte, wo sie trinken und essen sollte, wäre sie nicht so bereitwillig mitgekommen. So fand sie sich eine Viertelstunde nach ihrer Ohnmacht beim Totenkaffee im Gasthaus König wieder. Auf dem Tisch standen Teller mit Streuselkuchen, Bienenstich, daneben Brettchen mit belegten Brötchen. Kellnerinnen trugen Thermoskannen durch den Saal und schütteten heißen Kaffee in die Tassen. Die Luft war schlecht, weil es so voll war. Patricia und Christel Westmark wurden immer wieder angesprochen. »Es tut mir so leid …« Die Frauen nickten monoton, sagten Sätze wie: »Ja, wir können es noch nicht glauben.« Oder: »Wir müssen jetzt damit leben.« Oder fast gleich, aber leicht abgewandelt: »Das Leben geht weiter.«

Leichenschmaus-Small-Talk, dachte Viktoria und raunte es auch in Marios Richtung, der sich lautlos neben sie gestellt hatte. Sie wusste, dass sie nicht besser war als die Menschen hier, in ihren schlecht sitzenden Anzügen und den blass machenden Blusen. Doch sie konnte einfach nicht anders. Ob es durch den Job kam oder ihrem Charakter entsprach – wo und wann auch immer sie mit Leuten zu tun hatte, wurden diese von ihr kritisch seziert und analysiert. Sie war schonungslos in ihrem Urteil. Freunden, guten Kollegen, ihrer Mutter, aber auch sich selbst gegenüber. Natürlich war es auch vergnüglich, wenn sie – zusammen mit Mario – im Auto saß und nach einem Interview über den Interviewten herzog. Natürlich machte es Spaß, zusammen mit ihrer Kollegin Meike Niemüller über die Schwächen der Kollegen – egal ob männlich oder weiblich – zu fachsimpeln. Viktoria konnte kaum glauben, dass es Menschen gab, die nicht so waren. Die tatsächlich nie ein böses Wort über ihre Mitmenschen fanden, die nicht lästerten und die nicht genervt waren von den Macken der anderen. Früher einmal hatte sie geglaubt, sie selbst sei eben von schlechtem und die Nicht-Lästerer von gutem Charakter. Inzwischen hatte sie eine ganz andere Theorie. Sie glaubte, dass diejenigen, die ihren Mitmenschen absolut kritiklos gegenüberstanden, eigentlich doch nur damit beweisen würden, dass ihnen ihre Mitmenschen relativ egal seien. Nur wer sich mit anderen auseinandersetzte, zeige damit indirekt auch Interesse. Das mochte sich zynisch anhören, war aber gar nicht so gemeint. Es entsprach einfach der Wahrheit. Wer sich über das Verhalten seiner Mitmenschen aufregt, stellt es immerhin infrage. Und damit letztlich in Relation zum eigenen Verhalten. Wer sich selbst fühlt wie ein Sonnengott mit Unfehlbarkeitsanspruch, der regt sich nicht mehr auf. Der übersieht die anderen Menschen einfach in Gänze – und damit natürlich auch deren Schwächen. »Wer sich über die rote Hose eines Kollegen lustig macht, wird selbst keine rote Hose tragen«, so die kurze Erklärung von Viktoria, als sie sich einmal ausführlich mit Meike und Mario über das Wesen des Lästerns ausgelassen hatte. Und was für die Mode galt, galt auch für die Moral, hatte sie in einer ihrer Diskussionen verkündet: »Wenn ich mich darüber aufrege, dass die gebotoxte Kollegin vom Klatsch sich auf Kosten anderer Mitarbeiter in der Konferenz profiliert, indem sie deren Arbeit als schlecht darstellt, werde ich mich folglich nicht so verhalten wie die gebotoxte Kollegin.« Und wenn ich mich über die Beileidsbekundungsfloskeln der anderen ärgere, werde ich sie nicht verwenden, dachte sie und saß schweigend da. Kurz hatte sie den Eindruck, Patricia hätte zu ihr herübergeschaut, so als warte sie auf etwas. Viktoria senkte den Blick.

Sie spürte ein leichtes Kribbeln in ihren Lippen. Doch sosehr Viktoria es sich auch wünschte, sie verlor leider nicht noch einmal das Bewusstsein an diesem Tag.

Im Türrahmen zum Saal, in dem der Kaffee serviert

wurde, stand Wirt Harry und schaute über die Tische. Viktoria gab ihm ein Zeichen, er kam näher.

»Kann ich auch 'ne Cola kriegen?« Natürlich sagte er ja, und die Freundlichkeit, mit der er das sagte, tat ihr fast weh.

Drei Minuten später war er wieder da und reichte ihr ein großes Glas, das vor Kälte beschlug. Als sie den ersten Schluck nahm, spürte sie eine kleine Hitzewelle, die durch ihre Blutbahnen schoss. Dankbar schaute sie Harry an. Er nickte nur und sagte leise: »Ich glaube, das können Sie jetzt gebrauchen.«

O ja. Sie hätte beinahe gelächelt. Harry hatte einen ordentlichen Schuss Rum in die Cola gemischt.

14. Kapitel

»Mach mal ’ne Pause!«

»Klingt, als würdest du Werbung für ’nen Schokoriegel machen …« Viktoria lachte etwas zu schrill.

Charly Berendsen, der alte Polizeireporter-Hase, schüttelte den Kopf. Er kannte Viktoria zu gut, als dass er auf ihre Theateraufführung reinfiel, die jetzt schon drei Wochen lang andauerte. Bis jetzt hatte er zwar so getan, als glaubte er ihr, dass sie nicht so schwer getroffen sei vom Tod ihres Freundes. Doch jetzt reichte es ihm. Viktoria übernahm einen Dienst nach dem anderen, arbeitete an den Samstagen und den Sonntagen, freie Tage tauschte sie, um nicht zu Hause sein zu müssen. Dem Chefredakteur war es recht: Solange seine Redakteure lieferten, was er wollte, war ihm egal, wie sie ihre Kräfte einteilten. Dass Viktoria tiefe Ringe unter den Augen hatte, kaum aß, zu viel trank und dabei zu wenig schlief, bemerkte er nicht. Im Gegenteil. Er persönlich fand, dass die Latell so gut war wie lange nicht mehr. Sie hatte wieder diesen speziellen Polizeireporter-Biss, der ihr zwischenzeitlich etwas abhandengekommen war, fand er. Sie stand kurz vor dem Zusammenbruch, fand Charly.

»Ich meine es ernst Viktoria. Du machst jetzt frei.«

»Sagt wer?« Viktoria funkelte ihn herausfordernd an.

»Ich!«

»Bist du jetzt der Boss oder was?«

Charly lehnte sich zurück und schaute sie nur an.

»Was? Was ist?« Viktoria wollte nicht betrachtet werden, dann schon lieber ein kleines Wortgefecht mit ihrem Kollegen.

»Das frage ich dich?«

»Was soll sein?«, sagte sie scheinbar leichthin.

»Mich verarschst du nicht«, sagte Charly. Viktoria wollte etwas erwidern, klappte aber den Mund wieder zu, als er weiterredete. »Dir geht es beschissen. Richtig beschissen. Ist ja schön für mich, dass du jetzt jeden Sonntagsdienst machen willst, aber ich habe keinen Bock, dich hier irgendwann als Wrack vom Fußboden aufwischen zu müssen. Also reiß dich zusammen und ...«

Viktoria starrte Charly an. »Und was?« Sie klang giftig.

»Beweg deinen süßen Hintern aus dieser Redaktion und kümmere dich!«

»Um was soll ich mich schon kümmern? Ich habe keine Katze zu Hause.«

»Um dich selbst, zum Beispiel. Und wenn du das nicht hinkriegst, dann kümmere dich um die anderen, denen es auch beschissen geht. Hatte dein Kai nicht eine Schwester und eine Mutter? Hast du schon mal mit denen gesprochen?«

»Was? Wieso sollte ich mit denen ... Ich kenn die doch kaum.«

»Na und. Ihr alle kanntet diesen Typen, der ja nicht so übel gewesen zu sein scheint.«

Sie schluckte.

»Wobei ich ja glaube, dass er ein Idiot war …«

Viktoria atmete tief ein. Jetzt ging Charly wirklich zu weit. »Charly!«

»Wie konnte er sich nur mit dir einlassen. Hässlich wie die Nacht, dumm wie Toastbrot und diese kurzen, krummen Beine – da steht doch kein Mann drauf.«

Viktoria hatte die Luft angehalten. Jetzt atmete sie aus. »Charly, du bist der unanständigste Kerl, dem ich je begegnet bin.«

Charly grinste. »Yep.«

Viktoria schaute ihn lange an. »Danke«, sagte sie. Dann packte sie ihre Tasche. »Sagst du dem Chef, dass ich in den nächsten Tagen weg bin?«, fragte sie.

Charly nickte wieder.

»Ich glaube, ich muss da ein paar Dinge erledigen.«

»Denke ich auch«, sagte er.

»Das bin ich ihm schuldig«, sagte sie noch leise.

»Das bist du auch dir schuldig«, sagte er sanft. »Und jetzt hau bloß ab, ich kann dich nicht mehr sehen!«

»Gleichfalls«, erwiderte sie und ging mit großen Schritten Richtung Aufzug. Der brachte sie nach unten, ganz nach unten. Und von dort galt es jetzt wieder hochzukommen. Wohin auch immer …

Sie ist geschrumpft. Kais Mutter ist geschrumpft, dachte Viktoria, als sie die Haustür öffnete.

»Schön, dass du da bist«, sagte sie und drückte kurz Viktorias Hand. Dann ging sie ins Wohnzimmer vor. Der Fernseher lief. *Das perfekte Dinner*. Viktoria hasste jede

Form von Kochsendung, doch jetzt war sie froh, dass ein paar Amateurköche sich wegen einer Eiscreme anzickten, die nicht selbst gemacht war. Skandal! Doch wenigstens würden die plappernden Protagonisten jedes peinliche Schweigen überbrücken, wenn Christel und Viktoria sich nichts zu sagen haben würden. Was für Viktoria sehr wahrscheinlich war.

Christel machte Anstalten, den Nussschnaps aus der Glasvitrine zu holen, doch Viktoria winkte eifrig ab. Bloß nicht wieder diesen Holzgeschmack, dachte sie und nickte dankbar, als Christel vorschlug, einen Tee zu machen.

Dass Christel eine kalte Cola im Kühlschrank haben würde, war unwahrscheinlich, also war Tee okay, fand Viktoria. Hoffentlich gab es dazu Zucker.

Es gab.

»Es tut mir leid, dass ich so schnell weg war. Nach... nach der...« Sie brauchte noch einen Anlauf, um das Wort über die Lippen zu bringen. »Nach der Beerdigung. Ich konnte nicht...«

Christel legte ihr kurz eine Hand auf den Arm. »Ist schon gut.«

Viktoria nickte. »Ich bin nicht so gut in diesen... Trauersachen.«

Christel lächelte. »Kann man ja auch schlecht üben«, antwortete sie.

Viktoria rührte im Tee.

Im Fernseher sah man gerade, wie jemand mit Latex-Handschuhen den Tisch deckte, damit die Gläser keine Fingerabdrücke bekamen.

Kurz dachte Viktoria, sie hätte nicht mitbekommen, dass inzwischen ein *Tatort* lief. Sie räusperte sich. »Ah, eine Kochsendung!«, sagte sie dümmlich.

Christel nickte.

»Also, ich bin ja eher nicht so die Köchin.«

Erneutes Nicken.

»Und auch sonst bin ich nicht sonderlich geeignet für – äh – praktische Dinge. Ich bin deshalb sehr froh, dass du und Patricia, also dass ihr das alles in die Hand genommen habt.«

Nicken. »Die Nachbarn haben geholfen.«

»Ah, ja. Das ist nett. Finde ich.« Dann gab Viktoria es auf. Doch nach fünf Minuten Kochsendung musste sie aussprechen, was sie eigentlich nicht sagen wollte: »Ich kann nicht glauben, dass er einfach so in einer Pfütze ertrunken ist.«

Christel schüttelte den Kopf, doch es schien fast, als hätte sie nicht zugehört.

Viktoria redete weiter. »Was ist mit dem Anruf in der Redaktion? Und in seiner Praxis? Hat die Polizei da eigentlich mal nachgehakt?«

Christel hob die Schultern. »Warum?«

»Na, weil diese Anrufe daran schuld sind, dass ich ihn nicht sofort überall gesucht habe.«

»Schuld? Wieso schuld? Es war doch ein Unfall.«

»Ja, schon«, Viktoria wollte nicht zu eifrig klingen. »Aber er muss noch einige Tage gelebt haben. Vielleicht hätte man ihn …«

»… noch retten können?« Christel schien langsam aus ihrer Trance zu erwachen.

Im Fernsehen schlug gerade jemand Sahne und steckte den Finger hinein, um die süße Masse zu testen.

»Da nimmt man doch einen kleinen Probierlöffel«, tadelte Christel den Sünder, der sie nicht hören konnte. Dann drehte sie sich zu Viktoria um. »Du meinst, es war kein Unfall?«

»Doch, ja. Nein. Ich weiß nicht. Fest steht, dass ich und wir durch die beiden Anrufe von ihm erst einmal beruhigt waren. Ich war vielleicht sauer, aber ich dachte ja, er ist abgehauen, um über unseren Streit nachzudenken.«

»Das dachte ich auch«, sagte Christel.

»Natürlich kann es sein, dass er in den Regenguss kam, sich untergestellt hat und die Anrufe tatsächlich selbst getätigt hat. Erst danach ist er ausgerutscht …«

»Ja. So war es wahrscheinlich.« Christel fixierte schon wieder den Bildschirm.

»Aber was, wenn nicht *er* angerufen hat, sondern jemand anderes?«

»Viktoria, das ist doch Quatsch, warum sollte das jemand machen?«

Sie hört also doch noch zu, dachte Viktoria. »Na, weil vielleicht jemand da draußen war, bei ihm. Und …«

»Jetzt ist es aber gut!«

Nein, Christel wollte davon nichts hören. Viktoria wollte aber nicht aufhören. »Ich habe bei ihm Notizen gefunden, aus denen hervorgeht, dass er eine Verabredung hatte.«

»Mit wem?«

»Das weiß ich leider nicht genau. Entweder mit einem

Paul oder mit einem oder einer I. oder J. Hesselmann oder mit Paul Hesselmann.«

»Das sind die Namen, nach denen du uns schon gefragt hattest, nicht?«

Viktoria nickte.

Christel schaute sie an. »Ich glaube, du verrennst dich da. Kai hatte einen schrecklichen Unfall. Und es macht ihn nicht wieder lebendig, wenn du jetzt irgendwelche Pauls oder Hesses suchst …«

»Hesselmann heißt es richtig.«

Christel nickte und legte ihre kleine Hand wieder auf Viktorias Arm. »Lass gut sein, Mädchen. Lass gut sein.«

Im Fernsehen wurden gerade die Punkte vergeben. Eine Frau mit toupiertem Haar hielt eine 8 in die Höhe. »Willst du was essen?«, fragte Christel unvermittelt.

Viktoria schüttelte den Kopf.

Christel stand trotzdem auf und ging in die Küche. Aus dem Flur rief sie: »Ich habe auch keinen Appetit, aber es hilft ja nichts.« Eine halbe Stunde später aßen sie Bratkartoffeln mit Spiegelei und sauren Gürkchen. Jede von ihnen schaffte einen halben Teller.

»Heselmann«, es war wieder dieselbe Männerstimme, die sich meldete. Viktoria saß auf dem Bettrand in ihrem Stammzimmer des Gasthofs und hielt sich am Telefon fest.

»Jochen Heselmann?«

»Allerdings«, brummelte es aus dem Hörer.

Viktoria hätte am liebsten wieder aufgelegt. Doch dann stellte sie sich vor, sie hätte einen Rechercheauftrag für den *Express* bekommen. So ging es besser. In flüssigen Sätzen, ohne Ähs und wackelige Stimme, fragte sie Jochen Heselmann aus Telgte, der Kleinstadt, zu der auch Westbevern gehörte, ob er sich vor ein paar Wochen mit Dr. Kai Westmark verabredet oder gar einen Termin mit ihm gehabt hätte.

Ihr war klar, dass er natürlich lügen könnte. Doch nach dem Gespräch jetzt war ihr klar, dass er es nicht tat. Sie hatte vorgegeben die Sprechstundenhilfe von Kai zu sein, die einen Patienten nicht mehr zuordnen könne, weshalb sie nun jeden Heselmann und Hesselmann abtelefonieren würde. Er beteuerte, gar kein Patient von Westmark zu sein. Persönlich kennen würde er ihn auch nicht. Nur die Geschichte mit seinem tragischen Unfall, die hätte er natürlich gehört. »Ich, also *wir* waren an dem Tag auf den Dörenther Klippen, die Kinder klettern dort immer so gerne. Einen Arzt brauchten wir da Gott sei Dank nicht.«

Im Hintergrund hörte sie eine Kinderstimme. »Papa, fahren wir heute wieder zu den Klippen, so wie überneulich?« Kindermund tut Wahrheit kund, dachte Viktoria. Die Familie Heselmann war also vor Kurzem bei den Dörenther Klippen gewesen. Sie bedankte sich und legte auf. Herr Heselmann mit einem s hatte sich bestimmt nicht mit Kai getroffen. Sie würde weitersuchen müssen.

Jochen Heselmann schaute seinen Sohn streng an. »Paul! Du sollst doch nicht dazwischenquasseln, wenn ich telefoniere!«

»Normalerweise läuft um diese Uhrzeit der Fernseher nicht.« Christel Westmark wollte gerade ausschalten.

Viktoria schüttelte den Kopf. »Nein, lass an. Ist vielleicht besser im Moment, wenn es nicht so still ist.« Christel nickte und ging in die Küche, um Tee zu machen. Sie hatte Viktoria dazu eingeladen, als diese nicht auf das Angebot eingegangen war, in Kais Wohnung zu übernachten. »Das kann ich nicht«, hatte sie gesagt, und Christel hatte es verstanden. »Komm morgen früh, wenn dir danach ist«, hatte sie gesagt. Und ohne dass sie es vorher geglaubt hätte, war Viktoria nach einer unruhigen Nacht und einem müden Morgen mit Bauchschmerzen tatsächlich danach gewesen. Nach einem Tee auf dem Sofa von Kais Mutter. Sie setzte sich und blätterte in der Tageszeitung, die auf dem Tisch lag. In der Frühstückssendung im ZDF erklärte gerade eine Frau um die fünfzig, wie man mit kleinen Ästen, Steinen und Moos Tischdeko machen konnte. Es gab nichts Absurderes, fand Viktoria. Da taten die fleißigen Hausfrauen alles, um Moos aus den Ritzen ihrer Pflastersteine zu kratzen – sie hatte schon mehrere kniende Westbevernerinnen mit kleinen Messern in der Hand auf Carport- und Garageneinfahren gesehen –, um es dann als 1-a-Deko auf Tischchen vor ihren Hauseingängen oder in flachen Glasschalen auf Flurkommoden zu drapieren. Wieso sparte man sich nicht die ganze Arbeit und ließ die Einfahrt vermoosen statt Kommoden oder Tische? Viktoria hätte am liebsten umgeschaltet, doch Christel schien die Deko-Sendung weitaus weniger aufzuregen, wenn sie auch nicht gerade interessiert wirkte. Bei ihr waren zwar

Garten und Pflastersteine moosfrei, das Haus aber auch. Immerhin konsequent, dachte Viktoria.

Sie blätterte also weiter in den *Telgter Nachrichten*. Die Kollegen machten mit dem auf, mit dem auch die gestrige *Tagesschau* aufgemacht hatte. Die Verdi-Demonstrationen. Viktoria gähnte. Sie blätterte weiter. Keine dieser Überschriften und kaum ein Inhalt hätten beim *Berliner Express* eine Chance zur Veröffentlichung gehabt. Zu langweilig, zu wenig überraschend, zu wenig Skandal, Blut, Tränen oder was auch immer. Im Lokalteil war es ähnlich fad. Die Stadt Telgte feierte Jubiläum, ein Schützenverein hatte Generalversammlung, ein paar Leser ärgerten sich in Leserbriefen darüber, dass die Grundschulkinder keinen eigenen Bus bekamen. Fehlte nur die Top-Nachricht, dass in China ein Sack Reis umgefallen war, dachte Viktoria und entschied sich doch für die Tischdeko-Sendung im Fernsehen.

Christel kam herein und stellte eine dampfende Teetasse vor ihr ab. Sie zeigte auf die Zeitung. »Ach, hast du es schon selbst gefunden?«

Viktoria verstand nicht. »Wie? Was selbst gefunden?«

Christel blätterte und tippte schließlich mitten auf die Seite mit den Todesanzeigen. »War das nicht der Name, nach dem du mich gefragt hast?«

In großen Buchstaben stand dort »Julia Hesselmann«, darunter ganz klein geschrieben »geborene Hokamp«. Zudem das Geburtsdatum und der Tag ihres Todes. Viktoria rechnete nach. Julia Hesselmann war nur fünfunddreißig Jahre alt geworden.

Oben rechts stand ein Zitat. *Was die Raupe Ende*

der Welt nennt, nennt der Rest der Welt Schmetterling. Viktoria schluckte. Sie hatte keine Ahnung, wie Kais Todesanzeige ausgesehen hatte.

Wir haben dich lieb, stand in der unteren Hälfte des schwarz umrahmten Kastens. Die Absender waren: *Mama, Papa, Sven, Leni und Samuel.*

Viktoria versuchte, sich zusammenzureißen. Sie dachte an *Die kleine Raupe Nimmersatt* und daran, wie jene gestorbene Julia Hesselmann die Geschichte vielleicht ihren Kindern Leni und Samuel vorgelesen hatte. Vielleicht hatte ihr Mann deshalb das Zitat mit der Raupe und dem Schmetterling ausgesucht. Doch was jetzt wichtiger war, war, dass sie eine Spur hatte. Julia Hesselmann konnte J. Hesselmann sein. Hatte Kai sich mit ihr getroffen?

Die Beisetzung fand auf dem Westfriedhof in Ahlen statt, war zu lesen.

»Ich glaube, ich weiß jetzt, wer das ist«, schaltete sich Christel ein, die Viktoria über die Schulter geblickt hatte. Der Geburtsname Hokamp kam ihr bekannt vor. »Es könnte sein, dass Kai in der Grundschule eine Klassenkameradin hatte, die so hieß. Julia Hokamp … Ja, es könnte sein«, überlegte sie laut.

»Was ist aus ihr geworden?«, fragte Viktoria. Christel zuckte mit den Schultern. »Sie hat offensichtlich nach Ahlen geheiratet und …«

»… ist gestorben«, ergänzte Viktoria. Dann hörte sie Schritte in Kais Wohnung.

15. Kapitel

Patricia reagierte nicht, als Viktoria und Christel in Kais Schlafzimmer traten. Sie zerrte und riss an einem Umzugskarton. Ihr Gesicht war hochrot, die dunkelblonden Haare fielen ihr in die Stirn. Sie atmete schwer und versuchte, die Ecken des Kartons in die passenden Schlitze zu schieben – und scheiterte. Dann warf sie den halb zusammengebauten Karton gegen den Kleiderschrank. Und trat mit voller Wucht gegen die Pappe. »Scheiße, scheiße, scheiße«, zischte sie und trat noch einmal zu. Erst dann bemerkte sie die beiden anderen Frauen. »Es ist… es tut mir leid. Ich will doch nur seine Sachen wegpacken. Ich schaffe es nicht, ich schaffe es einfach nicht…« Ihre Stimme brach.

Christel eilte zu ihrer Tochter und nahm sie in den Arm. Das Schluchzen hörte sich an wie ein schmerzhaftes Stöhnen.

Viktoria schloss die Augen. Sie ertrug den Anblick der Tränen nicht, am liebsten hätte sie sich auch die Ohren zugehalten. Sie versuchte, das Weinen der Frauen nicht zu hören. Nichts wollte sie hören, nichts sehen, nichts fühlen. Doch dann stieg ihr dieser Duft in die Nase, den sie nicht hätte beschreiben können, von dem sie nicht einmal wusste, dass sie ihn kannte, und der ihr doch weiche Knie bereitete. Vorher und auch jetzt. Sie roch ihn. Sie roch Kai. Der geöffnete Kleiderschrank, sein Bett, das noch nicht frisch bezogen war. Überall hing Kais Geruch in der Luft.

Sie musste sich am Türrahmen festhalten, um nicht ohnmächtig zu werden. Sie öffnete die Augen wieder und sah Mutter und Tochter vor dem geöffneten Schrank, einander Trost spendend. Sie schluckte. Und gab sich innerlich eine Ohrfeige. Diese beiden haben ihn ihr Leben lang gekannt, sie hatten alles Recht der Welt, zusammenzubrechen vor einem Schrank, in dem es nach ihrem großen Bruder und ihrem Sohn roch.

Sie ging auf die beiden zu und schob sie sanft zur Seite. Dann nahm sie den Karton vom Boden auf und faltete ihn zusammen. Zuerst ergriff sie einen T-Shirt-Stapel. Dann die Hosen. Sie legte alles in den Karton. Als er voll war, packte sie den nächsten. Patricia hatte sich wieder gefasst und half ihr. Christel zog das Bett ab.

»Krebs.« Viktoria hielt den Kugelschreiber in der Hand, doch dieses hässliche Wort wollte sie nicht aufschreiben.

»Zwei Kinder. Samuel und Leni. Der Junge ist zehn, das Mädchen acht. Ihr Mann heißt Sven.« Das waren also die Namen, die unter der Todesanzeige von Julia Hesselmann, geb. Hokamp, gestanden hatten. Richtig gedacht, ging es Viktoria durch den Kopf. Sie notierte das Alter der Kinder.

»Adresse?«, fragte sie.

»Eigentlich Weidengrund 18 in Ahlen«, antwortete Hagen.

»Wieso *eigentlich*?«

Hagen grinste. »Na ja, sie wohnte in ihren letzten Monaten woanders. In Warendorf, Rosenstraße.

»War sie zu Hause ausgezogen, hatte sie sich etwa krank von ihrem Mann getrennt?« Viktoria musste sich anstrengen, um mit Hagen Schritt zu halten. Sie war komplett ohne Kondition. Schon ein kleiner Spaziergang durch Münsters Fußgängerzone war für sie eine schweißtreibende Angelegenheit.

Hagen bemerkte, dass sie schwer atmete, und drosselte sein Schritttempo.

Dankbar holte Viktoria Luft. »Also, sag schon – du Super-Reporter.«

Hagen lächelte. Er freute sich über das Lob, das merkte sie. Aber es war mehr als verdient. Er war ein echtes Recherchetalent. »Nein, getrennt hat sie sich nicht. Sie ist ausgezogen, ins Hospiz Rosengarten nach Warendorf.«

Viktoria nickte. »Ausgezogen, um zu sterben…«, sagte sie leise.

Hagen nickte.

»Und woher weißt du das alles?«, fragte sie ihn und stupste ihn in die Seite.

Hagen blinzelte ihr zu. »Informantenschutz, hast du mir selbst eingebläut.«

»Ja, mein gelehriger Schüler«, sagte sie und wartete immer noch auf eine Antwort.

»Facebook«, sagte er. »Und Nachbarn.«

»Danke«, sagte sie. Sie standen vor Karstadt. »So, hier muss ich jetzt alleine klarkommen. Schätze, die

Unterwäscheabteilung ist dann eher mein Recherchegebiet.«

Hagen sah ihr in die Augen. »Schade«, sagte er frech und gab ihr einen leichten Abschiedskuss auf die Wange. Dann schwang er sich auf sein Rennrad und fuhr davon.

Viktoria schaute ihm nach. Guter Mann, dachte sie. Dann öffnete sie die Glastür zum Kaufhaus. Ihr spärliches Handgepäck reichte nicht mehr. Sie hatte ihren Westbevern-Urlaub verlängert – auf unbestimmte Zeit. Der Chef hatte gemeckert, Mario hatte ihr geraten, zur Ruhe zu kommen. Doch sie würde erst ruhen, wenn sie genau wusste, wie Kai und – vor allem – warum Kai sterben musste. Meine Güte, sind Unterhosen teuer, dachte sie, als sie ihre EC-Karte ins Lesegerät schob.

Shit, die wohnen nett. Viktoria war es gewohnt, an Türen zu klingeln, hinter denen Menschen wohnten, die unter Schock standen, weil ihre Tochter gerade vergewaltigt und erschlagen, der Sohn zu Tode geprügelt, der Mann von einer Tram überfahren oder die Ehefrau von einem Irren vor die U-Bahn geschubst worden war. Witwenschütteln nannte man diese unangenehme Aufgabe der Polizeireporter früher einmal. Doch diesen Begriff benutzte eigentlich keiner mehr. Heute sagte man dazu: Opferfoto besorgen. In der Sache tat man aber dasselbe. Man sprach mit Hinterbliebenen, versuchte, so viele Infos wie möglich herauszubekommen und als Krönung ein schönes Foto abzulichten, auf dem das Opfer noch lebendig war. Je nach Qualität solch eines Fotos wurde die Geschichte entweder zur kleinen Geschichte oder zum Aufmacher. Wobei mit Qualität nicht etwa die perfekte Ausleuchtung oder Tiefenschärfe gemeint war. Es ging um den emotionalen Wert. Je fröhlicher und hübscher – oder bei Kindern süßer – ein Opfer auf solch einem Foto war, desto größer waren das Mitleid und das Entsetzen der Leser über die Tat.

Doch egal wie oft ein Polizeireporter schon losgeschickt worden war, um solch ein Foto bei den Angehörigen zu besorgen, die meisten taten es nicht gerne. Und manchmal taten sie es gar nicht. Auch wenn der Chefredakteur es nie erfahren durfte, die Reporter der verschiedenen Zeitungen sprachen sich durchaus manchmal ab. War die Tat zu grausam, das Opfer zu jung, dann konnte es passieren, dass die Redaktionen aller Berliner Zeitungen an diesem Tag von ihren Reportern darüber informiert wurden, dass niemand zu Hause war. Doch das war die Ausnahme.

Bei Hesselmanns war jemand zu Hause. Und es sah nett aus bei ihnen. Letzteres machte Viktoria immer zu schaffen. Wenn das Haus oder die Wohnung einer Opferfamilie gemütlich, nett, schön aussah – kam ihr die Tat noch ungeheuerlicher vor.

Sie stieg über ein blaues Mountainbike, das quer vor dem gepflasterten Weg zur Eingangstür lag, und klingelte. Der Rasen war hoch gewachsen, Unkraut wucherte in den Beeten. Dennoch sah man, dass der Garten Struktur hatte. Hier hatte jemand eine Idee von einem gemütlichen grünen Fleckchen umgesetzt, eine Holzbank stand einladend an der Hauswand, rechts und links vor der Haustür standen und lagen Turnschuhe und Gummistiefel kreuz und quer und in verschiedenen Größen. Ein geblümtes Stiefelpaar war auch dabei. Wahrscheinlich hat es der Mutter gehört, dachte Viktoria. Oder aber Tochter Leni hat große Füße.

Sven Hesselmann öffnete. Er schaute nur kurz auf Viktoria, dann rief er die Treppe hoch: »Samuel, dein Fahrrad!« Von oben kam ein genervtes Stöhnen. Danach kam Samuel, ein dünnes Kerlchen mit halblangen Haaren, in Socken die Treppe herunter. Ohne Viktoria wahrzunehmen, ging er an ihr vorbei und schob das Fahrrad über den Rasen in den Carport. Sein Vater schaute ihm kopfschüttelnd hinterher. »Jetzt weiß ich auch, warum deine Socken dauernd kaputt sind«, tadelte er, ohne dabei allzu streng zu wirken. Als der Zehnjährige wieder im Haus verschwunden war, entschuldigte er sich bei Viktoria.

Sie lächelte ihr schönstes Lächeln und wusste nicht, wie sie anfangen sollte. Sonst hatte sie eine klar definierte Aufgabe, die sie sich selbst nicht ausgesucht hatte. Sie war das ausführende Organ eines skrupellosen Chefs. Also fühlte sie sich nicht selbst schuldig. Doch das hier war ihr Ding, ihre Entscheidung, ihr Wille. Niemand hatte sie gezwungen, in Kais Notizen zu wühlen. Niemand erwartete, dass sie vermeintlichen Spuren nachging, die einfach ins Nichts führen konnten. Niemanden konnte sie dafür verantwortlich machen, dass sie diese Familie in ihrer Trauer störte – und diese durch ihre Fragen vielleicht sogar noch größer werden lassen würde.

Sie sah in die freundlichen Augen von Sven Hesselmann. Ohne jeden Argwohn schaute er sie an – und unendlich müde und traurig. Noch eine Sekunde würde er Geduld haben, dann würde er die Tür schließen. Sie war ihm die Wahrheit schuldig.

»Mein Freund ist gestorben«, sagte sie und erschrak über diesen einfachen Satz, den sie bisher noch nicht einmal gedacht hatte.

Sven nickte nur.

»Vielleicht kennen Sie ihn?« Man sah, dass er eigentlich die Tür schließen wollte. Dass er keine Lust hatte auf Gespräche über den Tod. »Kai Westmark«, sagte sie leise.

Er trat zur Seite und bat sie hinein.

Gleich links hinter der Tür ging es in eine Küche, in deren Mitte ein großer Eichentisch stand. Zeitungen stapelten sich, benutzte Gläser standen herum, auf dem Stuhl, auf den sich Viktoria setzen wollte, lag eine Kinderjacke. Sie hängte sie über die Lehne.

Sven Hesselmann füllte den Wasserkocher. »Tee, Cappuccino?«

Viktoria schüttelte den Kopf. »Haben Sie vielleicht ein Wasser?« Nach Cola traute sie sich nicht zu fragen.

Er nickte abwesend, holte ein Glas aus einer großen Schublade und stellte es vor ihr ab. Dann setzte er sich gegenüber von ihr auf eine Küchenbank und goss ihr das Wasser ein. Der Wasserkocher tat seinen unsinnigen Dienst, denn Sven Hesselmann griff nach einem der Gläser, die noch auf dem Tisch standen. Ihm war auch nicht nach einem Tee.

»Ja, Kai Westmark. Den kennen wir. Also ich nur flüchtig, aber meine Frau …« Er hatte sich offensichtlich noch nicht daran gewöhnt, dass aus dem Wir ein Ich geworden war, seitdem seine Frau gestorben war.

Viktoria erzählte ihm von dem Namen, den sie auf Kais Schreibtischunterlage gefunden hatte, und von dem Datum, das dort stand.

Sven Hesselmann nickte nur, sagte aber nichts weiter.

»Hat sich denn Ihre Frau mit ihm getroffen, an diesem Tag? Also dem 29. Mai?« Sie wusste, dass sie sich auf gefährlichem Terrain bewegte. Vielleicht wusste Sven Hesselmann nichts von einem Treffen, vielleicht war er eifersüchtig. Vielleicht hatte er ja sogar Grund dazu?

»Nein«, sagte er. »Da ging es meiner Frau schon so schlecht, dass sie sich mit niemandem hätte treffen können.« Er machte eine kleine Pause und trank einen Schluck. »Meine Frau hatte vorher telefonischen Kontakt zu Dr. Westmark. Er ist… er war ein Schulfreund von ihr. In der Grundschule von Westbevern.«

Viktoria wollte nicht nachfragen, was Julia Hesselmann von Kai gewollt hat, aber sie wollte es wissen. Also trank sie einen Schluck. Abwarten und Wasser trinken, auch eine gute Taktik, um an Informationen zu kommen.

Sven redete weiter. »Sie wollte einen ärztlichen Rat, hat sie mir gesagt. Aber eben nicht nur einen ärztlichen.«

Viktoria verstand nicht. Sven Hesselmann rang mit sich, das konnte sie sehen.

»Hören Sie. Ich weiß eigentlich nicht viel. Sie hat ihn angerufen. Es ging ihr richtig schlecht. Sie wollte in dieses Hospiz, damit sie uns hier nicht zur Last fällt.

Mir gefiel das nicht, ich wollte sie hier haben.« Er unterbrach. Trank einen Schluck. Der Wasserkocher hatte sich selbstständig wieder ausgestellt. »Aber sie war nicht davon abzubringen. Sie rief also ihren alten Schulfreund an, um mit ihm über das Hospiz zu reden und darüber, wie es …« Er nahm einen weiteren Schluck, riss sich zusammen. Trotzdem bröckelte seine Stimme, als er fortfuhr: »Sie wollte wissen, wie es geht mit dem Sterben. Sie wollte alles wissen. Wann sie sterben würde, wie es sich anfühlen würde und ob man es nicht beschleunigen könne.« Er atmete aus, als hätte er gerade Schwerstarbeit geleistet.

»Ging es um Sterbehilfe?«

Sven Hesselmann hob die Schultern. »Ich weiß es nicht, aber ich glaube es.«

Viktoria nickte. Das ergab Sinn. Vielleicht hatte Kai seiner alten Schulkameradin etwas in dieser Richtung versprochen. Und natürlich konnte er mit niemandem darüber reden.

»Papa?« Ein Mädchen steckte seinen Kopf durch die Tür.

»Leni. Ach, das Training.« Sven stand auf. »Entschuldigen Sie, aber ich muss meine Tochter zum Fußball fahren.«

Viktoria stand auf und bedankte sich. Kurz bevor die Haustür hinter ihr ins Schloss fiel, drehte sie sich noch einmal um. »Herr Hesselmann, es stand noch ein Name in den Notizen.«

Er nickte.

»Paul.«

Hesselmann überlegte. »Dr. Paul?«

Viktoria zuckte mit den Schultern.

»Das ist einer der Ärzte im Hospiz Rosengarten.« Leni stand neben ihrem Vater und drückte ihren Kopf an seine Hüfte. Sie hatte Fußballschuhe an. Auf ihrem knallgelben Dortmund-Trikot stand ihr Name. Samuel drängelte sich an Vater und Tochter vorbei. Er hatte inzwischen Sneaker an den Füßen und war dabei, seinen Fahrradhelm zu schließen. »Ich bin bei Simon«, rief er, und sein Vater nickte.

Das Leben der kleinen Raupen geht weiter, dachte Viktoria. Ihre Mutter ist jetzt ein Schmetterling.

»Ich glaube, unsere Große kriegt das Ding zum Laufen.« Charly Berendsen nuschelte mit einer Zigarette zwischen den Lippen, sein Blick war starr auf den Computerbildschirm gerichtet.

Mario stand hinter ihm und schnalzte mit der Zunge. »Nicht schlecht«, sagte er und meinte das Foto, das Charly gerade großgezogen hatte.

Es war ein frisches Bild der vermissten Studentin aus Münster. Sie trug darauf ein enges T-Shirt, eine kurze Sporthose und – das war der Clou – ein paar neonpinke Nikes. Und genau so ein Schuh war in Telgte am Rande eines Parkplatzes am Emsufer gefunden worden. Ein anonymer Finder hatte sich bei der Polizei gemeldet. Und da nur ein Schuh gefunden wurde, war die logische Folge, dass in nahezu jeder Boulevardzeitung die Überschrift eine Aschenputtel-Anspielung enthielt. Von: *Wo bist du, armes Aschenputtel?*, bis hin zu: *Wer sah*

Cinderella und ihren Schuh?, fand sich einiges an Märchen-Assoziationen. Nur das Mädchen selbst fand sich noch nicht. Das Bild der Vermissten mit den Schuhen war ein echter Knaller – und geliefert wurde er vom Goldeber. Der Agentur, die Viktoria gegründet hatte – und von der ihr Chef natürlich nichts wusste. Die Kollegen Charly und Mario hatten dichtgehalten, doch lange ging das nicht mehr gut. Denn dieses Bild wollte Willmers für seine vermischte Seite kaufen. Würde der Fotochef mit Viktoria telefonieren, würde alles auffliegen.

Mario wollte ihm also zuvorkommen. »Victory, Gefahr im Verzug«, flüsterte er in sein Smartphone.

»Hallo! Bist du das Mario. Ich versteh kein Wort.«

Mario rollte mit den Augen. Er legte auf und schickte ihr eine Nachricht.

Charly beobachtete das Manöver und drückte seine Zigarette im überfüllten Aschenbecher aus. »Das kann sie nicht bringen.«

Mario nickte. »Ich weiß. Wenn Willmers das rauskriegt, schmeißt er sie raus.«

»Zu Recht.«

»Ja, ausnahmsweise zu Recht«, erwiderte Mario.

»Wie kommt sie eigentlich an diese Mega-Infos und Fotos?«

»Na, deine Empfehlung. Hagen hilft ihr.«

Charly nickte. »Guter Mann.«

Mario verzog die Mundwinkel. »Ich weiß nicht. Ich trau dem Kerl nicht über den Weg.«

»Du solltest keinem Polizeireporter über den Weg trauen. Schon gar nicht den echt guten.« Charly grinste.

»Ne, es ist was anderes, Charly. Der Typ hat Infos, an die man eigentlich gar nicht kommen kann.«

»Vielleicht ist der so eine Art Hacker oder Super-Brain. Obwohl er eigentlich nicht wie ein Nerd aussieht.« Mario seufzte.

»Trotzdem kann sie nicht so weitermachen«, nahm Charly den Faden wieder auf. »Erstens fliegt sie irgendwann auf, und zweitens arbeitet sie sich doch kaputt.«

»Aber ich glaube, die braucht das im Moment. Diesen ganzen Stress und so.«

»Weil ihr Kerl in die ewigen Jagdgründe verschwunden ist?« Mario nickte.

»Sie hat eben eine eigene Art zu trauern.«

»Eher wohl eine eigenartige Art«, sagte Charly.

Dem konnte Mario nicht widersprechen.

Sie hatte mal wieder ihren Job gut gemacht. Aber er selbst war auch durchaus zufrieden mit seiner Ausbeute. Viktoria und Mario waren bei Rechtsmediziner Metzger gewesen, um mit ihm über die interessantesten Mordfälle in Münster zu reden. Arbeitszeile der Geschichte, die der Goldeber später den deutschen Medien anbieten wollte, war: *Tatort Münster*. Metzger erlag Viktorias frechem Charme und beantwortete alles; auch die Dinge, die er nicht sagen wollte, flogen aus seinem Mund. Viktoria dankte es ihm mit ihrem Victory-Lächeln, und Mario staunte, wie fotogen der Rechtsmediziner wieder war. Eine gewisse Ähnlichkeit mit Hugh Grant hatte ihm Viktoria seinerzeit zugesprochen – und es stimmte. Der Mann, der Leichen aufschnitt wie andere Leute ihr Brot, sah auf dem Foto noch besser aus als im Original.

Er schaute sich die Bilder am Laptop an.

Viktoria hatte sich neben ihn gesetzt. »Danke«, sagte sie und hätte beinahe ihre Stirn auf seine Schulter gelegt. Sie war müde. Sie konnte das Tempo nicht mehr lange durchhalten, das wusste sie selbst. Doch sie hatte im Moment nicht die Kraft, sich zu entscheiden, ob sie den Goldeber vorantreiben oder einstellen sollte. In der letzten Woche hatte sie wieder Überstunden beim *Express* geschoben, jetzt war sie erneut für ein paar Tage in Westbevern. Mario war mitgekommen, weil er es versprochen hatte – nicht weil er wollte, das wusste sie selbst. Doch er hatte seine Hilfe zugesagt, falls sie etwas für den Goldeber zu porträtieren hatte. Jetzt hatte sie – und Mario hielt sein Versprechen. Er würde gleich mit dem Zug zurück nach Berlin fahren, sie würde noch bleiben. Denn auch wenn sie in Arbeit für den *Express* und für den Goldeber zu versinken drohte, bestand ihre große Aufgabe doch noch in etwas ganz anderem. Sie musste herausfinden, wie Kai gestorben war. Auch wenn ihr Frank Metzger wieder und wieder gesagt hatte, dass es sich um einen Unfall gehandelt haben muss, konnte er nicht völlig ausschließen, dass Kais Ohnmacht nicht vielleicht doch durch etwas anderes als einen Unfall ausgelöst worden sei. »Kann er nicht gestoßen worden sein? Kann nicht jemand mit einem Stein gegen seine Stirn geschlagen haben?«

Metzger hatte sie daraufhin mitleidig angeschaut. »Theoretisch ist immer alles möglich. Aber …«

Was er danach sagte, interessierte Viktoria nicht mehr.

»Theoretisch ist alles möglich.« Das war der Satz, der sie antrieb. Sie wusste, dass sie alles klären musste, bevor sie sich ausruhen durfte – und konnte.

Vielleicht war Dr. Paul der Schlüssel zu all ihren Fragen. Doch dazu musste sie ihn sprechen. Es behagte ihr ganz und gar nicht, ihn dort aufsuchen zu müssen, wohin sie eigentlich nicht wollte. Im Hospiz Rosengarten würde er arbeiten, hatte Sven Hesselmann gesagt. Er hatte angedeutet, dass es um Sterbehilfe ging. Und Kai Westmark hatte beide Namen neben einem Datum notiert. Paul und Hesselmann und 29. Mai. Das war der Tag, an dem im Fernsehen *Winnetou* lief, der Tag, an dem sie sich nicht zusammenreißen konnte und an dem Kai verschwand. Hatte er sich mit Dr. Paul treffen wollen – oder hatte er sich mit Dr. Paul getroffen? Niemand konnte wissen, ob Kai all die Tage, an denen sie nicht wussten, wo er war, verletzt im militärischen Gelände gelegen hatte. Vielleicht war er vorher noch jemandem begegnet. Vielleicht hatte er telefoniert. So oder so. Sie musste es herausfinden. Sie musste. Ob es etwas bringen würde, ob sie sich danach besser fühlen würde, ob es überhaupt irgendeinen Sinn ergab, war ihr völlig egal. Wenn sie in einem Western den Helden geben würde, würde sie sagen: »Ein Mann muss tun, was ein Mann tun muss.« Sie war eine Frau. Doch auch sie musste tun, was eine Frau tun muss, dachte sie und schaute Mario zu, wie er sein Jägerschnitzel aß.

»Du lächelst ja«, sagte er kauend.

Sie schüttelte den Kopf. »Ist nur ein Reflex«, antwortete sie.

16. Kapitel

Paul Heselmann hatte von seiner Patentante ein Plastikterrarium zu seinem fünften Geburtstag geschenkt bekommen. Eigentlich hatte er lieber ein Taschenmesser haben wollen, doch dazu sei er noch zu klein, hatten ihm die Erwachsenen gesagt. Jetzt stand der kleine durchsichtige Kasten auf der Terrasse, und der Maikäfer, den Pauls Mutter extra für ihn gefangen hatte, saß auf einem Blatt und bewegte sich nicht. Wenn es wärmer wird, hatte ihm seine Mutter versprochen, würde er krabbeln. Jetzt war es warm. Doch der Maikäfer saß einfach nur da. Langweilig, fand Paul und überlegte, wie er das Tier dazu bringen könnte, sich ein bisschen zu bewegen. Er nahm den Kasten und trug ihn zum Wasserhahn hinter dem Haus. Nachdem das Terrarium aussah wie das Aquarium seiner Freundin Anni, strampelte der Käfer tatsächlich. Lustig sah das aus, fand Paul. Doch dann hörte sein kleiner Gefangener schon wieder auf, sich zu bewegen. Vielleicht war das mit dem Wasser doch keine so gute Idee, dachte Paul und trug den Kasten zu dem Beet hinter dem Carport. Er grub mit seinen Händen kleine Löcher in die schwarze Erde und warf sie klumpenweise in das Terrarium. Vielleicht könnte der schwimmende Käfer auf die Erde krabbeln, dachte er.

Doch der Käfer rührte sich nicht. Er lag einfach in der braunen Matschepampe und bewegte sich kein bisschen. So wie der Mann, der in der Pfütze ertrunken ist, dachte Paul und stellte den Kasten hinter sein Spielhäuschen. Papa und Mama mussten ja nicht gleich sehen, was er angestellt hatte.

Mario hatte kein gutes Gefühl, als er sich von Viktoria verabschiedete. Zum einen lag das daran, dass seine Kollegin immer noch versuchte, ihm vorzumachen, es ginge ihr gut, obwohl sie aussah wie eine Fee nach einem Jahr Punktezählen bei den Weight Watchers, zum anderen lag es an Hagen. Der war nämlich dazugestoßen, als Mario gerade seinen letzten Bissen vom Schnitzel aß. Als der junge Polizeireporter den Kneipenraum betrat, wirkte Viktoria gleich viel wacher. Die beiden tauschten sich über den Goldeber aus, und Viktoria entschuldigte sich bei Hagen, dass sie ihm noch kein Geld überwiesen habe. Er schrieb ihr seine Bankverbindung auf einen Bierdeckel und tat so, als wäre es ihm völlig egal, ob er für seine Arbeit bezahlt wurde oder nicht. Er täte es ja schließlich auch, um von ihr zu lernen, sagte er. Schleimer, dachte Mario. Und sagte: »Ja, das kann sicher nicht schaden.«

Hagen überhörte diese kleine giftige Anspielung und konzentrierte sich auf sein Getränk und Viktoria. Mario blieb trotzdem noch. Erst als Viktoria wiederholt gähnte, machte Hagen Anstalten zu gehen. Mario schaute auf die Uhr und schlug vor, denselben Zug nach Münster zu nehmen. Aus irgendeinem Grund wollte er nicht, dass der Jungreporter länger blieb als er – und zum Glück tat er das auch nicht. Die beiden Männer zahlten und verabschiedeten sich von Viktoria. Mario drehte sich noch einmal um, bevor die Tür nach draußen sich wieder schloss. Er fürchtete, dass der Windzug, der hereingeströmt war, seine Kollegin wegwehen würde. Doch die saß aufrecht und felsenfest da. Gerade so, als könne sie nichts umhauen. Wenn sie wieder in Berlin ist, dachte Mario, werde ich sie zwangsernähren.

»Cooles Rad.« Mario hatte zwar überhaupt keine Ahnung und auch keine Meinung zu Rennrädern, doch um ein peinliches Schweigen zwischen ihm und Hagen zu überbrücken, war ein falsches Lob bestimmt nicht verkehrt.

Hagen antwortete nicht, sondern schob still sein Fahrrad neben sich her. Das peinliche Schweigen würde also noch ein bisschen andauern.

Mario räusperte sich und startete einen zweiten Versuch. »Und, wie ist das Studentenleben in Münster so? Vermisst du Berlin nicht ein bisschen?«

Hagen schüttelte den Kopf und blickte zu Mario rüber. »Kann mich nicht beschweren. Ist nett hier in Westfalen.«

Mario nickte. »Und wie kommst du mit Langbein aus?«

»Du meinst Viktoria?«

»Ja klar. Sie kann kompliziert sein.«

Hagen lächelte. »Findest du?«

Mario kam sich langsam blöd vor. Wer war denn hier der Viktoria-Kenner? Wer fuhr denn seit Jahren mit ihr zu Terminen, wer machte Bilder, die die Geschichten erst zu Geschichten machten, wer ertrug ihre Unordnung und ihre Meckerattacken? Er antwortete nicht. Er fummelte an seinem Fotorucksack herum und wunderte sich, wie lang ein Weg von knapp siebenhundert Metern sein konnte, denn so weit war der Bahnhof von Westbevern vom Gasthaus König entfernt.

Hagen ließ sich nicht in die Karten gucken, so viel stand fest. Weder was seine Informanten anging noch was seine Meinung zu Viktoria betraf. Dabei war es offensichtlich, dass der junge Polizeireporter sie anhimmelte. Kein Wunder, dass Viktoria bei ihm nicht kompliziert war. Sie fraß ihm aus der Hand. Sie war ja auch nicht ganz auf dem Damm, das abgemagerte Ding. Da kam der Möchtegern-Gigolo mit den guten Polizeigeschichten gerade recht.

Sie erreichten den kleinen, beige gestrichenen Bahnhof und gingen durch den Fußgängertunnel zum anderen Gleis. Verirren kann man sich hier wahrlich nicht, dachte Mario. Der Zug fuhr ein, und Hagen hob sein Rad in den Waggon. Hinter ihm standen ein paar Mädchen im Teenageralter. Mario sah, wie sie ihn musterten und sogar kurz ihr Geplapper unterbrachen. Hagen trug ein enges T-Shirt, unter dem sich nichts abzeichnete, was nicht abzeichnungswürdig war. Als Mario leicht schwitzend in den Zug stieg, schwor er sich, gleich am nächsten Morgen mit dem Hanteltraining anzufangen.

Das Hospiz Rosengarten hatte offensichtlich einen guten Webdesigner an der Hand. Die Homepage war schlicht und luftig, so wie es gerade modern war. Dafür waren die Inhalte harter Tobak. Sachlich wurde dort aufgelistet, nach welchen Kriterien die Bewohner aufgenommen wurden, die nur zu einem einzigen Zweck in das moderne Haus am Rande eines Parks zogen: um dort zu sterben. Unter Punkt eins der Aufnahmekriterien stand: »Eine auf wenige Wochen bis wenige Monate begrenzte Lebenserwartung.« Klar, das war logisch. Dennoch mutete es seltsam an, es schwarz auf weiß zu lesen. Viktoria behagten die Texte nicht, ihr behagte das ganze Hospiz nicht, zu dem sie doch früher oder später würde fahren müssen, um mehr über Dr. Paul zu erfahren. Sie lag auf ihrem Bett, stützte sich auf den Ellenbogen und scrollte durch die Seiten, klickte auf die Menüpunkte des Todes. »Uns geht es nicht darum, dem Leben mehr Tage abzugewinnen«, las sie, »sondern den Tagen mehr Leben.« Kalenderspruch, war ihr erster Gedanke. Ein *guter* Kalenderspruch, ihr zweiter. Unter *Team* fand sie ihn. Dr. Julius Paul, Palliativmediziner. Langweiliges Foto wie aus der Bewerbungsmappe. »Nichtssagend«, hätten sie auch noch unter sein Foto schreiben können. Immerhin lächelte er auf dem Bild, was angesichts seines beruflichen Schwerpunkts schon eine Leistung an sich war, fand Viktoria. Wie konnte man nur Mediziner sein, ohne heilen zu können? Sie hatte dem Münsteraner Rechtsmediziner Metzger einmal dieselbe Frage gestellt. Er hatte gesagt, dass die Toten geduldiger seien. Und man keine Angst mehr haben müsse zu scheitern. Die Fehldiagnose eines Rechtsmediziners konnte nicht zum Tod führen. Wenn ein Rechtsmediziner tätig wurde, war das

Schlimmste schon geschehen. Und egal wie stümperhaft eine Leichenschau auch abgehalten wurde, tot blieb tot blieb tot.

Viktoria versuchte, mehr über Dr. Julius Paul herauszufinden. Doch der Mann hatte sich nicht viel und nicht öffentlich im Netz bewegt. Sie würde Hagen noch einmal darauf ansetzen. Sie wusste nicht, wie er es schaffte, aber irgendetwas fand er immer heraus. Und er fragte nicht so mitleidsvoll nach, wenn sie ihn um einen Gefallen bat. Das half mehr als Marios trauriger Bernhardinerblick.

Höflich, aber nicht herzlich verabschiedeten sich die Männer voneinander. Hagen hob sein Rennrad aus dem Zug und schulterte es, als würde es nur wenige Gramm wiegen. Mario schlurfte ihm langsam hinterher. Er hatte noch ein bisschen Wartezeit, bevor sein Zug nach Berlin fahren würde. Er stieg die Treppen zum Hauptbahnhof hinab und sah, dass Hagen schon den Ausgang erreicht hatte. Mario schaute sich um. Wo gab es hier einen Zeitschriftenladen? Gerade als er ihn entdeckte, nahm er aus den Augenwinkeln wahr, dass Hagen eine junge Frau begrüßte. Sie trug einen Stoffbeutel und hatte ihre dunkelbraunen Haare zu einem Pferdeschwanz gebunden. Sie schien hocherfreut und begrüßte Hagen mit zwei herzlichen Küsschen auf die Wange. Zu zweit gingen die beiden in Richtung Fußgängerampel. Mario überlegte nicht, sondern handelte. Er ließ die *Men's Health* neben der Kasse liegen und sprintete ebenfalls Richtung Ausgang. Das Fluchen des Kassierers, der den Preis schon eingescannt hatte, hörte er nicht mehr. Dafür das Klackern der Fußgängerampel, das Blinden dazu dienen sollte, sich zu orientieren. Es war rot. Doch er konnte die beiden noch sehen. Bei Grün trabte er weiter geradeaus. Wahrscheinlich würde er seinen Zug verpassen. Egal. Er wollte wissen, was Hagen trieb. Hatte er eine Freundin? War er wirklich einfach nur ein Student mit besonderer Begabung für Polizeigeschichten? Klar, er hatte ihn bei seinen Einsätzen in Berlin ein paar Mal gesehen. Man hatte sich gegrüßt, hatte die Arbeit des anderen anerkannt, aber mehr nicht. Hagen gehörte nicht zum Inner Circle der Polizeireporter, dazu musste man schon ein paar Jahre mehr auf dem Buckel haben.

Mario konnte wieder im normalen Tempo gehen, er atmete durch. Zum Hanteltraining würden auch noch ein paar Jogging-Einheiten kommen müssen. Hagens Begleitung lachte. Hagen stellte sein Fahrrad an einem Laternenpfosten ab und verband beides mit einem großen Schloss. Dann öffnete er die Glastür zu einem Starbucks und ließ seiner Begleitung den Vortritt. Mario behielt seinen Sicherheitsabstand bei und kam sich vor wie ein dämlicher Privatdetektiv in einem Comedy-Krimi. Personen observieren war nicht gerade sein Spezialgebiet. Er hatte Glück. Die beiden bestellten an der Theke, und Hagen setzte sich mit dem Rücken zur Glasfront, die junge Frau nahm gegenüber Platz. Da sie ohnehin nur Augen für die Bücher und Zettel hatte, die sie gerade aus ihrer Tasche fischte, fürchtete Mario nicht, dass sie ihn bemerken würde, wenn er von draußen ein bisschen zuschauen würde. Viel zu sehen bekam er allerdings nicht.

Die beiden schienen tatsächlich mit den Unterlagen auf dem Tisch beschäftigt, beide machten Notizen. Studenten bei der Arbeit, dachte Mario und wollte umkehren. Da tauchte eine Rothaarige auf.

Mario konnte nicht anders. Die Mähne dieser Frau war einfach umwerfend. Durch die Glasscheiben sah er, wie die Locken tanzten, als sie ihre Bestellung aufgab und gemeinsam mit der Bedienung lachte. Auch Hagen war die Frau anscheinend aufgefallen. Er schaute immer öfter von seinen Papieren auf. Und als seine dunkelbraune Studienkollegin zur Toilette ging, musterte er die andere Frau hemmungslos. Sie hatte sich inzwischen in einen Sessel plumpsen lassen und las in einem Buch. Mario konnte nicht sehen, welches Buch es war. Was er allerdings sehen konnte, war, dass Hagen völlig fasziniert von ihr schien. Immerhin hat der Junge Geschmack, dachte Mario.

Kurz nachdem die Pferdeschwanz-Studentin wieder da war, packten die beiden ihre Sachen und gingen. Vor der Glastür verabschiedeten sie sich. Hagen fuhr mit dem Rad Richtung Bahnhof zurück, das Mädchen ging zu Fuß in die Innenstadt. Mario hatte sich vorsorglich in eine Seitenstraße zurückgezogen. Hagen hatte ihn nicht gesehen. Die Promenade, ein breiter Radweg, der entlang der ehemaligen Stadtmauer eine große Runde durch die gesamte Stadt machte, kreuzte die Straße. Hagen bremste, fuhr aber nicht auf den Rundkurs auf, sondern drehte um und somit direkt auf seinen Verfolger zu. Mario hatte keine Chance mehr, ihm auszuweichen oder sich zu verstecken. Als Hagens Blick ihn traf, nickte er ihm zu. Hagen hob lässig seinen rechten Zeigefinger.

»Scheiße«, fluchte Mario leise vor sich hin. Die Personenobservation konnte nicht weitergeführt werden, er war entdeckt worden. Dabei hätte ihn schon interessiert, warum Hagen zurückfuhr. Mario schaute auf seine Uhr und seufzte. Wenn er jetzt laufen würde, könnte er den Zug noch erwischen.

Als Viktoria ihren Lada auf einem der Parkplätze abstellte, ließ sie den Motor noch ein bisschen laufen. Vielleicht sollte sie doch einfach weiterfahren? Einfach den Rückwärtsgang einlegen, das Gaspedal treten – und sie wäre weg. Sie drehte den Schlüssel nach links. Es war still.

Sie wusste, dass sie nicht mehr zurückkonnte. Sie musste alles herausfinden, vorher würde sie nicht ruhen, und vorher würde auch Kai nicht ruhen. Sie blieb noch etwas sitzen und überlegte, ob sie langsam verrückt wurde. Als Demi Moore noch jung war und nicht nur so tat, als ob sie jung wäre, spielte sie im Film *Ghost* die trauernde Frau von Patrick Swayze. Der war ermordet worden und geisterte deshalb auf der Welt herum, um Demi Moore dazu zu bringen, seinen Mörder zu finden. Sie lächelte. Patrick Swayze hatte so gar nichts von Kai, außer vielleicht, dass sie beide inzwischen tot waren. Sie rieb sich die Schläfen. Wieso dachte sie immer so schräges Zeug? Selbst jetzt. Hier. Vor einem Sterbehospiz, in das sie nicht gehen wollte. Hätte ihre Traurigkeit sie nicht daran hindern müssen, witzig zu sein?

Sie zog den Schlüssel ab und hielt ihn in der Hand. Ihre Finger umschlossen das kleine Plastikskelett am Schlüsselbund. Seit Jahren begleitete sein Klimpern Viktoria, ein Fuß fehlte, und die rechte Hand war längst abgefallen. Sie stieg aus, warf die Tür zu und ließ den Schlüssel samt Skelett in ihre Tasche fallen. Käme sicher nicht gut, wenn sie mit einem Sensenmann in der Hand in ein Sterbehospiz marschierte. Viktoria straffte die Schultern.

Sie wollte gerade die Klingel drücken, die in eine Keramikblume, die wahrscheinlich eine Rose sein sollte, eingearbeitet war, als die Tür aufgestoßen wurde und eine kleine, untersetzte Frau umhüllt von einer Rauchwolke nach draußen trat. Sie lachte, und Viktoria folgerte daraus, dass sie nicht die Feuerwehr rufen musste. Drinnen hörte man Husten und weiteres Lachen. Der Rauch verzog sich, und die Frau begrüßte Viktoria mit einem freundlichen Nicken.

»Oh, Besuch. Entschuldigung, ich war gerade noch völlig benebelt«, sagte sie und trat zur Seite. »Kommen Sie rein. Ich glaube, Erstickungsgefahr besteht nicht mehr.«

Viktoria trat zögernd in den Flur, an dessen Ende eine offene Tür war, die in eine große Küche führte.

Die kleine Frau überholte Viktoria und bedeutete ihr zu folgen. »Wir kochen gerade«, plauderte sie. »Oder besser, wir versuchen zu kochen …« Sie hob die Schultern.

Am Herd stand ein sehr schlanker Mann mit grauschwarzen Haaren. Er drehte sich zu Viktoria um und zeigte auf die Pfanne vor ihm, in der etwas Verkohltes lag. »Die Steaks sind gut durch …« Er grinste.

Viktoria nickte. Am Tisch saß eine ältere Frau mit Hochsteckfrisur, wachen Augen und geschminkten Lippen. Sie lächelte Viktoria an. Ein alter Mann im Rollstuhl saß ihr gegenüber. Viktoria konnte seine Augen nicht sehen, doch er schien sich nicht zu bewegen und ihr Kommen gar nicht bemerkt zu haben.

Die kleine Frau von der Tür schloss die beiden Küchenfenster und wandte sich dem Besuch zu. »Entschuldigen Sie das kleine Chaos hier. Wie können wir Ihnen helfen?«

Viktoria schaute in neugierige Augen. Sie hatte sich eine Taktik zurechtgelegt. Sie wollte sagen, dass sie einen Artikel über die Arbeit im Hospiz schreiben würde. Eine Reportage, die vielleicht dafür sorgen würde, dass die Leute spendenbereiter wären oder dass sie ihre Scheu verlieren würden. So konnte sie ganz nebenbei auch Informationen über Dr. Julius Paul herausbekommen, ohne dass er es mitbekäme. Wenn sie ihn direkt, ohne jedes Hintergrundwissen zu Kai oder einem eventuell stattgefundenen Treffen mit Kai, gefragt hätte, hätte Dr. Paul einfach nur verneinen müssen, und sie wäre im Hospiz verbrannt. Sie wollte wissen, was für ein Typ der Arzt war, dessen Name Kai Westmark auf seiner Schreibtischunterlage notiert hatte.

Die Leute in der Küche warteten geduldig auf ihre Antwort.

»Äh, ich bin Viktoria Latell. Ich würde gerne mit dem Leiter dieser Einrichtung sprechen. Ist Herr Hovester da?« Den Hospizleiter anzuflunkern war eine Sache, doch die Menschen hier in diesem Raum würden sterben. Sie zu belügen war ein Ding der Unmöglichkeit.

»Haben Sie Hunger?« Die kleine, untersetzte Frau machte sich an den Küchenschränken zu schaffen. »Herr Hovester ist erst in einer guten halben Stunde wieder da. Und der Salat ist uns nicht verbrannt. Ich bin übrigens Schwester Heidrun.«

Der schlanke Mann schob einen Stuhl Richtung Viktoria und blinzelte ihr zu. Sie setzte sich an den großen Tisch mit der massiven Holzplatte. Geschirr klapperte, die Dame mit dem Lippenstift kicherte. Der Mann im Rollstuhl regte sich immer noch nicht. Schwester Heidrun streichelte ihm kurz über die Schulter.

»Kommen Sie aus Berlin? Hab Ihr Autokennzeichen gesehen«, sagte Heidrun, während sie ein zusätzliches Gedeck holte.

»Eigentlich schon. Doch im Moment bin ich in Westbevern, also in Telgte.« Viktoria ging davon aus, dass niemand hier den kleinen Ort kennen würde, der ja genau genommen nur ein Ortsteil von Telgte war.

Die Dame mit der Hochsteckfrisur belehrte sie eines Besseren. »Dorf oder Vadrup?«, fragte sie.

»Oh, ein Profi«, erwiderte Viktoria. »Vadrup.«

Die Dame kicherte. »Na ja, mein Schwager wohnt da. Ich glaube, dort sind sie alle ein bisschen verrückt, nicht wahr?«

»Ist mir noch nicht aufgefallen«, sagte Viktoria. »Wieso meinen Sie das?« Sie war tatsächlich neugierig.

»Na, da gibt's doch nix. Keine Bank, kein Kleidungsgeschäft, keinen Arzt, keine Apotheke, nicht mal 'ne Ampel – und trotzdem sagt mein Schwager, er würde an keinem anderen Ort der Welt leben wollen. Verrückt nenne ich das. Ich würde da nicht tot überm Zaun hängen wollen.«

Viktoria konnte nicht anders, sie musste mit den anderen zusammen lachen. Als sie sagte: »Aber der Aufschnitt in dem kleinen Lebensmittelladen, der ist echt gut«, kreischte Heidrun, und die Dame wischte sich die Lachtränen aus den Augen. »Sag ich doch. Die aus Vadrup sind verrückt...« Sie kicherte und kniff Viktoria ganz vorsichtig in die Wange.

Wenn man nicht sterben müsste, um hier einzuziehen, wäre das die perfekte WG, dachte Viktoria und blinzelte dem schlanken Mann zu, als er ihr eine Flasche Olivenöl reichte. Dass seine Hände zitterten, hätte sie fast nicht gemerkt.

17. Kapitel

Mathilda Hundertmark konnte nicht verstehen, warum im Moment alle Leute mit langweiligen Hollandrädern durch die Gegend fuhren. Sie selbst hatte lange auf ihr Mountainbike gespart – und jedes Mal, wenn sie darauf saß, den Oberkörper nach vorn neigte und in die Pedalen trat, freute sie sich darüber, dass sie es hatte. Sie hatte extra ein Modell ausgesucht, das zwar qualitativ hochwertig war, aber nicht so aussah. Sie lebte immerhin in der Hochburg des Fahrraddiebstahls, im Zentrum der Drahtesel-Mafia. In Münster war kein Fahrrad sicher, bei der Polizei hatte man deshalb eine Soko mit dem bezeichnenden Namen »Speiche« eingerichtet, um der Vielzahl an Diebstahlsdelikten Herr zu werden, was freilich nicht gelungen war. Schön also, dass sich niemand an ihrem Bike vergriffen hatte, als sie mit ihren Freundinnen und ein paar Kommilitonen die Disco am Schiffahrter Damm getestet hatte. Sie alle waren zum Studieren hergekommen und wollten sich nach und nach einen Überblick über ihre neue Heimat verschaffen. Deshalb verabredeten sie sich jeden Freitag in einem anderen Lokal, einem anderen Klub oder einer anderen Disco. Erklärtes Ziel war es, am Ende ihres ersten Semesters eine Stammkneipe und einen Stammklub zu küren und ab dann regelmäßig zu besuchen. Der mit Graffiti gestaltete Flachdachbau, aus dem sie gerade trat, hatte ganz eindeutig nicht das Zeug zum beliebtesten Klub. Obwohl der Abend eigentlich vielversprechend angefangen hatte. Ein Fotograf hatte Mathilda angesprochen, als sie sich gerade eine Weinschorle geholt hatte und auf dem Rückweg zu ihren Leuten war.

Zwar hatte er sich auch nicht verkneifen können, den Satz zu sagen, den ungefähr hundertein Prozent aller Männer zuerst zu ihr sagten. Und so antwortete sie auf sein »Hey, sind deine Haare echt?« mit einem gelangweilten »Jaaa«. Doch er grinste und hob seine Kamera. »Das ist gut, denn bei gefärbten roten Haaren versagt mein Fotoapparat.« Sie schaute ihn an. Überlegte und fragte nach: »Das ist doch Blödsinn.« Er nickte. »Stimmt. Ist alles Taktik. Damit ich dich dazu bekomme, dich fotografieren zu lassen.«

»Warum sollte ich?«, fragte sie und legte den Kopf schief.

»Weil ich dich groß rausbringe, Baby«, antwortete er mit übertriebener Gestik und Mimik. Sie musste lachen. Er lachte mit.

»Ne, im Ernst. Ich bin Fotograf und mache heute die Partyfotos für die Szeneseite der *Münsterschen Nachrichten*. Darf ich?« Er setzte einen Dackelblick auf, und sie musste grinsen. »Bitte! Hier laufen so viele hässliche Menschen rum, du wärst meine Rettung.«

Sie nickte gnädig, und er hob die Kamera.

Während er knipste, fragte er: »Wie heißt du eigentlich, schöne Frau.« Mathilda antwortete ihm. Sie blinzelte, das Blitzen hatte sie etwas geblendet. »Sorry«, sagte er. »Wahrscheinlich bist du jetzt für immer blind.«

»Ach, wenn es nicht mehr ist, dann konzentriere ich mich eben auf die Musik.«

»Ich glaube, das ist hier eher ein zweifelhaftes Vergnügen. Und ganz unter uns. Der Laden hier macht wahrscheinlich bald schon wieder zu.«

»Weiß wer?«, fragte sie und nippte an ihrem Glas.

»Ich.«

Sie schaute ihn herausfordernd an. »So heißt du also, dein Name ist *Ich*?« Er kam ihr bekannt vor. Irgendwie.

Der Fotograf schüttelte den Kopf, lachte. »Nein, ich heiße Mario. Mario Siewers.« Er nahm die Kamera in die andere Hand und reichte ihr seine Rechte.

Sie fühlte sich gut an, fand Mathilda, beschloss dann aber doch, zurück zu ihrer Clique zu gehen. Sie hatte ja seinen Namen. Zu Hause würde sie ihn googeln. Vielleicht.

Viktoria wachte auf und schnupperte. Sie hatte das Gefühl, dass der Rosenduft noch in der Luft lag, um drei Uhr nachts waren die Sinnesorgane noch auf Schlafen und Träumen eingestellt. Jetzt roch sie nichts mehr. Sie spürte nur ihre Blase und ihren Magen. Na super, dachte sie. Erst pinkeln, dann kotzen – was für eine schöne Nacht. Als sie wieder im Bett lag, musste sie wieder an die Rosen denken, von denen sie geträumt hatte. Im Hospiz, in dem sie am Nachmittag gewesen war, bekam jeder Gast zur Begrüßung eine Rose – und zum Abschied. Zum endgültigen Abschied. Starb ein Mensch im

Hospiz – und das war ja nun mal die Regel ohne Ausnahme –, ließ man den Toten zwei Tage in seinem Zimmer, damit sich seine Seele verabschieden konnte, und man legte eine Rose auf sein Bett. Viktoria stand noch einmal auf und trank Wasser aus dem Wasserhahn. Dann legte sie sich aufs Bett, ohne den Anspruch, einschlafen zu wollen. Es würde ohnehin wieder nicht klappen. Sie ließ das Licht eingeschaltet und griff noch einmal nach ihrem vollgeschriebenen Notizbuch. Sie hatte sich nur Stichworte aufgeschrieben, doch die halfen, sich an alles zu erinnern, was sie am Nachmittag im Sterbehospiz zu ihren Rosenträumen gebracht hatte. Sie schloss die Augen und sah sich selbst in der schönen Küche sitzen, an einem Tisch, an dem nur Todgeweihte aßen.

»Na, schmeckt's?«

Viktoria war gerade damit beschäftigt, das etwas zu große Salatblatt möglichst unfallfrei in ihren Mund zu bekommen, als Antonius Hovester in die Küche trat. Kauend drehte sie sich zu ihm um und nickte. Der Hospizleiter nickte ebenfalls. Ihr fielen seine hellblauen Augen auf, die sie auf eine Art anblickten, die sie nicht hätte beschreiben können. Freundlich, durchdringend, sanft? Irgendetwas dazwischen vielleicht. Nicht unangenehm, nicht so, dass man selbst seinen Blick senkte, um dem anderen zu entgehen. Eher angenehm. Beruhigend. Hovester blickte jeden in der Küche für ein paar Sekunden auf diese Art und Weise an, dann wollte er wieder gehen.

Schwester Heidrun reagierte. »Herr Hovester! Die Dame hier möchte Sie sprechen.«

Viktoria schluckte das Salatblatt herunter, stand auf und reichte ihm die Hand.

Hovester lächelte sie an. »Na, dann folgen Sie mir mal unauffällig«, sagte er und ging voraus. Sie liefen durch einen Flur, der – anders als die gemütliche Küche – doch an eine Pflegeeinrichtung oder ein Krankenhaus erinnerte. Hovesters Büro war ein kleiner Raum, dessen Wände von deckenhohen, prall gefüllten Bücherregalen bedeckt waren. Der Schreibtisch stand vor dem Fenster, das den Blick auf einen Rasen freigab, in dessen Mitte ein großer Rosenstrauß wuchs. Hovester drehte seinen Stuhl Richtung Viktoria und zeigte auf einen Lehnstuhl gegenüber. Erst als er sich setzte, ahnte sie sein Alter. Seine Augen, sein Gang, sein sicheres Auftreten – Viktoria hätte ihn spontan auf höchstens sechzig geschätzt. Jetzt, als er sich langsam setzte und dabei offensichtlich Rückenschmerzen hatte, legte sie zehn Jahre drauf.

Sie begann mit ihrer Reporter-Lüge. Dass sie gehört hätte, welch guten Ruf das Hospiz Rosengarten genießen würde, dass sie gerne einmal hinter die Kulissen schauen würde. Eine Reportage, ein Report, auf jeden Fall eine große Geschichte, die nicht nur oberflächlich die Arbeit mit den – an dieser Stelle räusperte sie sich – Sterbenden beleuchten würde. Hovester hatte ihr die ganze Zeit zugehört und vor allem zugesehen. Viktoria versuchte, seinem Blick nicht auszuweichen. Sie hätte nicht sagen können, ob es ihr gelungen war.

Nachdem sie fertig war, ließ Hovester noch zwei Sekunden vergehen, dann legte er seinen Kopf ein bisschen schräg und kniff die Augen zusammen. »Sehen Sie, so kann man sich täuschen«, sagte er. »Ich dachte, Sie kämen wegen eines Verwandten oder Freundes?«

Viktoria schüttelte den Kopf und schaute zu Boden. »Nein, zum Glück ist bei mir niemand so krank, dass …« Sie brach ab.

»Dass er in unsere kleine nette Wohngemeinschaft ziehen müsste«, ergänzte Hovester.

Viktoria nickte dankbar.

»Umso mutiger von Ihnen hierherzukommen«, sagte Hovester. »Nicht viele möchten dem Tod so nahe sein.«

Viktoria lächelte unbeholfen. »Ja, wer will das schon. Sterben ist ja nicht gerade eine schöne Sache.«

»Sagen Sie das nicht, meine Liebe«, sagte Hovester und lachte. »Manchmal ist das Sterben sogar wunderschön.«

Viktoria schluckte und schloss für einen kurzen Moment die Augen. Sie sah Kai, zitternd, frierend und später tot im Schlamm liegend. Das war kein schönes Sterben gewesen, das war ein hässliches Sterben. Sie öffnete die Augen wieder und schaute Hovester an. Beinahe trotzig. »Wenn Sie es sagen, Sie sind der Profi«, sagte sie und biss sich beinahe auf die Unterlippe. Es war jetzt nicht gerade zielführend, Hovester zu provozieren. Sie musste ihn für sich gewinnen.

»Da haben Sie recht. Obwohl der Tod nie wirklich völlig begreifbar und erfassbar ist. Sehen Sie: Jeder Mensch ist anders, jeder Mensch stirbt anders. Da bleiben wir alle unser Leben lang Amateure.«

»Aber Sie haben doch täglich damit zu tun. Es muss doch bestimmte Abläufe geben, bestimmte Dinge, die man tun kann – oder muss. Wie kann man Menschen trösten, die wissen, dass sie nicht mehr lange leben?«

Hovester lächelte. »Manchmal nie. Aber wir versuchen, unseren Gästen die ihnen verbleibende Zeit so lebenswert wie möglich zu gestalten. Und natürlich haben wir Rituale, die helfen. Aber egal wie viele Schmerzmittel und Trost und Zuspruch wir geben, der Tod ist traurig. Für alle. Vor allem für die, die nicht sterben, aber den Sterbenden lieben.«

Viktoria kramte in ihrer Tasche, ihre Augen brannten. Als sie den Kugelschreiber in der Hand hielt und das beinahe vollgekritzelte Notizbuch aufschlug, hatte sie sich wieder im Griff. »Erzählen Sie mir von den Ritualen«, sagte sie. Dann schrieb sie mit.

Der Wind fuhr ihr durch die Locken, und sie kam sich wieder vor wie ein Cowboy oder wohl besser Cowgirl. Ihr Pferd war ihr Fahrrad, und sie galoppierte über die Straße. Sie fuhr allein. Das tat sie meistens. Denn ihr Tempo war einfach zu hoch, um mit den anderen in Kolonne zurückzufahren in die City. »Hast du keine Angst, so allein«, hatten die Mädels sie manchmal gefragt. Die Wahrscheinlichkeit, dass ein übler Typ ihr auflauere, sei ungefähr so groß wie die Wahrscheinlichkeit, dass sie im Lotto gewinne, antwortete sie dann. Warum also sein Leben einschränken für oder besser gegen etwas, das nie passieren wird? Sie würde ja auch nicht aufhören zu studieren, weil sie damit rechnen musste, den Jackpot zu knacken, und deshalb nie würde arbeiten müssen. Warum also nicht alleine Radfahren?

Als der Motorradfahrer sie überholte und vom Rad stieß, ärgerte sie sich kurz darüber, dass sie immer noch keinen Helm gekauft hatte. Dabei war die Wahrscheinlichkeit, einen ganz normalen Unfall zu haben, weitaus größer als die, von einem üblen Typen vom Rad geholt zu werden. Dass sie jetzt zu Boden ging, weil ein übler Typ sie mit dem Motorrad überholt und vom Sattel gestoßen hatte, dass also Unfall und übler Typ gleichzeitig kamen – war beinahe vollkommen unwahrscheinlich. Aber es passierte. Jetzt.

»Glückwunsch!«

»Wozu?«

»Tu nicht so.«

»Charly, rede Klartext mit mir, sonst lege ich auf!«

»Guten Morgen, Viktoria!«

Viktoria schnaufte. Konnte Charly nicht ein einziges Mal sofort sagen, was Sache war. Er liebte es, kleine Spielchen zu spielen. Und normalerweise war es ja auch okay, aber sie hatte akuten Schlafmangel, ihr Kreislauf war nach wie vor im Keller, die Cola schmeckte zwar, wirkte aber weder als Wachmacher noch als Magenklumpenauflöser.

»Ich lege jetzt auf!«, sagte sie also nur langsam.

»Ja, ja. Schon gut. Glückwunsch zur Titelstory bei unserer großen Konkurrenz. Ist doch von euch, oder? Steht zumindest beim Fotohinweis. Goldeber. Tolles Bild übrigens.«

»Ich habe keine Ahnung, wovon du sprichst.«

»Na, dein Mitarbeiter Hagen hat offensichtlich wieder einmal einen super Job gemacht. Die Rothaarige, die vom Rad gefallen ist oder besser gefallen worden ist, ist ja auch 'ne Hübsche. Und dass die Polizeistatistik gerade einen Anstieg von Fahrerflucht-Delikten verzeichnet hat und auf der Straße Motorradreifenspuren darauf hinweisen, dass es sich in diesem Fall um gemeinste Fahrerflucht handelt, passt natürlich wie Arsch auf Eimer.«

Viktoria rieb sich mit der linken Hand die Augen. »Ja, manchmal hat man eben Glück«, murmelte sie.

»Und manchmal Pech, wird die Rothaarige wahrscheinlich sagen, wenn sie denn etwas sagen könnte und nicht im Koma liegen würde, wie sie es derzeit tut.«

»Jetzt mach du bitte nicht einen auf Moralapostel«, keifte Viktoria.

»Und mach du bitte nicht einen auf Zicke!«

Viktoria stöhnte. »Ja, ja – schon gut. Ich liebe dich trotzdem!«

Sie legte auf. Sie hätte sich freuen müssen. Dass die größte Boulevardzeitung exklusiv eine Goldeber-Geschichte gekauft und gedruckt hatte, war so etwas wie ihr Durchbruch. Sie könnte sich etablieren, den Job in Berlin kündigen und hier arbeiten. Doch wofür noch? Warum war sie nicht längst weg? Warum hielt sie an diesem Online-Projekt fest, das sie nur angefangen hatte, um ein gemeinsames Leben mit Kai möglich zu machen?

Antonius Hovester, der Hospizleiter, hatte gesagt, dass es Menschen gibt, die nicht gehen wollen. Sie würden sich quälen mit dem Sterben. Die Menschen, die noch im Unreinen mit sich selbst sind, die sich vielleicht noch bei jemandem entschuldigen müssen, die noch nicht alles geklärt haben, die täten sich auch schwer damit. Die innere Einstellung zum Tod entscheide darüber, wie der Tod ist. Schön oder hässlich. Eine Qual oder eine Erlösung. Doch was ist, wenn die Trauernden noch etwas zu erledigen hatten? Wenn sie mit sich im Unreinen waren, nicht alles geklärt haben, bevor der Mensch ging, den sie liebten? Viktoria wusste die Antwort. Das Überleben ist eine Qual und keine Erlösung.

Sie stand auf. Ließ die restliche Cola und das Frühstück stehen, ging nach oben in ihr Zimmer – und zog die Vorhänge zu.

Mario strich das Zeitungspapier glatt, an der Stelle, an der das Foto von ihr war. Sie war wirklich hübsch. Und das nicht nur wegen der roten Haare, die ihr in wilden Locken um das Gesicht und auf die Schultern fielen. Sie schaute nicht in die Kamera, was dem Bild etwas Schnappschussartiges gab, fand Mario. Wenn sie wirklich, wie es im Text stand, ein Schädel-Hirn-Trauma erlitten hatte, wäre es gut möglich, dass ihre Haare inzwischen nicht mehr vorhanden waren. Mario musste an die Anekdote eines Freundes denken, die dieser ihm einmal erzählt hatte. Jener Freund war als Zivildienstleistender in der Charité tätig und unter anderem für die Vorbereitung von OP-Patienten zuständig gewesen. Ein junges Mädchen mit sehr langen blonden Haaren sollte am Kopf operiert werden. Also rasierte er die schönen Haare ab, während sie schon in der Narkose vor sich hin dämmerte. Doch es stellte sich heraus, dass der Eingriff an ihrem Schädel so minimal war, dass eine etwa zwei Quadratzentimeter große, glatt rasierte Stelle über der Schläfe vollkommen ausgereicht hätte. Zum Glück hielten die Chirurgen dicht. Er konnte dem Mädchen danach nur noch schwer in die Augen schauen. Mario stellte sich vor, wie Mathilda ohne ihre roten Locken aussehen mochte. Gut, dachte er. Bestimmt immer noch gut. Ihre Frisur war außerdem nicht die größte Sorge, die Mathilda haben durfte. Angeblich schwebte sie noch in Lebensgefahr, doch Mario hoffte, dass die Zeitungskollegen diesbezüglich ein bisschen übertrieben hatten. Er selbst kannte die kreative Dramatisierung von Fakten beim *Berliner Express* aus täglicher Reporter-Praxis.

Er betrachtete das Bild von Mathilda und war sich sicher, dass sie darauf denselben Schal trug, den sie an jenem Tag im Starbucks um den Hals geschlungen hatte. Sowieso. Das Foto war so aktuell, dass jeder Polizeifotograf stolz darauf gewesen wäre. Meistens gab es von den Opfern nur veraltetes Bildmaterial. Die Angehörigen kramten in ihren Schubladen und Fotoalben, und währenddessen fiel ihnen dann ein, dass sie in letzter Zeit ja nicht mehr so viel fotografiert hätten wie früher, als die Tochter noch klein, der Sohn noch ein Knirps oder der Ehemann noch frisch verheiratet mit ihnen war.

Dieses Bild hätte von vorgestern sein können. Und Mario hatte diese Ahnung, dass es das auch war. Und er hatte noch eine zweite Ahnung. Es konnte kein Zufall sein, dass Hagen und er diese Frau im Starbucks gesehen hatten – und dass Hagen ein paar Tage später dieses Foto aus der Tasche zauberte, nur einen Tag nachdem Mathilda verunglückt war.

Mario öffnete die Suchmaschine und gab die Worte Krankenhaus und Münster ein. Die Liste war relativ lang, von Ärztenotstand oder medizinischer Unterversorgung konnte in dieser Region wahrlich keine Rede sein. Dann telefonierte er. Nach zwei Anrufen kam der Treffer. Die schöne, aber fast tote Mathilda lag in der Uniklinik. Sprechen könne er sie nicht, teilte ihm eine strenge Frau bei der Telefonvermittlung mit. Sie liege auf der Intensivstation. »Auf Wiederhören!« Auf Wiedersehen, dachte Mario und ärgerte sich. Eigentlich hatte er sich darauf gefreut, am Wochenende mit ein paar Kollegen zum Strand am Bodemuseum zu gehen und ein paar Becks zu trinken. Stattdessen würde er seine freien Tage in einer nach Krankheit riechenden, überdimensional großen Klinik in Münster verbringen, in der es sicher kein Bier, sondern bestenfalls einen nicht leeren Wasserspender gab, den er selbstverständlich aufgrund der Kontaminierungsgefahr durch Bakterien niemals anrühren würde.

Gut, dass es wieder nicht voll war auf dem Parkplatz vor dem Hospiz. Die einzelnen Buchten waren viel zu knapp bemessen. Mit dem Lada-Geländewagen hätte sie ihre Schwierigkeiten gehabt, wie so oft, wenn es um das Einparken ging. Viktoria hatte es ja nicht anders gewollt. Der Wagen war für sie ein Statement. Was sie damit genau sagen wollte, war ihr zwar nicht bewusst, doch Kai hatte es einmal sehr treffend formuliert. »Du tust so, als sei dir egal, was für ein Auto du fährst, als sei ein schicker Wagen nur oberflächlicher Mist. Du verzichtest dafür sogar auf Komfort, eine funktionierende Heizung und eine annehmbare Geschwindigkeit. Und beweist damit eigentlich das Gegenteil. Es ist dir nämlich überhaupt nicht egal, welches Auto du fährst.« Sie hatte sich ertappt gefühlt, als er das sagte. Sauer war sie nicht. Er hatte ja recht. Und jetzt kurbelte sie also ihren lauten, geliebten und schlecht zu parkenden Wagen in die mittlere von drei leeren Lücken. Gegenüber parkte ein silberfarbener Mercedes-Kombi. Ihr Blick fiel auf das Kennzeichen. Hinter der Buchstabenkombination MS für Münster standen die Buchstaben JP. Viktoria war sich sicher zu wissen, wem dieser Wagen gehörte. Dr. Julius Paul. Dem Palliativmediziner, der sich um die Todgeweihten kümmerte, wenn deren Hausärzte nicht mehr konnten oder nicht mehr wollten. Denn, so hatte Antonius Hovester es Viktoria zu erklären versucht: »Eigentlich kümmern sich die Hausärzte um ihre Patienten – auch wenn sie hier bei uns sind.« Manchmal konnten diese Ärzte schlicht aus Termingründen nicht, und manchmal ertrugen sie es nicht, einen Menschen behandeln zu müssen, den sie nicht mehr heilen konnten. In beiden Fällen – wenn sie nicht konnten oder nicht wollten – sprangen die palliativen Ärzte ein. Sie wussten, mit wie viel Morphium die Schmerzen verschwanden. Sie versuchten nicht mehr das Unmögliche. Sie akzeptieren das Unausweichliche. Dr. Julius Paul sei einer von ihnen, hatte Hovester erklärt. Und jetzt war Dr. Julius Paul also da.

Viktoria würde vielleicht schon gleich wissen, warum sie seinen Namen bei Kais Notizen gefunden hatte. Doch sie durfte sich auch jetzt nicht zu schnell in die Karten schauen lassen. Sie musste taktieren, hatte aber keine Taktik. Sie schloss ihren Wagen ab und ging Richtung Eingangstür, als diese geöffnet wurde und ein Mann mit Bart, knallblauem Oberhemd und lässig sitzender Bundfaltenhose heraustrat. Er nickte ihr abwesend zu und ging mit großen Schritten Richtung Parkplatz. Viktoria reagierte sofort. »Dr. Paul?«

Der Angesprochene blieb vor seinem silbernen Auto stehen und drehte sich um. »Ja?«

»Entschuldigen Sie bitte. Mein Name ist Viktoria Latell, ich …«

»Sie sind die Reporterin, nicht wahr?« Er schaute sie an, sein Blick war unruhig. Viktoria nickte, wollte weiterreden, doch Dr. Paul kam ihr zuvor. »Tut mir leid, ich habe keine Zeit. Und ehrlich gesagt, möchte ich auch kein Interview oder so was geben, wenn es das ist, was sie jetzt haben wollten.«

Viktoria versuchte, freundlich zu bleiben. »Nein, äh … Interview wäre jetzt zu hoch gegriffen. Ein paar kleine Fragen, damit ich mir das Leben hier im Hospiz besser vorstellen kann …«

»Sie haben sich versprochen«, sagte er und verzog keine Miene. »Sie meinten, damit Sie sich das *Sterben* besser vorstellen können.«

Viktoria holte Luft. Er drückte auf seinen Autoschlüssel und öffnete die Fahrertür. Er würde gleich weg sein, er würde nicht mit ihr plaudern. So konnte sie auch gleich alles auf eine Karte setzten. Sie trat einen Schritt näher. »Warum haben Sie sich mit Kai Westmark getroffen?«

Er hielt kurz inne, ließ die Tür noch eine Sekunde in derselben Position stehen. Dann schaute er sie kurz an. »Würden Sie bitte einen Schritt zur Seite treten!«

Viktoria rührte sich nicht. »Was hatten Sie mit ihm zu besprechen?«

Julius Paul knallte die Tür zu und startete den Motor. Als er davonfuhr, starrte er geradeaus.

Viktoria spürte den Windhauch des Mercedes. Einen Zentimeter weiter rechts, und Dr. Paul hätte sie glatt umgefahren.

»Was hattest du Arschloch mit Kai zu besprechen?«, sagte sie noch einmal leise zu sich selbst.

Genau so hatte sie es sich vorgestellt. Das Zimmer eines Studenten. Der Wohnraum maß etwa zwei mal zwei Meter, eine kleine Leiter führte über eine Art Luke ins Schlafzimmer. Wobei Zimmer sicher eine Übertreibung wäre. Denn auch wenn Viktoria nicht nachgeschaut hatte, wo Hagen schlief, konnte sie sich bildhaft vorstellen, dass es dort oben eher einer U-Boot-Schlafkoje denn einem wirklichen Schlafzimmer ähneln würde. Die Küche, wenn man die denn so bezeichnen wollte, befand sich in einem kurzen Flur zwischen Mini-Bad und Wohnzimmer. Drei Kochplatten, Arbeitsplatte, Spülbecken und Kühlschrank waren in einem hässlichen Block zur praktischen Dreifaltigkeit vereint. Vorräte und Putzmittel stapelten sich in einem offenen Regal auf der anderen Seite des Flurs. Doch so eng, klein und primitiv auch alles war, es war gemütlich. Eigentlich hatten sich Viktoria und Hagen vor dem Münsteraner Schloss getroffen, was nicht weit entfernt von seiner Wohnung in der Schmalen Straße war. Weil es noch warm genug war, schlenderten sie durch den Botanischen Garten hinter dem Schlossgebäude, in dem Hagen gerade noch eine Vorlesung in Sozialwissenschaften besucht hatte. Auf einer Bank ließen sie sich nieder, und Hagen holte seinen Laptop aus der Tasche. Stolz hatte er das Lob von Viktoria entgegengenommen, was die guten Fotos der rothaarigen Radlerin anging. »Unfassbar, wie du an das aktuelle Bild gekommen bist«, sagte Viktoria und wartete auf eine Erklärung. Doch Hagen zuckte nur mit den Schultern. »War Glück. Ich kenne einen, der einen kennt. Studentenconnections …« Mehr sagte er nicht zu dem Thema. Viktoria nahm es hin. Sie wollte mit Hagen über den Goldeber sprechen, wie es damit weitergehen sollte. Ihre Idee war, dass er federführend für ihre Online-Agentur zuständig wäre, damit sie ihre Pflichten beim *Express* erfüllen konnte. Denn auch wenn ihr Chef und ihre Kollegen im Moment akzeptierten, dass sie alle angesammelten freien Tage und Urlaubszeiten abfeierte, lange würden sie sie nicht mehr machen lassen. Irgendwann zählte das Argument »Trauer« nicht mehr. Dort, in Berlin, wusste doch ohnehin keiner, was das war, dachte Viktoria. Doch bevor sie wieder zurückgehen konnte, musste sie alles wissen. Und dabei sollte Hagen ihr helfen.

Als er seine Computersuche in Sachen Dr. Julius Paul startete, gab sein Akku schon auf. Er schlug also vor, in seine Wohnung zu gehen, um dort auf Strom und das Internet Zugriff zu haben. Sie war einverstanden. Die Vorstellung, noch eine schlaflose Nacht im Gasthaus

König zu verbringen, war schon schlimm genug. Deren Beginn noch etwas hinauszuzögern kam ihr also gerade recht.

Zu Fuß gingen die beiden an einer großen Aral-Tankstelle vorbei. »Das ist unsere blaue Lagune«, machte Hagen den Fremdenführer. Er bat Viktoria zu warten, ging in den kleinen Tankstellen-Supermarkt und kam ein paar Minuten später mit einer Plastiktüte wieder heraus. Wie sich herausstellte, hatte er zwei Fertigpizzen, eine Flasche Rotwein und Wasser gekauft. Sie hatte zwar keinen Hunger und keinen Durst – aber sie war gerührt, als sie ihn unbeholfen an seinem Herd hantieren sah.

Ganz und gar nicht unbeholfen dagegen war er, als er seinen Computer hochfuhr und die Suche nach allen Informationen über Dr. Julius Paul startete.

Das leichte Rauschen seines Rechners beruhigte Viktoria. Sie hatte die Pizza nicht angerührt, sondern nur ein Glas von dem Rotwein getrunken, der wahrscheinlich nicht beste Qualität war, ihr aber gut schmeckte. Sie konnte ohnehin nicht verstehen, warum es Menschen gab, die ein Getränk nicht einfach nur tranken, sondern es auf eine Art und Weise genossen, die ihr suspekt war. Es gab doch eigentlich nur zwei Kriterien beim Wein. Er schmeckt. Er macht betrunken. Ob es nun am Boden, auf dem die Trauben wuchsen, an der Anzahl von Sonnenstunden, die die Trauben beschienen, oder der Kellertemperatur der Holzfässer, in denen der Wein reifte, lag, war ihr vollkommen egal. Der Tankstellenwein von Hagen war ihrer Meinung nach perfekt. Er schmeckte. Er machte betrunken.

Sie lehnte sich auf seinem kleinen Sofa zurück. Erst jetzt merkte sie, wie müde sie war. Sie konnte Hagens Rücken sehen. Er saß aufrecht an seinem Schreibtisch und konzentrierte sich auf den Bildschirm. Und er schien Augen in seinem Hinterkopf zu haben. Denn ohne sich zu ihr umzudrehen, murmelte er. »Leg dich doch einfach hin, das dauert hier noch ein bisschen.« Sie protestierte nicht, sondern zog ihre Stiefel aus und streckte sich – soweit es möglich war – auf dem Sofa aus. Noch während sie darüber nachdachte, ob ihre Wirbelsäule einen dauernden Schaden nehmen würde, weil sie sich krumm und schief in die kurze Couch gequetscht hatte, schlief sie ein.

Als sie erwachte, arbeitete der Drucker. Er warf Papier aus, während Viktoria sich des schalen Geschmacks in ihrem Mund bewusst wurde und der Zeit, die sie verschlafen hatte. Ihr Handy zeigte die Uhrzeit: 23.24 Uhr, fast halb zwölf.

Hagen saß nicht mehr auf seinem Stuhl, er stand im Durchgang zur Küche und schaute Viktoria belustigt an. »Na, ausgeschlafen?«

Viktoria rieb sich die Augen und gähnte. »Fühlt sich gerade nicht so an.«

»Noch einen Rotwein?«

Viktoria schüttelte entschieden den Kopf. Sie wollte lieber Wasser – oder besser noch Cola.

Hagen grinste. »Wird erledigt.«

Sie hörte die Wohnungstür klappen. Hagens Cola lagerte im Keller. Hoffentlich ist der kühl genug, dachte Viktoria. Denn lauwarme Cola war indiskutabel, fand sie. Da könnte man ja genauso gut kalten Kaffee trinken.

Sie ging ins Bad. Sie musste diesen schalen Geschmack loswerden, bevor Hagen zurück war. Natürlich war es auch hier eng und klein. Doch sie fand, wonach sie gesucht hatte. Eine Tube Zahnpasta. Sie drückte einen kleinen Klecks auf ihren Zeigefinger und verteilte die weißgrüne Paste auf ihren Zähnen. Als sie gegurgelt und alles wieder ausgespuckt hatte, fühlte sie sich etwas besser. Kussfrischer Atem, ging es ihr durch den Kopf. Wobei sie nicht wusste, warum sie ausgerechnet jetzt ans Küssen denken musste.

Egal, sie würde gleich gehen müssen. Auch junge Studenten brauchten ihren Schlaf, dachte Viktoria und lächelte über sich selbst. Mama Victory … So vernünftig bin ich also schon. Sie stand vor Hagens großem Bücherregal im Wohnzimmer und schaute, was der junge Mann mit den gut definierten Rückenmuskeln denn so im Kopf hatte. Seine Bücherauswahl war interessant, fand Viktoria. Zwischen der Uniliteratur zum Thema Kommunikations- und Politikwissenschaften fanden sich ein paar Politiker-Biografien, einige Klassiker sowie schwedische Krimis und Romane, von denen Viktoria noch nie etwas gehört hatte. Was nicht weiter verwunderlich war, denn Viktoria las zwar, aber meist nur das, was gerade in den Regalen der Buchläden vorn lag. Wobei sie nicht immer verstand, womit diese Bücher diese 1-a-Lage überhaupt verdient hatten. Hagen schaute offensichtlich auch in die hinteren Regale. Als sie die Wohnungstür wieder hörte und Hagen in der Küche nach Gläsern kramte, fiel ihr Blick auf einen Aktenordner. *Berliner Express* stand darauf mit schwarzem Edding in Großbuchstaben. Sie stutzte und drehte sich zu Hagen um. »Darf ich?«

Er schien zu zögern, zuckte dann aber mit den Schultern. »Klar. Ist aber langweilig. Sind nur ein paar gesammelte Artikel.«

Viktoria war neugierig. Ein Ordner mit Artikeln ihrer Zeitung. Wenn es denn noch ihre Zeitung war – denn dem Vernehmen nach tobte Willmers bereits, weil sich ihre Trauerphase so ausdehnte. Hagen stellte das Glas auf den kleinen Beistelltisch, Viktoria hockte schon längst wieder auf dem Sofa. Er setzte sich neben sie, sein Knie berührte ihres, Viktoria zuckte nicht zurück. Er schaute ihr zu, wie sie im Ordner blätterte. Viktoria war in diesem Moment froh über den Zahnpastageschmack in ihrem Mund, auch wenn die Cola damit zum Ausspucken schmeckte.

Sie schaute auf die Erscheinungsdaten, die Hagen mit Bleistift über die teils aufgeklebten, teils direkt eingehefteten Artikel geschrieben hatte. Offenbar hatte er als Jugendlicher ein seltenes Hobby gehabt. Sie las die Überschriften, die Autorenzeile. Sie blätterte weiter. Las weiter. Und blätterte weiter. Überschrift, Autorenzeile oder Autorenkürzel. Hagen schaute sie an, während sie immer schneller blätterte. Etwa in der Mitte des Ordners hielt sie inne. »Die sind fast alle von mir«, stellte sie fest. Hagen nickte. »Und die Ersten sind mindesten sechs Jahre alt.« Er nickte wieder. Vor sechs Jahren war das Verschwinden eines Jungen die große Wintergeschichte des *Express* gewesen. Viktoria hatte oft über den Dreizehnjährigen berichtet, der nach dem Basketballtraining nicht mehr nach Hause gekommen war. Erst Jahre später hatte man – an einem besonders heißen Tag – seine übel riechende Leiche in der Spree entdeckt. Jahrelang war man von einem Verbrechen ausgegangen, dabei war er einfach nur beim Entenfüttern ausgerutscht und an einem eiskalten Januartag ins Wasser gefallen. Auch darüber hatte Viktoria berichtet. Und der junge Hagen hatte alles darüber gelesen. »Florian war dreizehn, als er verschwand.«

Hagen räusperte sich. »Ich weiß. Ich hab's gelesen.«

Viktoria blickte ihn lange an. »Offensichtlich!« Ihr Knie war längst nicht mehr in der Nähe seines Knies.

»Hör zu«, Hagen stand auf und setzte sich auf den kleinen Fußhocker auf der anderen Seite des Tisches. »Ich weiß, wie das jetzt aussieht …«

»Ja, wie denn?« Viktoria war hellwach.

»Na, dass ich irgend so ein Freak bin oder so.«

»Hey, du hast *alle* Texte von mir gesammelt. Das ist schon ein bisschen freakig, oder?«

»Ich war fünfzehn, mich hat die Geschichte mit Florian damals wirklich betroffen gemacht. Und dann habe ich deine Texte gelesen und gewusst, dass ich so etwas auch einmal schreiben können möchte. Du bist quasi mein … äh … Vorbild gewesen.«

Viktoria konnte nicht anders. Sie musste lächeln. »Polizeireporter-Idol Viktoria Latell. Na, ich weiß nicht!«

Hagen lächelte vorsichtig. »Aber ich. Du hast anders geschrieben als die anderen Reporter. Das habe ich auch schon mit fünfzehn geblickt. Nicht so schleimig und kitschig.«

Viktoria klappte den Ordner zu. »Und deshalb bist du auch so selbstlos, mir beim Goldeber zu helfen.«

»Na ja, wenn man für die Meisterin arbeiten kann, ist das doch schön. Und wenn auch noch ein bisschen Geld dabei rausspringt, ist es auch noch ein super Studentenjob...«

Viktoria erhob sich. »Ja, Geld! Mein Stichwort. Ich glaube, du musst so langsam eine Gehaltserhöhung oder besser überhaupt erst einmal ein Gehalt bekommen. Ich mache mir da mal Gedanken. Jetzt fahre ich aber.«

»Du kannst ruhig bleiben«, sagte Hagen und schaute ihr sehr lange, sehr tief in die Augen.

Viktoria zog ihre Stiefel an und fuhr sich durch die Haare. »Danke für den Wein«, sagte sie und stieß beim Gehen beinahe das leere Glas um. Jetzt werde bloß nicht nervös, dachte sie und rechnete aus, wie viel älter sie war als er. Sie kam auf zwölf Jahre. Sie schaute sich um. Wo lag nur ihre Jacke?

»Interessiert dich nicht, was ich über Dr. Paul herausgefunden habe?«, fragte Hagen.

Viktoria griff nach ihrer hellblauen Lederjacke, die immer noch ein paar Flecken hatte, weil Kai sie einmal mit öligen Fingern umarmt hatte. Sie streichelte mit dem Daumen über den Fleck gleich unter ihrem Herzen. »Doch, später. Ich ruf dich an!«, sagte sie und öffnete die Wohnungstür. Die Zettel, die an der Pinnwand neben dem Eingang hingen, flatterten, als sie die Tür schloss. Nur die Medaille, die von einer roten Pinnwand-Nadel im Kork festgesteckt war, blieb bewegungslos hängen.

Hagen nahm das kühle Metall in die Hand. »Verdammt«, fluchte er leise. Hatte er einen Fehler gemacht?

In Berlin war die vermisste Studentin aus Münster genauso wenig ein Thema gewesen wie jetzt ihr Wiederauftauchen. Da Mario sonst auch nicht die Angebote der Nachrichtenagenturen durchging, war es also kein Wunder, dass er nicht las, was der Nachrichtenmann des *Express* las. Nämlich dass besagte Studentin völlig gesund und tiefenentspannt heimgekehrt sei. Sie hatte sich, nach Stress mit Eltern und Studium, eine Auszeit auf der Hippie-Insel La Gomera gegönnt und dort für mehrere Monate in einer Steinhöhle am Playa des Inglès gehaust. Sie habe in der Zeit viel über sich gelernt, allerdings keine Nachrichten verfolgt, ihr Handy ausgestellt und somit auch nicht erfahren, dass sie gesucht wurde. Warum ein Fahrrad und ein Turnschuh von ihr gefunden worden seien, könne sie sich nicht erklären. Dass ihr Zimmer im Studentenwohnheim inzwischen weitervermietet sei, finde sie zwar nicht nett, doch sie habe ohnehin über eine Neuorientierung in ihrem Leben nachgedacht. Auf Gomera habe sie jemanden aus Köln kennengelernt. »Dort«, so habe sie gesagt, schrieb der Agentur-Korrespondent in einem großen Hintergrundbericht, »sei es ja auch ganz nett.«

Mario las diese Geschichte, so wie Tausende andere Berliner auch, am nächsten Morgen als Meldung in der Konkurrenzzeitung auf der Seite für das Vermischte und die Nachrichten aus aller Welt. Irgendetwas stimmt da nicht, dachte er und überlegte kurz, bei Hagen anzurufen und ihn zu fragen, wie er seinerzeit an die guten Fotos der Studentin und ihrer vermeintlich gefundenen Sachen gekommen war. Doch er konnte sich schon denken, wie der reagieren würde. Er würde ihm etwas von Informantenschutz und Fehlinformation erzählen, auf die er reingefallen wäre. War schließlich die normale Vorgehensweise, wenn man ein guter Polizeireporter war. Und gut war Hagen. Nur war er das sicher nicht auf eine moralische Weise. Mario warf die Zeitung in den Mülleimer und aß den Rest seines Schokomüslis. Als er fünf oder sechs Jahre alt war, hatte seine Tante ihm manchmal aus *Die kleine Hexe* vorgelesen. In dem Buch, so hatte Mario es als Junge schon verstanden, ging es auch um die beiden Bedeutungen von *gut*. Die kleine Hexe musste nämlich eine *gute* Hexe werden, um mit den Alten auf dem Blocksberg mitfeiern zu dürfen. Die Oberhexe hatte damit gemeint, dass sie alle Tricks draufhaben musste. Doch die kleine Hexe dachte, dass sie mit der Hexerei gute Dinge tun müsse. Und so half sie armen und geschundenen Menschen und Tieren. Hagen hat alle Reporter-Tricks drauf, dachte Mario. Er war in seinem Job also echt gut. Doch dass er der armen und geschundenen Viktoria half, daran konnte er irgendwie nicht glauben.

18. Kapitel

Dieses Mal würde sie ihn nicht einfach so davonrauschen lassen. Sie stellte sich mit ihrem Lada direkt in die Einfahrt zu dem kleinen, von einer Buchenhecke eingefassten Parkplatz. Wenn Dr. Julius Paul wegfahren wollte, musste er ihren massiven und vermackelten Geländewagen erst einmal mit seinem makellosen Benz zur Seite schieben. Eine Beule mehr in ihrem Rost tat ihr nicht weh. Er saß also quasi in der Falle. Damit sie den Schein wahren und nicht gleich der skrupellosen Nötigung bezichtigt werden konnte, öffnete sie die Motorhaube und täuschte damit eine Panne vor. Ihr war klar, dass Dr. Paul ihr das nicht unbedingt abnehmen würde, aber wenigstens hielt sie sich so den Ärger anderer potenzieller Parker und die Ordnungshüter vom Leib.

Womit sie nicht gerechnet hatte, war die Hilfsbereitschaft der Leute. Passanten sprachen sie an, ob sie etwas tun könnten. Bewohner des Hospizes kamen heraus, erkundigten sich, was der Wagen denn »habe«, fragten, ob sie helfen könnten. Viktoria antwortete allen, dass sie auf den ADAC warten, dass ihr also schon gleich geholfen würde, und bedankte sich artig. Viel länger würde sie dieses Theater nicht aufrechterhalten können. Sie lehnte an ihrem Wagen und schaute angestrengt auf die

Tür des Hospizes. Irgendwann musste Dr. Paul doch herauskommen. Dr. Julius Paul. Ein ganz und gar nicht unbeschriebenes Blatt. Hagen hatte die Verfehlungen und eher zweifelhaften Seiten des Mediziners mit der besonderen Qualifikation fürs Sterben dankenswerterweise zusammengefasst und Viktoria nach ihrem morgendlichen Anruf gemailt. Und jetzt wartete sie also auf den Mann mit dem gepflegten Bart, der Dinge getan hatte, die sich nicht gehörten. So hatte er offensichtlich etwas Ärger mit seinem vorigen Arbeitgeber bekommen, einer Klinik in Köln. Er war in der Forschungsabteilung unter anderem für Herz-Medikamente zuständig, so hatte es Hagen in seinen Informationen formuliert, die als eine nicht ganz unerhebliche Nebenwirkung sanftes Sterben verursachten, sodass sie nach den entsprechenden Tests an Tieren selbstverständlich nie auf den Markt kamen. Diese Nebenwirkungen seien aber schon in einem viel früheren Stadium der Forschung erkennbar gewesen. Die Klinik und die Forschungsabteilung hätten die Untersuchungen also schon viel eher einstellen können. Dr. Julius Paul war damals verantwortlich für das Projekt – und er verschwand geräuschlos von der Gehaltsliste der Klinik. Anders als bei anderen verdienten Mitarbeitern gab es keine freundliche Verabschiedung. Paul ging, sonst hätte man ihn gefeuert, hatte Hagen zusammengefasst.

Auch in den Jahren zuvor war Pauls Lebenslauf nicht ganz schlüssig. Er schien als durchaus begabter Mediziner mit Ambitionen in die Forschung gut gestartet zu sein, doch vor etwa fünf Jahren muss er vermutlich dem erlegen sein, womit er arbeitete. Medikamenten und deren mitunter berauschenden oder beruhigenden Wirkung. Er wurde nicht namentlich erwähnt, doch Hagen war auf ein Arbeitsrechtsverfahren gestoßen, in dem einem Mediziner Medikamentenmissbrauch im Dienst vorgeworfen wurde. Aus Mangel an Beweisen durfte der Arbeitgeber – in diesem Fall eine Münsteraner Klinik – dem vermeintlich süchtigen Mitarbeiter aber nicht kündigen. Allerdings, so las man es zwischen den Zeilen, wurde er danach degradiert. Er durfte nur noch die Tätigkeiten eines normalen Assistenzarztes ausführen. Verbindungen zu Kai konnte Hagen nicht finden. Und doch muss es sie gegeben haben, dachte Viktoria – die Tür zum Hospiz immer noch fest im Blick.

Dieses Mal ging er langsam. Fast schon bedächtig. Der Bart verbarg seine Mimik, sie hätte nicht sagen können, ob er in diesem Moment wütend, traurig oder ganz und gar gefühllos war. Nur sein Gang wirkte schleppend. Er hatte den obersten Knopf seines Hemds – wieder im typischen Businessblau gehalten – geöffnet und fuhr sich durch die Haare. Warum im Moment ein Bart als modisches Statement für moderne Männer durchging, war Viktoria ein Rätsel. In der Werbung sah man immer wieder junge Männer mit Bart. Ob sie attraktiv waren, vermochte sie nicht zu beurteilen, denn der Bart verdarb ihr ja die Aussicht auf das kantige Kinn, das nette Lächeln oder eine ausdrucksstarke Ober- oder Unterlippe. Doch da diese bärtigen Männer oft sportliche Anzüge trugen, auf schicken Segelschiffen Bier tranken oder in Hotelpools fielen, lag die Vermutung nahe, dass sie attraktiv rüberkommen sollten. Die Damen in ihrer Begleitung waren es schließlich auch. Die trugen allerdings auch keinen Bart… Viktoria versuchte, sich auf einen Bartträger zu konzentrieren. Dr. Julius Paul, der vielleicht auch attraktiv war. Aber offensichtlich nicht wollte, dass man es sah.

Was sie sah, war ein langsam gehender Mann mit leerem Blick, der sich durch die Haare fuhr. Sie straffte sich. Gleich würde sie ihn mit all ihrem Wissen konfrontieren. Gleich würde sie ihn stammeln hören, und dann würde er ihr endlich verraten, warum er sich an Kais Todestag mit ihm getroffen hatte oder treffen wollte oder… Sie schluckte. Kais Todestag. Todestag. Jetzt fuhr sie sich durch die Haare. Sie spürte wieder ihren Magen. Ihre Lippen kribbelten. Kreislauf, dachte sie. Ich habe Kreislauf! Ich denke schon wie Horst Schlemmer, die bekannte Figur von Hape Kerkeling. Kann ich nicht ein Mal ernst sein, dachte sie gleich darauf und sah kurz Kais Lächeln vor sich. Ohnmacht, dachte sie. Jetzt ist es so weit. Doch Kais Lächeln verschwand. Und sie spürte eine Hand auf ihrer Schulter. Die Hand eines bärtigen und zwielichtigen Mediziners. Sie öffnete die Augen und funkelte ihn an.

»Ah, ich sehe schon. Kreislauf wieder stabil«, sagte er gelangweilt und betrachtete sie mit einem zugekniffenen Auge. Dann trat er zu ihrer Motorhaube, hob sie an, schob die Aufstellstange zurück in ihre Position und ließ die Haube zukrachen. Dann öffnete er die Fahrertür des Lada, drehte den Zündschlüssel und setzte den Wagen rückwärts in die nächste Parklücke. Viktoria war wütend zur Seite gesprungen und sah wie eine Idiotin zu, wie der Arzt ihren Lada perfekt in die schmale Parkbucht fuhr, ohne nachbessern zu müssen. Wortlos stieg er aus und drückte auf seinen Öffner. Während sein Mercedes kurz blinkte, verabschiedete er sich von Viktoria mit den Worten: »Sie haben doch einen Vogel!«

Es dauerte eine Weile, bis Viktoria sich wieder so weit im Griff hatte, dass sie nicht jeden beißen, kratzen oder schlagen wollte, der in ihre Nähe kam. Wie konnte dieser arrogante Blauhemdträger es wagen! Sie atmete tief durch. Ihr war speiübel.

Dass ausgerechnet jetzt ihr Handy klingelte, war auch klar. Mario Siewers. Der Quälgeist.

Sie blaffte ihn an: »Was gibt's!«

»Alles klar?«, fragte er vorsichtig.

»Ich bin krank, ich muss kotzen!«, sagte sie und legte auf.

Mario drehte sich zum Chefredakteur um. »Jetzt hat die schon wieder Magen-Darm.«

Willmers schnaufte. Wusste aber nichts zu erwidern.

Und Mario sagte den Satz, den immer alle sagen, wenn jemand Magen-Darm hatte. »Das geht um im Moment.«

Willmers schnaufte noch einmal. »Ich glaube, bei Frau Latell geht im Moment so einiges um.«

Lange würde er seine Kollegin nicht mehr aus der Schusslinie halten können, wusste Mario. Sie musste langsam aufhören zu trauern. Oder – besser noch – sie musste endlich damit beginnen.

Sie wäre gerne davongefahren. Doch ihr war klar, dass viele aus dem Hospiz sie gesehen hatten. Antonius Hovester würde also von ihrer Anwesenheit erfahren – und er würde sich sicher sehr wundern, wenn sie nicht wenigstens »Guten Tag« und »Auf Wiedersehen« gesagt hätte. Sie ging also, um ihre Pflicht zu erfüllen. Und vielleicht auch, weil sie es wollte. Denn aus irgendeinem Grund fühlte sie sich wohl unter den Sterbenden.

Als Schwester Heidrun die Tür öffnete, lächelte sie zwar, doch nicht so strahlend wie noch bei ihrer letzten Begegnung. Viktoria sagte, dass sie mit Antonius Hovester verabredet sei, und schritt durch den Flur. Die zweite Tür rechts stand offen. Im dahinterliegenden Zimmer bauten zwei Männer gerade einen Schrank auseinander. Zwei Sessel waren zum Abholen bereit aufeinandergestapelt, die Matratze des Betts und der Lattenrost lehnten aufrecht an der Wand. »Renovierung?«, fragte Viktoria beiläufig.

Heidrun schüttelte den Kopf. »Wenn ein Bewohner geht, wird dessen Zimmer immer neu eingerichtet.«

Viktoria begriff, dass der Bewohner dieses Zimmers nicht verreist oder ausgezogen war. Er war gestorben.

Ohne dass sie fragte, beantwortete Heidrun ihre Frage: »Es war Helmut. Er hat bei Ihrem ersten Besuch neben Ihnen gesessen, als wir Salat gegessen haben.«

Viktoria nickte. Der schlanke, große Mann mit den zittrigen Händen, der ihr das Olivenöl gereicht hatte, würde also nicht mehr zittern. Er würde still liegen – für immer. Sie verabschiedete sich von Heidrun und klopfte an Hovesters Tür.

»Ist offen, hereinspaziert«, rief er von innen. Ihm hat der Tod des Bewohners offensichtlich nicht die Laune verdorben, dachte Viktoria. Als sie eintrat, saß er in einem Sessel und legte gerade ein Buch auf den Tisch.

»Hat Dr. Paul Ihnen helfen können?«

Viktoria stutzte. Dann erst verstand sie. Von Hovesters Sesselplatz aus hatte er den Autopannen-Sketch gut verfolgen können. Er spielte also nicht auf Viktorias kritische Fragen an, die ihr Dr. Paul hatte beantworten sollen, sondern auf die Wunderheilung ihres Lada. Viktoria entschloss sich, Mut zur Lücke zu haben. »Ja, einerseits schon, andererseits allerdings …« Vielleicht konnte ihr ja Hovester ein bisschen was über den seltsamen Arzt verraten.

»Sie machen es spannend, Frau Latell. Ihr Wagen fährt doch wieder, oder?«

»Ja, so was, nicht wahr? Da steht man und denkt, es geht nicht mehr, und kaum nimmt sich Dr. Paul der Sache an, läuft er wieder.«

»Ja, Wunder geschehen«, sagte Hovester und lächelte dabei verschmitzt. »Und womit konnte mein geschätzter Dr. Paul Ihnen nicht helfen?«

»Bei einer fachlichen Auskunft«, versuchte Viktoria ganz professionell zu klingen.

Hovester hob die Augenbrauen an. »Aha.«

»Ich wollte mit ihm über ein brisantes Thema sprechen.«

»Ich höre …« Hovester war also neugierig geworden.

Viktoria setzte alles auf eine Karte. Sie sagte nur ein Wort und hoffte, damit die größtmögliche Wirkung zu erzielen. »Sterbehilfe.« Sie hielt die Luft an und beobachtete Hovester. Er begann zu lachen. Damit hatte sie nun wahrlich nicht gerechnet. Dass er sich nicht vor Vergnügen auf die Schenkel klopfte, war alles.

»Na, wenn es weiter nichts ist«, sagte er. »Das ist kein brisantes Thema, Frau Latell. Das ist unser täglich Brot. Immerhin ist es unsere Aufgabe, den Menschen beim Sterben zu helfen.« Er beobachtete Viktoria und deren Reaktion.

Viktoria wollte nicht einknicken. »Auch mit illegalen Medikamenten beispielsweise? Medikamenten, die verboten sind und die als eine kleine unerhebliche Nebenwirkung einen sanften Tod mit sich bringen. Hat Dr. Paul damit geholfen?«

Hovester winkte ab. Er lächelte immer noch. Doch jetzt sah es nicht mehr belustigt, sondern eher mitleidig aus. »Ich glaube, Sie haben zu viele Filme geschaut. Um sanft zu sterben, braucht man keine illegalen Medikamente mit dubiosen Nebenwirkungen. Da reicht ein bisschen Luft und Liebe …« Er lächelte nicht mehr.

Viktoria nervte es, dass sie keine Ahnung hatte, worauf Hovester anspielte. »Wie meinen Sie das?«, fragte sie und klang nicht mehr so selbstbewusst wie zuvor.

»Ein bisschen Luft in der Spritze – und schon ist es vorbei. Es gibt auch noch andere Methoden. Insulin oder zu viel Morphium. Doch glauben Sie mir, Frau Latell, uns interessiert das hier gar nicht. Wir wollen, dass die Menschen ihre letzten Tage, Monate oder sagen wir einfach mal ihre letzte Zeit in vollen Zügen genießen können. Ohne Schmerzen, ohne Einschränkungen, ohne Angst. Wenn wir das schaffen, kann man – auch wenn Sie das sicherlich nicht für möglich halten – auch ohne irgendwelche illegalen Medikamente oder Überdosierung durchaus würdevoll und – ich sagte es ja schon – sogar schön sterben.«

Viktorias Unterlippe kribbelte wieder. Sie hörte Hovesters Stimme wie durch einen Filter.

»Geht es Ihnen gut? Sie sind blass?«

Sie konnte nicht antworten, sie hätte auch gar nicht gewusst, was sie hätte antworten sollen. Erst als sie auf dem Sessel saß und Hovester ihr ein nasses Handtuch in den Nacken hielt, konnte sie wieder sprechen. »Entschuldigung, ich, ja, mir geht es wieder besser. Danke.«

Hovester zog sich seinen Schreibtischstuhl heran und setzte sich ihr gegenüber. Sie hielt sich das kalte Tuch an die Stirn. Das Kribbeln hörte auf. Sie fühlte sich beobachtet. »Ich schlafe im Moment nicht viel«, sagte sie, weil sie das Gefühl hatte, ihm eine Erklärung schuldig zu sein.

»Warum?«, fragte er, aber es klang gar nicht wie eine Frage.

Deshalb antwortete sie auch nicht. Stattdessen faltete sie das Handtuch zusammen und legte es auf die Glasplatte des kleinen Tischs vor ihr. »Danke«, sagte sie noch einmal, und Hovester nickte ihr zu.

»Also«, sagte er und schaute sie freundlich an. »Was haben Sie gegen unseren grantigen Dr. Paul.«

»Sie sagen grantig?«

»Na, dass er kein Charmebolzen ist, wissen Sie ja selbst.« Hovester lachte. »Aber er ist ein hervorragender Palliativmediziner. Wieso bringen Sie ihn mit wilden Sterbehilfe-Theorien in Zusammenhang?« Er schaute jetzt etwas ernster.

Viktoria gab auf. Sie hätte noch länger so tun können, als sei sie wegen der großen einfühlsamen Reportage über das Leben und Sterben in einem Hospiz hier und die Informationen, die sie über Dr. Paul gewonnen hätte, seien ein Zufallsprodukt ihrer Recherchen gewesen, doch sie spürte, dass Hovester sie durchschauen würde. Außerdem lief ihr Hirn seit ihrem Beinahe-Kreislaufkollaps auf Sparflamme. Früher oder später würde sie sich in Widersprüche verwickeln. Sie sagte also alles, was sie über Paul wusste. Und sie erzählte ihm, warum sie es wissen wollte.

»Sie glauben, er hat Ihren Freund kurz vor dessen Tod getroffen«, fasste Hovester alles zusammen.

Sie nickte.

»Wann ist er gestorben?«

Viktoria antwortete. Sie sprach leise, sodass Hovester seinen Schreibtischstuhl noch näher an den Tisch rückte und seinen Kopf etwas vorbeugte.

»Woran ist er gestorben? War er krank, denken Sie, jemand – Dr. Paul zum Beispiel – hat Sterbehilfe geleistet?« Viktoria schüttelte den Kopf. Entschieden. »Er war nicht krank. Es war ein Unfall«, sagte sie mit brüchiger Stimme.

»Aber Sie glauben das nicht.« Hovester stellte es wieder nur fest.

»Er ist in einer Pfütze ertrunken«, flüsterte Viktoria. »In einer Pfütze! Das kann doch nicht sein, eigentlich.«

Hovester sagte nichts. Er griff nach dem Buch, das er zuvor noch in der Hand gehalten hatte. »Ein plötzlicher Unfall oder ein angekündigter Tod. Was ist besser? Ich weiß es nicht. Die Gäste, die zu uns kommen, wissen, dass sie bald sterben. Und sie bereiten sich darauf vor.«

Viktoria starrte auf das Buch, um nicht in Hovesters Augen schauen zu müssen. Sie wollte nicht vor ihm zusammenbrechen.

Hovester blätterte in dem Buch. Es war kein Roman, den er in der Hand hielt. Es war eine Art Gäste- oder Tagebuch, mit einem roten samtigen Umschlag. »Sehen Sie. Jeder Mensch ist anders. Jeder Mensch stirbt anders. Jeder Mensch trauert anders. Und beinahe jede Vorstellung von dem, was nach dem Tod kommt, ist auch anders«, sagte er und blätterte weiter in dem Buch. »Natürlich gibt es die, die sagen: Da ist nichts. Nichts jenseits unserer Welt. Nichts Paradiesisches. Doch was ist mit den Gedanken und den Erinnerungen an die Verstorbenen? Zählen die nicht? Wenn andere an uns denken und sich an uns erinnern, dann ist das doch was! Sogar sehr viel, wie ich finde.«

Viktoria fixierte das zusammengefaltete Handtuch. Millionen Gedanken an ihn, dachte sie. Millionen Erinnerungen, jeden Tag, jede Minute.

»Es gibt auch die, die es nicht akzeptieren können. Die Sterbenden, die sich am Leben festkrallen und es sich so unendlich schwer damit machen. Oder die Trauernden, die so tun, als wäre es nicht passiert. Oder die Wütenden, die einen Schuldigen suchen, statt ihre eigenen Gefühle zuzulassen …« Er machte eine Pause.

Viktoria war klar, dass er sie damit meinte. »Ich muss wissen, wie er gestorben ist«, flüsterte sie. »Und ich bin sicher, dass Dr. Paul etwas darüber weiß. Wenn er nicht sogar ...«

Hovester hob die Hand. »Sagen Sie es nicht. Sagen Sie es nicht!«

Viktoria verstummte.

Hovester hatte in seinem Buch gefunden, was er gesucht hatte. »Wissen Sie, alle wollen gerne wissen, was danach ist. Deshalb habe ich gedacht, ich frage die, die am nächsten dran sind. Was glaubt ihr, habe ich alle meine Gäste und deren Angehörige gefragt, was nach dem Tod kommt. Ich habe ihre Antworten aufgeschrieben. Und ich glaube, dass jede dieser Antworten stimmt. Ob es nun eine weiße Wolke ist, auf der einige zu sitzen hoffen, ein ewiges Paradies, ein großes Nichts, ein anderes Leben oder die Rückkehr als kleiner singender Vogel. Alle haben sie recht. Alles wird so geschehen, wie es der Sterbende möchte.«

»Muss man dafür nicht an Gott glauben?«

Hovester zuckte gleichgültig mit den Schultern. »Warum?«

»Na ja, Himmel, Paradies, Auferstehung und so. Das ist doch schon eher eine Kirchensache.«

»Hmmm. Ob das jetzt Gott heißt, ob das jetzt die Kirche sagt oder vielleicht eine gute Fee, ist doch völlig nebensächlich. Hauptsache, man glaubt an etwas.«

»An Feen?« Viktoria hob skeptisch die Augenbrauen.

»Oder an die Wissenschaft. Es ist doch okay, wenn ich glaube, dass nach dem Tod nichts ist außer den Erinnerungen der Hinterbliebenen. Auch das kann einem Sterbenden helfen beim Gehen.« Hovester blickte wieder in das Buch. »Das hier ist die Vorstellung von einem zehnjährigen Jungen, dessen Mutter bei uns war. Er hat Folgendes gesagt: ›Wenn Mama stirbt, wird sie in die ewigen Jagdgründe reiten. Denn erstens reitet Mama sehr gut, und zweitens hat sie das gesagt, als wir zusammen *Winnetou* geguckt haben, als es ihr noch ein bisschen besser ging. Sie hat gesagt, dass sie sich schon darauf freue, mit den schönen Wildpferden durch die Prärie zu jagen. Ich werde versuchen, mich mit ihr zu freuen.‹« Hovester hielt inne und schloss langsam das Buch. »Als der Junge seine Mutter verlor, war er untröstlich. Er wollte nichts mehr essen, nichts mehr trinken, und er schlief sehr, sehr schlecht, erzählte mir sein Vater voller Sorge. Ich habe mir dann die DVD-Box mit *Winnetou 1, 2* und *3* bestellt.«

Viktoria konnte nicht mehr schauen, ein Tränenschleier lag auf ihren Augen. Sie und Kai an ihrem letzten Tag. Der Fernseher lief. *Winnetou*.

»Ich habe mir alle Filme angeschaut und einen Satz daraus notiert, den Winnetou gesagt hat. Diesen Satz habe ich dem Jungen gesagt …« Er wartete.

Viktoria schluckte. »Welchen?«, fragte sie und wusste, dass dieser Satz nicht nur für den Jungen bestimmt war.

Hovester sprach ganz langsam, damit sie nur ja kein Wort verpassen würde: »Um zu leben, nicht um zu sterben, hat Manitu uns geschaffen.«

19. Kapitel

Mathilda Hundertmark fuhr sich mit den Fingern über die kurz geschorenen roten Haare. Seit sie denken konnte, hatte sie lange Haare gehabt, schöne lange Haare. Dass sie jetzt nicht mehr da waren, empfand sie aber nicht als Verlust. Im Gegenteil. Es war, als hätte ihr Kopf Platz zum Atmen bekommen.

Ihre Mutter hatte geweint, als sie ihre glatzköpfige Tochter auf der Intensivstation gesehen hatte. »Ihre Locken«, hatte sie gesagt und geschluchzt. Dabei war die Frisur natürlich völlig egal. Mathildas Leben, darum ging es. Das wusste auch ihre Mutter. Das wussten alle.

Sie war mit der rechten Schädelhälfte auf den Asphalt aufgeschlagen. Subdurale Blutung, so die eindeutige und lebensbedrohende Diagnose der Notärzte. Infolge des Schädel-Hirn-Traumas drückte das Blut gegen die weiche Gehirnmasse. Außerdem hatte es die Leber zerrissen. »Leberruptur«, sagten die Ärzte. Die Folge: massive Bauchblutungen. Die tiefen Schürfwunden und die Blutergüsse am ganzen Körper waren dagegen zwar schmerzhaft und hässlich, aber letztlich zu vernachlässigende Lappalien.

Zum Glück hatte Mathilda einen Großteil des ganzen Dramas verschlafen. Ein künstliches Koma kann durchaus auch Vorteile haben, dachte sie und lächelte ihre Mutter an, die gerade mit einem Paket Zeitschriften zur Tür hereinkam.

Noch bevor sie sich begrüßen konnten, klingelte das Telefon an Mathildas Bett. Geschickt griff sie nach dem Hörer, die Schwerfälligkeit der letzten Tage war fast verschwunden, jeden Tag konnte sie sich etwas besser, etwas freier bewegen. Sie meldete sich mit klarer, fester Stimme und blinzelte dabei ihrer Mutter zu.

Dann erstarrte ihre Miene. Aufrecht saß Mathilda im Bett. Das, was sie sagte und wie sie es sagte, passte überhaupt nicht zu ihrer Körpersprache.

»Oh, ja natürlich. Ich würde mich freuen. Ja. Heute? Okay. 18 Uhr, Zimmer 3392.« Sie legte auf und schaute ihre Mutter ernst an. »Mama, das war er!«

Die Mutter wusste sofort, worum es ging, trotzdem fragte sie nach. »Wer?«

»Der Partyfotograf. Aus der Nacht. Mario Siewers. Er kommt heute um 18 Uhr.«

Die Mutter griff nach der zitternden Hand der Tochter.

Dafür, dass er nur widerwillig in seinen gelben Fiat Barchetta gestiegen war und sein schönes Berlin für das lahme Münsterland verlassen hatte, um Viktoria ein wahrer Freund zu sein, läuft es jetzt eigentlich ganz rund, dachte Mario Siewers. Kein Stau hatte ihm die Fahrt versaut, und die Suche nach der wieder aufgetauchten Studentin verlief auch nicht so schlecht. Es hätte auf jeden Fall mieser laufen können. Denn eigentlich war sie ja schon weg. Irgendwo in Köln bei irgendeinem Typen in irgendeiner Wohnung. Doch ihre Nachmieterin im Studentenwohnheim war freundlich und zuvorkommend gewesen. Ohne jeden Argwohn gab sie Mario die Handynummer und – falls er sich nicht sehr getäuscht hatte – hätte ihm auch gerne ihre eigene noch dazu gegeben. Doch er konnte sich beherrschen. Immerhin hatte er gleich noch ein Treffen mit der schönen roten Zora, der Wiederauferstandenen. Darauf musste und wollte er sich als Nächstes konzentrieren. Kleine Studentinnen, die freiwillig ihre Nummer rausrücken würden, hätten ihn dabei nur abgelenkt. Er war stolz auf seine Zurückhaltung und stolz auf seine Rechercheergebnisse. Lilly Andrea, die junge Dame, die monatelang verschwunden war, meldete sich sofort und beantwortete all seine Fragen. Das Foto, so sagte sie, das im Online-Magazin von Viktoria erschienen sei, habe einer dieser sogenannten Partyfotografen gemacht, die man in allen Münsteraner Klubs antrifft. Sie könne sich kaum an ihn erinnern. »Die anderen Mädels standen auf ihn«, sagte sie und lachte. »Mir war er zu hübsch.« Erneutes, kehliges Lachen, unterbrochen von einem tiefen Einatmen.

Sie raucht, dachte Mario. Ob ihr sonst noch etwas an ihm aufgefallen sei, ob sie seinen Namen wüsste, irgendetwas.

Lilly atmete wieder ein und aus. »Ich glaube, er ist auch ein Student. Hab ihn – glaube ich – in der Mensa gesehen«, sagte sie.

»Und was hat er studiert?«

»Keine Ahnung. Sport wahrscheinlich …« Sie lachte.

»Sah zumindest so aus. Und er trank ein großes Glas Wasser zum Salat. Machen die Jungs sonst eher nicht«, sagte sie.

Mario bedankte sich. Auch wenn er nicht wirklich etwas Handfestes hatte. Die Richtung, der Weg, die Ahnung – alles passte zusammen.

Jetzt würde er mit Mathilda Hundertmark sprechen. Er sah sie vor sich, wie sie sich durch ihre roten Locken fuhr, ganz beiläufig. Nicht ahnend, wie das auf ihn wirkte. Ob die Locken noch da waren? Er wusste, dass sie eine Schädelfraktur erlitten hatte und dass die langen Haare bei einer OP sicher im Wege waren. Doch sosehr er es auch versuchte, er konnte sich die schöne Mathilda nicht mit kurzem Schopf vorstellen. Aber darum geht es ja auch nicht, ermahnte er sich selbst. Er kurvte durch das Parkhaus am Uniklinikum und fand schließlich in Ebene drei einen freien Platz. Er blieb kurz sitzen. Betrachtete sich im Rückspiegel, fuhr sich durch die halblangen Haare und fummelte einen Kaugummi aus der kleinen Kaugummidose im Handschuhfach. Ein letzter Blick in den Spiegel. Er konnte schauen, so viel er wollte – besser als durchschnittlich sah er einfach nicht aus. Aber vielleicht stand Mathilda ja auf innere Werte. Er steckte sich den Kaugummi in den Mund, atmete tief ein und wieder aus. Extra strong.

Der Architekt des Universitätsklinikums hatte offensichtlich ein Faible für schmucklose Rundbauten. Das Krankenhaus konnte gleich drei Türme aufweisen, von denen Mario natürlich zunächst den falschen erwischte. Es dauerte eine Weile, bis er den richtigen Aufzug im richtigen Turm bestieg. Die Tür öffnete sich, und er kam sich vor wie im Raumschiff Enterprise. Durch die runde Anordnung der Zimmer sah es in der Mitte der Etage aus wie in einer Schaltzentrale. Mario fühlte sich wohl. Er hätte sich nicht gewundert, wenn Captain Kirk vor ihm erschienen und ihm den Weg zu Mathildas Zimmer gewiesen hätte. Doch er fand die Nummer 3392 auch ohne kosmische Hilfe. Er klopfte, drückte die Türklinke und verschluckte sich an seinem Kaugummi, als ihm irgendein Idiot beinahe den Arm brach …

»Du willst wirklich da hin?« Christel Westmark klang nicht besorgt. Eher überrascht. Viktoria nickte nur. Sie wollte jetzt nicht lange reden, sie wollte nichts erklären. Sie wollte nur den Weg wissen. Kais Mutter verstand es offensichtlich, denn sie beschrieb ihn ihr und fragte nicht weiter nach. Als Viktoria in ihren Wagen stieg und vom Hof fuhr, blieb sie noch etwas in der Tür stehen und schaute der Freundin ihres gestorbenen Sohnes hinterher. Witwe konnte man ja nicht sagen. Dann wischte sie sich mit dem Handrücken über die Augen und ging zurück in die Küche. Sie hatte begonnen, die Schränke auszuräumen. Damit würde sie jetzt fortfahren. Das Leben ging weiter. Und das Putzen auch, dachte sie und lächelte sogar ein bisschen, als sie Teller, Becher und Gläser auf den Tisch stapelte, um anschließend den Staub der Vergangenheit aus den leeren Hängeschränken zu wischen.

Viktoria fuhr langsam durch Westbevern. Ein neuer Gehweg fiel ihr auf, der bei ihrem letzten Besuch noch nicht fertig gewesen war. Die Dorfbewohner hatten ihn selbst gepflastert und den Rasen zwischen Pflastersteinen und Straßenbelag gesät und gehegt. In Berlin nannte man so etwas jetzt Guerilla Gardening, hier nannte man es engagierte Dorfgemeinschaft. Klingt zwar irgendwie langweiliger, fand Viktoria, aber auch friedlicher.

Am Straßenrand stand Franz-Josef Rennemeier, der ehemalige Betreiber des Wäsche-und-Matratzen-Ladens, mit dem sie über eine Vermietung der leer stehenden Räume gesprochen hatte, und winkte ihr zu. Es kam ihr vor, als habe sie in einem anderen Leben mit ihm über die äußerst günstigen Mietbedingungen verhandelt. Ob der Goldeber je hier einziehen würde? Sie nickte in seine Richtung und hoffte, dass er verstand, warum sie sich nicht mehr bei ihm gemeldet hatte. Es war ein nettes Gespräch mit ihm gewesen, in dessen Verlauf er einen vergilbten Zeitungsartikel herausgesucht und ihr die Geschichte von der Dampfwalze erzählt hatte, die ihm beinahe einen Herzinfarkt beschert hatte.

Damals, Ende der Siebzigerjahre, betrieb Franz-Josef zusammen mit seiner Frau den Laden. Jeder, der in Westbevern eine Matratze brauchte, kaufte sie bei den Rennemeiers. Das Wort Outlet kannte da noch niemand. Auch Bettwäsche, Unterwäsche – weiß, gerippt und von Schießer – sowie Nähgarn gab es im Hause Rennemeier. Doch natürlich waren die Matratzen das große Geschäft. Rennemeier war – ohne das Wort zu kennen – eine echte Marketing-Begabung. Jedes Jahr am Neujahrstag veranstaltete er eine große Verlosung mit Glühweinausschank vor seinem Laden. »Die Leute hatten einfach Spaß«, erzählte er. »Die kamen, tranken morgens ein paar Gläschen und hofften auf ein paar Gewinne – Kissen, Bettlaken oder eine Fußmatte. Kundenbindung würde man heute dazu sagen«, meinte er und lachte, als er Viktoria von der guten alten Zeit erzählte. Bei einer dieser Neujahrsverlosungen wollte Rennemeier seinen Kunden etwas ganz Besonderes bieten. Eine neue Matratze war auf den Markt gekommen, die besonders haltbar sein sollte – und die mit dem Slogan warb, dass sogar eine Dampfwalze über sie rollen könne, ohne dass sie Schaden nehme. Also organisierte Rennemeier eine Walze, die normalerweise für Straßenarbeiten eingesetzt wurde. Er wollte den Westbevernern beweisen, dass der Slogan der neuen Supermatratze der Wahrheit entsprach. Und so wurde eine neue Matratze auf der Straße vor seinem Geschäft platziert. »Wir treten den Beweis an«, hatte Rennemeier laut durch ein Megafon gerufen. »Diese Matratze lässt sich durch nichts niederwalzen!« Das Publikum säumte die Straße, und Rennemeier war stolz, denn er behielt recht. Der Programmpunkt mit der Walze hatte noch mehr Kunden als sonst zu ihm gelockt.

Unter großem Applaus wurde die Walze gestartet. Der Sohn des hiesigen Bauunternehmers saß am Steuer und fuhr sehr konzentriert auf die in Folie eingepackte Matratze zu, die nach der Aktion als Hauptgewinn verlost werden sollte. Das Publikum hielt den Atem an, als die großen Walzenräder dem weichen Material näher kamen und schließlich darüberrollten. Als die Walze die Mitte der Matratze erreicht hatte, donnerte ein ohrenbetäubender Knall durch ganz Westbevern. Der junge Fahrer stoppte die Walze sofort und lief zeitgleich hochrot an. Franz-Josef Rennemeier hingegen verlor jegliche Gesichtsfarbe. Einige Kinder heulten, die Erwachsenen im Publikum sagten entweder »Oh!« oder gar nichts. Nur der Bauunternehmer schrie seinen Sohn an, er solle gefälligst weiterfahren! Der – immer noch hochrot – startete die unglückselige Walze und fuhr und fuhr und fuhr. Auch noch, als er längst wieder harten Asphalt unter sich hatte und fast schon außer Sichtweite war. »Halt an!«, brüllte sein Vater, was der Sohn aber nicht mehr hören konnte – oder wollte. Er übernahm im Übrigen später auch nicht – wie eigentlich geplant – die Baufirma seines Vaters.

Rennemeier rannte zur Matratze, um das Ausmaß der Zerstörung in Augenschein zu nehmen. Doch noch bevor er begriff, was geschehen war, applaudierte und johlte das Publikum. Sie lachen mich aus, dachte er. Er fühlte sich gedemütigt ob der Blamage.

Doch er lag falsch. Die Matratze war nicht geplatzt. Es war nur die Folie gewesen, aus der die gepresste Luft mit ohrenbetäubendem Knall auf einen Schlag entwichen war. Das Tombola-Los mit der Nummer 2804 gewann, und Elisabeth Upphoff, die das Los gezogen hatte, schlief sehr viele Jahre sehr gut auf ihrer neuen dampfwalzenerprobten Matratze, schloss Rennemeier seinen Bericht. »Ja«, sagte er noch. »Manchmal sind die Dinge eben weniger schlimm, als man denkt.«

Leider nur manchmal, dachte Viktoria jetzt.

Sie bog links ab, dann wieder links, Richtung Sportplatz, folgte dem kurvigen Straßenverlauf und passierte die Rasen- und Ascheplätze. Eine Truppe Fußballer kickte sich fröhlich den Ball zu. Nach durchtrainierter, leistungsorientierter Mannschaft sah das nicht aus – schon eher nach Spaß, fand Viktoria. Sie schaute weg. Weg vom Spaß.

Gleich würde sie an ein paar Häusern vorbeikommen. Die Nathmanns Heide war eine kleine Streusiedlung. An deren Ende könnte sie den Wagen abstellen, dann ging es nur zu Fuß weiter, hatte Christel ihr erklärt.

Als sie ausstieg, konnte sie verstehen, warum Kai hier joggen wollte. Ein schmaler Weg kam von links, auf der einen Seite war Platz für Reiter mit ihren Pferden, auf der anderen für Spaziergänger. Ein Baumdach wölbte sich über dem Pfad, hier hatte Kai den Regen sicher noch gar nicht gespürt. Viktoria ließ den Pfad links liegen und folgte dem anderen Weg geradeaus, über freie Wiesenflächen. Sie sah die Holzbrücke schon von Weitem. Als sie auf ihr stand, machte sie eine Pause und schaute auf die rauschende Ems unter ihr. Sie war prall gefüllt. Wenn sie ein Kind wäre, würde sie jetzt Stöckchen sammeln und ins Wasser fallen lassen. Sie würde von einer Seite der Brücke zur anderen laufen und schauen, wie das Holz an der Oberfläche schwimmen und mit der Strömung mitgerissen wurde. Sie würde lachen.

Viktoria lachte nicht. Sie war kein Kind mehr. Sie sammelte keine Stöckchen. Sie ging weiter. Auf der anderen Seite stand ein Hinweisschild, das vor dem Betreten des militärischen Sicherheitsbereichs warnte. »Lebensgefahr!« stand dort.

Sie zögerte, aber nur kurz. Ging dann weiter. Kai war gelaufen. Vielleicht war er schon nass vom Regen. Vielleicht. Sie folgte dem Weg, von dem sie glaubte, dass es der richtige war. Erst nah am Ufer entlang, dann später linker Hand, immer weiter hinein in das weitläufige Gelände. Sie sah die Furchen, die die Panzer mit ihren Ketten in die Erde gerissen hatten, sie stellte sich vor, wie die Furchen aussahen, wenn es stark regnete. Sie sah den Schlamm. Sie ging weiter. Der Boden muss sehr glitschig gewesen sein. Richtige Wege gab es kaum, überall hatte sich die Natur breitgemacht. Sträucher, Gräser, Bäume. Wären die Panzerspuren nicht gewesen, man wäre sich wie im Urwald vorgekommen. Keinem exotischen, nein, einem westfälischen Urwald. Sie sah einen kleinen Hügel, auf dem ein Baum stand, ein Nadelbaum mit schlankem Stamm. Hier musste es sein. Sie blieb stehen. Spürte den Drang umzukehren. Doch sie zwang sich. Schritt für Schritt ging sie auf den kleinen Hügel zu. Sie sah ihn vor sich. Kai. Lachend. Seine Hand auf ihrer Hüfte. Seine Augenbraue, die sich hob, als sie es nicht lassen konnte, sich aufzuregen, sich zu ärgern, darüber, dass er sich nicht zu ärgern schien, darüber, dass sie gleich wieder fahren musste. Sie stand auf dem Hügel und schaute um sich. Um sie herum war alles still. Kein Mensch, kein Auto, nichts. Sie hockte sich neben den Baum und lehnte sich mit der Schläfe an den rauen Stamm. Sie wusste nicht, wie lange sie dort schon kauerte, als sie ein unheimliches Geräusch wahrnahm. Es war ein Wimmern, ein Klagen, ein Schluchzen. Es dauerte eine Weile, bis sie begriff, dass sie selbst es war, die wimmerte, klagte und schluchzte. Es dauerte eine Weile, bis sie begriff, dass sie – Viktoria Latell – gerade das tat, was sie sich so lange nicht erlaubt hatte, weil sie dachte, sie würde daran ersticken, ertrinken und elendiglich zugrunde gehen. Sie weinte um nichts Geringeres als den größten Verlust ihres Lebens. Sie weinte um Kai. Er war tot. Er war tot. Er war tot.

Die Sache hatte sich schnell aufgeklärt. Der Arm hingegen schmerzte noch wesentlich länger. Und eine Entschuldigung hatte Mario Siewers auch nicht zu hören bekommen. Er war also der falsche Mann. Mathilda Hundertmark hatte das ohne jeden Zweifel und ohne jedes Zögern der Polizei mitgeteilt, die sie nach Marios Anruf sofort informiert hatte. Mario Siewers war nicht Mario Siewers. Dieser Mario Siewers hier, mit den halblangen Haaren, hatte sie nicht in jener Unfallnacht in der Disco angesprochen. Dieser Mario Siewers habe nicht einmal die geringste Ähnlichkeit mit dem gut aussehenden Fotografen, den Mathilda als wichtigen – und verdächtigen – Zeugen bei den Behörden angegeben hatte. Es dauerte eine Weile, bis Mario begriff, dass sich offensichtlich ein anderer Mann für ihn ausgegeben hatte. Als das alles geklärt war, die Polizisten abgerückt waren und Mathildas Mutter sich angeboten hatte, einen Kaffee auf den Schreck zu holen, saß der echte Mario Siewers am Krankenbett der echt schönen – wie er fand – Mathilda.

»Sind sie kurz?«, fragte er und bereute die Frage sofort.

Mathilda berührte ihren Kopfverband und nickte. »Wie geht's Ihrem Arm?« Sie schaute ihn an.

»*Deinem* Arm.«

Mathilda schaute verständnislos. »Mein Arm ist einer der wenigen Teile meines Körpers, die nichts abbekommen haben.«

»Nein, äh… Ich meinte, wir können uns ruhig duzen«, stammelte Mario.

Mathilda verzog das Gesicht. »O Mann. Klar, bin ich dämlich. Sorry, mein Hirn läuft noch nicht wieder richtig rund.«

Mario nickte.

»Muss wehtun. *Dein* Arm. Es tut mir leid«, sagte sie.

Er nickte wieder.

»An dem Abend, als mich irgend so ein irrer Motorradfahrer vom Rad gestoßen hat, hatte mich kurz vorher ein Typ angesprochen. Er war eigentlich nett, sah gut aus, und er hat mich fotografiert…«

»… und behauptet, er sei Mario Siewers.«

»Genau. Als ich meine Zeugenaussage bei der Polizei gemacht habe, ritten die immer wieder auf diesem Punkt herum. Aber ich hatte den Namen vergessen. Und als Sie… also, als du dann angerufen hast und ich deinen Namen gehört habe, fiel er mir wieder ein. Und als du gesagt hast, dass du herkommen würdest…«

Mario winkte lässig ab und rieb sich nicht seinen schmerzenden Arm, wie er es eigentlich hatte tun wollte. Er war schließlich hart im Nehmen. Zumindest sollte Mathilda ihn nicht für einen verweichlichten Idioten halten. Er musste sich zusammenreißen, damit er sie nicht anstarrte. Denn auch wenn ein Verband ihre wunderbaren roten Haare – oder das, was davon übrig war – verbarg, war sie ohne Zweifel schön. Nicht glatt und perfekt, sondern wahrhaftig schön. Die dunklen Ringe unter ihren blaugrünen Augen ließen diese kräftig leuchten. Ihre Lippen waren von der trockenen Krankenhausluft spröde und rissig, und trotzdem war ihr Lächeln das reinste Vergnügen. Sie war blass, doch das betonte nur ihre Gesichtszüge, die markant waren, ohne dabei zu herb oder streng zu wirken. Er rieb sich die Augen. Doch danach wurde Mathilda auch nicht hässlicher.

Dann erzählte er Mathilda, warum er hier war. Weil er wissen wollte, wer ihr das – dabei zeigte er auf ihre Verbände – angetan habe. Er ließ sich den Fotoapparat des vermeintlichen Doppelgängers beschreiben. Kein Zweifel, der Mann, der Mathilda fotografiert hatte, besaß eine Profi-Ausrüstung, wie sie Zeitungsfotografen benutzen. Er ließ sich sein Aussehen beschreiben und war nicht überrascht, als sie einfach nur nickte, als er ihr ein Foto auf seinem Smartphone zeigte.

Antonius Hovester und Julius Paul hatten nicht vieles gemein. Hovester fehlte der Ehrgeiz, von dem Dr. Paul durchdrungen war. Dafür fehlte dem Arzt die Freundlichkeit, von der Hovester durchdrungen war. Dabei hätte diese ihm sicherlich bei seiner Karriere dienlich sein können. Denn wenn es um Kontaktpflege, Netzwerken oder Beziehungen ging, konnte ein verbindliches Wesen nicht schaden. Und Hovester hätte, wenn er nur wirklich gewollt hätte, durchaus einen Managerposten in der freien Wirtschaft ergattern können. Jetzt waren sie beide hier, bei den fast Toten, weil passiert war, was passiert war. Sie hatten nie große Worte darüber verloren oder sich gegenseitig geschildert, wie es ihnen ging, als ihre Kinder starben. Sie brauchten einander nicht die Floskeln zu sagen, die man zu sagen pflegte, wenn passierte, was nicht passieren durfte.

Ein Kind muss groß werden, muss wachsen, muss Platzwunden genäht bekommen und kein Gemüse essen wollen, dafür zu viele Süßigkeiten naschen. Ein Kind sollte nicht für immer ein Kind bleiben, weil ihm nicht vergönnt war, zu wachsen und groß zu werden. Ein Kind sollte nicht aus stundenlangen Operationen erwachen, mit großen Narben auf dem Bauch. Es sollte nicht seine Nahrung durch eine Sonde bekommen. Es sollte laufen, hüpfen, rennen, lachen, schreien, bockig sein – nicht still und tot.

Antonius Hovesters Tochter hatte es fast geschafft. Sie war siebzehn, als sie starb. Beinahe volljährig. Sie hätte gerne ihren achtzehnten Geburtstag gefeiert. Die Perücke hatte sie sich schon ausgesucht, die sie an diesem Tag tragen wollte. Sie wäre blond gewesen an diesem Tag. Geburtstage im Krankenhaus zu feiern war bei ihr schon fast eine Tradition. Bei ihrem ersten Krankenhaus-Geburtstag war sie vier Jahre alt. Damals gab es noch keine Klinikclowns, und Eltern hatten nur begrenzte Besuchszeiten. Doch irgendwie hatten sie es überstanden. Mit fünf galt sie als geheilt. Mit siebzehn wurde sie wieder krank. Als Antonius Hovester und seine Frau, die inzwischen nicht mehr seine Frau war, damals die Geschenke in den Müll warfen, weil ihre Tochter sie nicht mehr würde auspacken können, verfluchte Hovester sich, den gar nicht lieben Gott und den Rest der Welt.

Im Jahr darauf hörte er mit dem Fluchen auf und suchte nach einer Lösung. Als er sie fand und begann, Geld für ein Haus zu sammeln, das anders als ein Krankenhaus sein sollte, in dem Menschen menschenwürdig sterben konnten, als er also ein Ziel hatte, das ihm den Sinn seines eigenen Lebens zurückgab, verlor gerade Julius Paul seinen Glauben – und erstickte seinen sechsjährigen Sohn.

»Was wollte sie?« Dr. Julius Paul war ohne anzuklopfen in Hovesters Büro getreten.

»Reden« war die knappe Antwort.

»Schnüffeln würde es wohl eher treffen«, erwiderte Paul.

»Was könnte sie schon finden?« Hovester sah Paul herausfordernd an. »Wir haben doch nichts zu verbergen, oder?«

Paul schnaufte. »Darum geht es doch gar nicht.«

»Worum denn dann?« Hovester hob die Augenbrauen an und fixierte den Arzt, aus dem er nie besonders schlau wurde, den er aber schätzte und dem er seine dauerhaft schlechte Laune verzieh, weil er mit seinen Gästen so gut umging.

Hovester wusste, dass Paul seinen Jungen verloren hatte. Irgendein Vollidiot mit großem Auto und kleinem Hirn hatte ihn auf dem Schulweg angefahren. Der Junge lag im Koma, sein Kopf war schwerstverletzt. Wäre er jemals wieder aufgewacht, hätte sich nicht viel verändert. Die Ärzte sagten ihrem Kollegen damals das, was er ohnehin wusste. Niklas könnte vielleicht eines Tages erwachen, doch wach wäre er dann nicht. Er würde weder laufen noch sprechen noch begreifen können, was mit ihm passiert war. Er würde liegen und starren, statt zu leben. Er war tot, schon bevor er starb.

»Sie hat sich für Sie interessiert«, sagte Hovester, nachdem Paul ihm die Antwort schuldig blieb.

Der zuckte mit den Schultern. »Ich weiß. Ich weiß aber nicht, warum.«

»Wirklich nicht?« Hovester schaute Paul in die Augen.

Dieser hielt dem Blick stand.

»Na, dann haben Sie ja nichts zu befürchten«, sagte Hovester und blätterte in seinen Unterlagen auf dem Schreibtisch.

»Natürlich nicht!«, grummelte Paul.

Als Dr. Julius Paul über den Flur ging und durch eine offene Tür sah, wie eine Krankenschwester gerade das Bett eines Gastes machte und das Kissen neu bezog, schloss er die Augen und blieb für einen Moment schwankend stehen. Nie würde er das kleine Loch vergessen, das in dem weißen Bezug auf der Rückseite von Niklas' Kissen war. Gerade so groß, dass eine kleine Kinderseele herausschlüpfen konnte.

20. Kapitel

Das Navi hatte ganze Arbeit zu leisten, denn Mario Siewers hatte jeglichen Orientierungssinn verloren, als er durch die Straßen Münsters kurvte. In Berlin, so fand er, war das Autofahren wesentlich leichter. Die Straßen waren breiter, war man unsicher, wo es langging, nahm man einfach die rechte Spur und ließ die ungeduldigen anderen Verkehrsteilnehmer überholen – und die lästigen Fahrradfahrer kamen einem auch selten so nahe wie hier. Als es nur noch wenige Hundert Meter bis zu seinem Ziel waren, kam er an einem Schloss vorbei, das man aber kaum sehen konnte, weil sich auf dem Parkplatz davor eine Dinosaurier-Ausstellung in einem großen Zelt breitgemacht hatte. Große Plakate warben für die Urzeittiere, die man für gutes Geld betrachten konnte. Hätte Mario einen Sohn, dann würde auch er sein Portemonnaie zücken, ging es ihm durch den Kopf. Wieso er jetzt plötzlich an die Möglichkeit dachte, doch einmal Vater zu werden, war ihm völlig schleierhaft. Vielleicht gab es ja auch bei Männern so etwas wie die berühmte biologische Uhr. Vielleicht lag es aber auch an den blaugrünen Augen von Mathilda Hundertmark, die ihn sehr kritisch gemustert hatten, als er ihr erklärte, dass er gerne zuerst selbst mit dem Mann reden wollte, der sich ihr in der Disco mit falschem Namen vorgestellt hatte. Mathilda wollte der Polizei die Sache überlassen, doch Mario konnte sie überzeugen, noch ein bisschen damit zu warten. Sie gab nach, nachdem er sich dann doch noch über die schmerzende Schulter gerieben und ihr versprochen hatte, nach seinem Gespräch mit dem falschen Mario Siewers selbst die Polizei zu informieren. Immerhin sei es ja nicht sicher, dass der Mann, dessen Foto auf seinem Smartphone war, auch wirklich der fahrerflüchtige Unfallverursacher sei, so Mario. Mathilda hatte daraufhin die Augen zugekniffen und die spröden Lippen zu einer Art Schmollmund verzogen, den Mario – er wunderte sich über sich selbst – am liebsten geküsst hätte. Dass er es nicht getan hatte, war reine Vernunft gewesen. Er wollte sich zu seinen Armschmerzen nicht noch eine brennende Wange einfangen, die sie ihm garantiert beschert hätte. Denn Mathilda hätte ihre rechte Hand zu einer ordentlichen Backpfeife durchaus noch frei gehabt. So saß er also in seinem Barchetta, hörte der Dame vom Navi zu und malte sich aus, wie er mit seinem rothaarigen Sohn gemeinsam die Welt von Tyrannosaurus Rex, Diplodocus und Brachiosaurus auf dem Münsteraner Schlossparkplatz erkunden würde. Katrin, die Stimme seines Navis, holte ihn wieder in die Realität zurück. Die nächste Straße links, danach wieder rechts. »Sie haben Ihren Zielort erreicht.«

Mario seufzte und fluchte. Was die Parkplatzsituation anging, war es völlig einerlei, ob man sich in Münster oder in Berlin befand. Es gab keine freien Plätze, wo man sie brauchte. Erst zehn Minuten später und nach ein paar

Hundert Metern Fußmarsch stand er vor der Tür des mehrstöckigen Hauses und suchte die richtige Klingel.

Christel Westmark erwartete keinen Besuch, doch weil sie eine Landarztwitwe war, war sie es gewohnt, dass unangemeldet und zur Unzeit Leute zu ihnen kamen. Die meisten wollten zu Lebzeiten ihres Mannes außerhalb der Sprechstunde medizinische Ratschläge, drucksten aber herum, weil sie wussten, dass es sich eigentlich nicht gehörte, an Dr. Westmarks freiem Abend zu stören. Statt also direkt auf den Punkt zu kommen, tauschten sie erst einmal Höflichkeitsfloskeln über den guten Zustand des Rasens oder die ungenauen Wettervorhersagen aus. Das war es, was Christel eigentlich am meisten nervte. Denn so dauerte die Störung noch länger. Trotzdem blieb sie stets nett und höflich. Seit dem Tod ihres Mannes war sehr viel weniger geklingelt worden. Vielleicht sogar zu wenig, wie Christel fand. Sie hätte gerne öfter ein nettes Gesicht gesehen, als sie, kurz nachdem er gestorben war, traurig und einsam in dem viel zu großen Haus lebte. Dann zog Kai ein, und sie genoss es, dass wieder mehr Bewegung, mehr Leben in ihrem Haus war. Doch jetzt war es wieder still.

Sie erschrak, als es läutete, und war dennoch erleichtert, weil es sie befreite. Gerade hatte sie ganze dreißig Minuten auf einem Küchenstuhl gesessen und ins Leere gestarrt. Sie erhob sich und öffnete.

»Frau Westmark?«

Sie nickte. Der Mann, der vor der Tür stand, war ihr unbekannt.

»Können Sie mir bitte sagen, wo ich Frau Latell finde?«

Na, der druckst nicht herum, dachte Christel Westmark und nickte wieder. Als er eine Minute später in seinem Auto davonfuhr, schaute sie ihm noch kopfschüttelnd nach. Eigentlich hatte sie ihn fragen wollen, wer er eigentlich sei und warum er Viktoria so dringend sprechen müsse. Aber aus irgendeinem Grund hatte sie gezögert. Der Fremde hatte seriös ausgesehen, aber unfreundlich. Auf ihren Vorschlag, im Gasthaus König auf Viktorias Rückkehr zu warten, war er überhaupt nicht eingegangen. Er hatte sie eindringlich angeschaut, sich eine Wegbeschreibung zum Truppenübungsgelände geben lassen und war losgeeilt. Das war bestimmt jemand, der etwas mit ihrer Online-Agentur zu tun hat, dachte Christel. Diese Medienleute sind ja oft sehr seltsam, das kennt man schließlich aus dem Fernsehen.

Viktoria hatte gar nicht gehört, dass mehrere Mitteilungen eingegangen waren. Sie lehnte immer noch an der hohen Kiefer. Es war etwas kühler geworden, weil es bereits dämmerte. Hätte sie beschreiben müssen, wie sie sich gerade fühlte, hätte sie gesagt, wie ein ausgewrungenes Handtuch. Sie war leer geweint. Sie war müde. Aber sie hatte das erste Mal seit Monaten nicht mehr diesen tonnenschweren Eisenklotz auf ihrem Herzen. Sie hätte auf der Stelle einschlafen können.

Sie tat, was sie sich seit Kais Verschwinden nicht mehr getraut hatte. Sie schaute die Fotos an, die auf ihrem Handy gespeichert waren. Charly Berendsen streckte ihr darauf die Zunge raus und zeigte ihr den Mittelfinger, Mario verdrehte genervt die Augen. Beim nächsten Bild setzte kurz ihr Atem aus. Kais Gesicht nahm das komplette Display ein, er schaute sie an – so, wie er es immer getan hatte. Wie nur er es konnte. Weil er nichts zu verbergen hatte. Weil er einer von den Guten war. Sie machte weiter. Sie zwang sich. Und war erleichtert. Sie ertrug es. Sie ertrug seinen Anblick. Das letzte Foto hatte sie an ihrem letzten Tag gemacht, kurz bevor er für immer verschwunden war. Es war misslungen. Sie hatte sich und Kai Wange an Wange fotografieren wollen, das Smartphone mit der Hand armweit vor sich gehalten, natürlich mal wieder die falschen Tasten gedrückt und stattdessen den Fernseher fotografiert. Also war das letzte Bild ihres letzten gemeinsamen Tages ein Bild von Winnetou, der in die Ferne blickte. »Grüß mir Kai, dort drüben, in den ewigen Jagdgründen«, flüsterte Viktoria.

Bevor sie die Mitteilungen las, die Hagen ihr geschrieben hatte, atmete sie noch ein paarmal tief ein und wieder aus. Dann las sie, was Hagen ihr über Julius Paul gemailt hatte. Und selbst in ihrem momentanen Zustand als ausgewrungenes Handtuch begriff sie, dass Dr. Paul noch weit mehr zu verbergen hatte, als sie bisher schon geahnt hatte. Böser Julius, dachte sie. Guter Hagen.

Hagen. Ihr war klar, dass Hagen sie bewunderte. Und ihr war klar, dass es ihr gefiel. Zwar war es vielleicht schon ein wenig abgedreht, dass er einen ganzen Ordner angelegt hatte, in dem er Artikel von ihr gesammelt hatte. Doch, was soll's. Jugendsünde. Er hätte sich schlechtere Vorbilder aussuchen können, dachte sie und wunderte sich über ihr doch gut funktionierendes Ego. Wäre die Geschichte mit Kai nicht gewesen, vielleicht hätte sie sich sogar auf eine Affäre mit dem jüngeren Ehrgeizling eingelassen. Er sah gut aus, keine Frage. Trotzdem war sie erleichtert, dass sie neulich aus seiner Wohnung gegangen war, als es plötzlich zu vertraut wurde. Sie hatte sein Bedauern wahrgenommen, als sie die Tür geöffnet hatte. Aber sie hatte auch etwas anderes gemerkt, nur unterbewusst, nur am Rande. Er hatte nervös gewirkt, sein Blick hatte ganz kurz auf etwas anderem geruht als auf ihr. Er musste etwas angeschaut haben, das direkt neben ihr war. Sie versuchte, sich zu erinnern. Was hatte Hagen gesehen, warum war er plötzlich nervös gewesen? Was regte sich in ihrem in den letzten Monaten auf Haselnussgröße zusammengeschrumpften Gehirn? Irgendetwas stimmte nicht …

»Paul, was ist denn das für eine Schweinerei?« Jochen Heselmann betrachtete seinen Sohn, der in seinen Händen einen Kasten hielt, aus dem sich dunkle, feuchte Matscherde über die Jeanshose des Jungen ergoss. Auch Paul fand die Angelegenheit ekelhaft. Und kalt. »Ist das dein Insekten-Terrarium?« Jochen Heselmann trat näher und nahm dem Jungen das dreckige Teil aus Plastik ab.

Paul nickte schuldbewusst. Doch er war auch neugierig. Ob der Maikäfer, den er vor ein paar Monaten dort gefangen gehalten und ertränkt hatte, noch da war? »Papa, wie lange halten sich Tote?«

Heselmann war irritiert. »Wie kommst du denn jetzt auf Tote.«

»Na, der Maikäfer war tot, genauso wie der Mann … Sie haben beide aufgehört, in der Matsche zu krabbeln.«

Heselmann verstand nicht, was sein Sohn meinte. »Welcher Mann?«

»Na der, der in der Pfütze ertrunken ist.«

Heselmann war erstaunt. »Was weißt du von einem Mann, der in einer Pfütze ertrunken ist?«

»Ich bin schuld. Ich habe Matsche drübergemacht und Wasser, und da ist er ertrunken.« Heselmann schaute seinen Sohn an und lachte kurz. »Du hast einen Mann getötet?«

Paul lachte jetzt auch. Sein Vater war also gar nicht wütend. »Nein. Einen Maikäfer.«

»Komm, lass uns dein Terrarium auswaschen, dann kannst du im nächsten Jahr vielleicht wieder einen Maikäfer einfangen.«

»Aber den lassen wir leben.«

Sein Vater nickte. »Ja, und wir lassen ihn auch wieder frei, wenn du ihn dir angeschaut hast, okay?«

Paul nickte.

Und Jochen Heselmann nahm sich vor, nie wieder mit seiner Frau vor dem Jungen über Dinge zu sprechen, die in der Zeitung standen, für die der Kleine aber einfach noch zu klein war.

Paul nahm sich vor, nie wieder bei einem Ausflug mit seiner Kindergartengruppe abzuhauen und auf Entdeckungstour zu gehen. Wäre er einfach bei der Erzieherin und den Heckrindern geblieben, die sie sich auf der Wiese neben diesem Fluss angeschaut hatten, hätte er sich nicht so erschrocken. Denn es war ganz schön gruselig gewesen, als er diesen Mann im Matsch gesehen hatte. Der hatte sich auch bewegt, so wie der Maikäfer am Anfang auch noch. Und dieser andere Mann, der auf ihn zuging, der sah auch irgendwie gruselig aus. Aber auf eine andere Art. Der war nicht matschig gewesen, sondern sauber.

Sie lag da. Die Augen geschlossen, die Gliedmaßen seltsam verrenkt. Das Gesicht blass. Aber nicht leichenblass. Sie schlief, sie war nicht tot. Der Unterschied war klein, aber er war da. Unverkennbar für einen Profi wie ihn. Die Leiche damals, die Frau, die sich stranguliert hatte, sah auf den ersten Blick wie eine Leiche aus. Nicht nur wegen der Einfärbungen im Gesicht. Er hatte sich zunächst überwinden müssen, es direkt neben ihr auszuhalten. Doch dann hatte er sich überwinden müssen, sie nicht anzufassen. Er hatte einen Freund bei der Polizei, der hatte ihm den Tatort gezeigt. Schließlich wollte er gut vorbereitet sein, auf seinen Job. Er würde einige Tote sehen. Und es war nicht seine erste Leiche. Obwohl, eigentlich doch. Die andere Leiche hatte er ja nicht gesehen. Er hatte sie nur geschaffen. Aus einem lebendigen Menschen war ein toter Mensch geworden. Von einer Sekunde auf die andere. Schwupps, weg war der Mensch, zack – da war der Tote. Und den hatte er nicht gesehen, weil er ihn nicht sehen wollte und auch nicht konnte. Vielleicht hätte er genauer hinschauen sollen. In die toten Augen. Vielleicht konnte er die Toten deshalb nicht vergessen. Vielleicht lastete der Fluch deshalb auf ihm, der ihn zwang, sie jetzt alle anzuschauen – die Toten, die gerade Gestorbenen, die Halbtoten, die ums Leben Bettelnden. Mathilda war halb tot gewesen. Er klickte das Foto an, auf dem sie im Gras lag, das auf dem Foto nicht grün war, weil es Nacht war und der Blitz es weiß färbte. Sie lebte halb und starb fast und überlebte ganz. Das Foto von Kai Westmark hatte er nur ein einziges Mal angeschaut und dann sofort gelöscht. Er war ja auch nur ein Mensch. Ein Mensch mit Mitgefühl. Er ertrug den Anblick nicht. Doch was die Festplatte vergaß, hatte sich für immer und ewig in sein Gehirn gebrannt.

Er klickte noch einmal auf das Bild der schlafenden Viktoria. Sie lebte. Noch ein bisschen wenigstens.

Viktoria fröstelte. Sie würde zurückgehen müssen, wenn sie nicht die Nacht hier verbringen wollte. Als sie aufstand, wankte sie. Der Kreislauf! Sie fühlte sich plötzlich wieder, als sei sie die zu schnell gewachsene Dreizehnjährige mit den langen Storchenbeinen und dem blassen Teint. Wenn sie damals zu schnell aufstand, kam das Blut in ihrem Körper nicht mit, und sie fühlte sich ähnlich schwindelig wie jetzt. Sie blieb kurz stehen, stützte sich an der Tanne, Fichte – oder was auch immer dieser Nadelbaum war – ab und setzte langsam einen Fuß vor den anderen. Kai war auf dem schlammigen Boden ausgerutscht, sie würde es nicht auf trockenem Boden tun. Sie hielt sich links, um möglichst schnell an das Ufer der Ems zu gelangen. Hier gab es beinahe so etwas wie einen Weg. Links von ihr ging es recht steil Richtung Wasser. Viktoria musste an die alte Geschichte denken, die Hagen als Erstes in seinem Ordner abgeheftet hatte.

Es ging darin um den dreizehnjährigen Florian, der nach dem Basketballtraining nicht nach Hause gekommen war und der mehrere Jahre als vermisst gegolten hatte. Schließlich fand man ihn an einem besonders heißen Sommertag als aufgedunsene, stinkende und ganz und gar menschenunähnliche Wasserleiche in der Spree. Viktoria kannte jedes Detail im Fall Florian. Sie hatte engen Kontakt zu seinen Eltern, auch heute noch schrieben sie sich zu Weihnachten ein paar warmherzige Worte. Es war leichter für die Eltern, seitdem sie wussten, dass ihr Florian nicht Opfer eines Kinderschänders oder Mörders geworden, sondern schlicht beim Entenfüttern ausgerutscht und in der eiskalten Spree ertrunken war. Viktoria erreichte die Holzbrücke, über die sie auch vorhin gekommen war. Sie blieb auf deren Mitte stehen und lehnte sich mit ihren Ellenbogen auf die Holzbrüstung. Das Wasser rauschte unter ihr, ein paar Enten hockten am Uferrand und schliefen. Florian. Als er ertrank, war es kälter gewesen. Hagen hatte ihr erzählt, dass ihn der Fall damals so fasziniert hätte, weil er selbst kaum älter als Florian gewesen sei. Und weil ihre Texte ihn so berührt hätten. Doch war das wirklich alles? Viktoria fummelte ihr Smartphone noch einmal aus der Innentasche ihrer Lederjacke und begann zu suchen. Sie hätte nicht erklären können, warum sie es tat. Sie hatte keinen Verdacht. Eher ein Gefühl. Instinkt, hätte Charly Berendsen dazu gesagt. Zunächst schaute sie sich die Interneteinträge zum Thema Florian an. Sofort waren da wieder die Erinnerungen an die Gespräche mit den Eltern, die ihr jedes Jahr schwerer gefallen waren. Doch

Viktoria versuchte, sich nicht darauf zu konzentrieren. Sie suchte auch in den anderen Zeitungsarchiven nach Bildern und Fotos. Der *Express* war eindeutig die am besten informierte Zeitung gewesen, doch auch die Konkurrenz hatte ganz ordentlich berichtet. Emotional, wütend, informativ – so wie es sich gehörte in so einem Fall. Vermisste Kinder zogen immer. Egal ob in der seriösen Tagespresse oder im Boulevard. Sie scrollte durch die Seiten und verfluchte das kleine Display. Sie würde auf dem Laptop weitermachen müssen. Hier würde sie sich nur die Augen verderben. Außerdem landete ein Regentropfen auf ihrem Telefon. »Fuck«, fluchte sie und wunderte sich, wie klar und deutlich ihre Stimme klang. Wie lange hatte sie nicht mehr richtig geflucht. Sie versuchte es noch einmal. »Kacke!«, rief sie über den Fluss, gegen das Rauschen der Strömung. Sie schaute ein letztes Mal auf ihr Smartphone, auf dem sich gerade ein Foto von Florian öffnete, auf dem er vielleicht elf oder zwölf Jahre alt war. Die Konkurrenz hatte es von einem Jungen aus seiner Basketballmannschaft bekommen. Es zeigte den Jungen neben ein paar Mannschaftskameraden. Sie alle hatten Medaillen mit einem roten Band um den Hals. Viktoria wischte den Regentropfen vom Display. Sie blinzelte und vergrößerte den Bildausschnitt. Die Medaille hatte eine seltsame Form. Sie war herzförmig, nicht gerade üblich im Sportbetrieb. In der Mitte war ein Basketball abgebildet, die Buchstaben, die dort standen, waren zu undeutlich. Viktoria wusste aber, wo sie würde lesen können, was dort eingraviert war. An Hagens Pinnwand, gleich neben seiner Wohnungstür.

Dort hing die gleiche herzförmige Medaille. »Scheiße!«, sagte sie leise.

»Vorhin konnten Sie aber noch lauter fluchen!«

Viktoria fuhr herum. Er kam ihr irgendwie größer vor. Und er müsste mal wieder seinen Bart stutzen, dachte sie. Direkt hinter ihr stand Dr. Julius Paul …

Vielleicht hatte Mathilda Hundertmark doch recht gehabt, und es wäre besser gewesen, die Polizei einzuschalten. Mario war sich sicher, dass Hagen Dreck am Stecken hatte. Doch er war sich nicht sicher, wie dreckig dieser Dreck tatsächlich war. Vielleicht war er einfach nur ein Hochstapler. Nein, sicher war er ein Hochstapler. Diese Vermutung hatte sich bestätigt, als Mario sich alle Goldeber-Texte, die Hagen verfasst hatte, genauer angeschaut hatte. Fraglos war Hagen ein guter Polizeireporter, er lieferte den Lesern seiner Artikel genaue Details, er interpretierte die Polizeimeldungen richtig, und, was noch wichtiger war, er übersetzte den bürokratischen, gestelzten Beamtenjargon in eine klare, deutliche und verständliche Sprache. Doch die spektakulärsten Fälle, mit denen der Goldeber sich deutlich von der Berichterstattung der anderen Agenturen und Redaktionen abgesetzt hatte, waren die Fälle mit seltsamen Zufällen. Mathilda Hundertmark und die vermisste Studentin – beide hatten sie Hagen vor ihrem Verschwinden beziehungsweise vor ihrem Unfall kennengelernt. Beiden hatte er sich als Partyfotograf vorgestellt. Kein Wunder also, dass er die aktuellsten Fotos liefern konnte. Kein Hexenwerk also, dass er die Namen der vermeintlichen Opfer wusste, bevor die Polizei sie – selbst intern – herausrückte. Im Fall Mathilda, so konnte es Mario mithilfe von Charlys Polizeireporterkontakten, die sogar bis nach Westfalen reichten, herausfinden, hatte die Polizei sogar einen falschen Namen im Protokoll. Mathilda Hundertmark wurde in den Akten als Mathilde Hundertmark geführt. Ein kleines e nur, ein kleiner Fehler. Doch Hagen hatte den richtigen Namen gewusst – und geschrieben. Das konnte Zufall sein – oder auch nicht. Doch wie auch immer: Geschichten selbst zu basteln war für junge, ehrgeizige Reporter verführerisch. Hagen wollte Viktoria vielleicht nur beeindrucken, dachte Mario. Dass er sie bewunderte, daran bestand kein Zweifel. Doch ob er tatsächlich so weit gehen würde, eine junge Frau vom Fahrrad zu stoßen, um eine gute Geschichte liefern zu können? Der Summer brummte, und Mario drückte die Tür auf. Der Charme der frühen Achtzigerjahre hieß ihn willkommen. Ein runder Handlauf aus rotem Plastik, praktische Bodenfliesen in Weiß, auf denen man jeden feuchten Fußabdruck sehen konnte. Ideal vielleicht für Mitarbeiter der Spurensicherung, ein Horror für jeden, der mit Hausflurputzdienst an der Reihe war. Unter den zahllosen Briefkästen stand ein großer Karton mit Prospekten. An fast jedem Kasten klebte ein anderer Aufkleber mit ähnlichem Text. »Bitte keine Werbung einwerfen!« Aus fast jedem Briefkasten schaute jene ungewollte Werbung heraus.

Die Gegensprechanlage hatte geknarzt, doch Hagens Stimme hatte Mario nicht gehört. So hatte sich Mario auch nicht zu erkennen geben. Überraschungsbesuch, dachte er, ist doch immer am schönsten.

Hagen sah das offensichtlich anders. Seine Tür stand nur einen Spalt weit offen, er selbst hatte sich an seinen Schreibtisch verzogen. Als Mario eintrat, wunderte er sich, wie klein das Apartment war. Hagen schloss gerade eine Datei und schaute vom Rechner auf, ohne überrascht zu wirken. »Ah«, sagte er zur Begrüßung. Mehr nicht.

Mario kam näher und schaute sich um. Sollte er Hagen im Stehen mit den Vorwürfen konfrontieren, sollte er fragen, ob er sich setzen durfte, oder sollte er dem aalglatten Kerl gleich in die Fresse hauen. Er blieb stehen. »Na, gerade wieder 'ne Geschichte gefaked?« Die Eröffnung war ihm gelungen, fand Mario. Gleich würde Mr. Superreporter zusammenbrechen.

Doch der Superreporter lächelte, so als habe er etwas anderes erwartet. Er hob die Hände und sagte: »Erwischt.«

Mario war sprachlos. Dass Hagen so gar nicht leugnen würde, damit hatte er nicht gerechnet. Er legte nach. Sagte ihm all das, was er wusste, und erwähnte die Polizei, die ihm Mathilda Hundertmark auf den Hals hetzen würde.

Hagen machte immer noch keine Anstalten, die Vorwürfe abzustreiten. Doch als Mario den Namen Mathilda Hundertmark erwähnte, hatte immerhin sein Mundwinkel ein kleines bisschen gezuckt.

»Hey, sie ist fast gestorben durch deine Aktion. Ist dir das eigentlich klar?« Marios Stimme wurde lauter.

Endlich zeigte Hagen eine Regung. Er hob die Hände. »Halt. Stopp. Das ist völliger Bullshit. Ich habe sie nicht gestoßen, kapiert.«

»Ach … Und warum hast du die besten Unfallfotos von allen? Das ist doch kein Zufall. Ein paar Minuten vorher quatschst du Mathilda an, kurz danach stößt sie ein Idiot vom Fahrrad – und du bist ganz zufällig in der Nähe? Verarschen kann ich mich alleine.«

»Das glaube ich gerne.« Er hatte die Frechheit und grinste breit.

Mario nahm sein Handy aus der Tasche. »Ich rufe jetzt, in diesem Moment die Bullen.«

Die Drohung wirkte offensichtlich. »Nein! Sorry, ich weiß, es sieht alles so aus. Aber ich habe sie wirklich nicht gestoßen. Es war … alles … ein Missverständnis.«

Mario hielt sein Handy noch in der Hand. »Na, dann erklär es mir.«

Hagen lag es nicht, die Wahrheit zu erzählen. Mario fiel es schwer, sich auf Hagens leise genuschelten Worte zu konzentrieren. Ihm lag die Rolle des Verhörspezialisten nicht. Er beobachtete lieber und gab vielleicht später seine schnodderigen Kommentare ab. Jetzt, hier, in dem kleinen Apartment fühlte er sich unwohl. Hagen tat ihm plötzlich leid. Denn dieser selbstgefällige, durchtrainierte, wassertrinkende Supermegaoberreporter war am Ende das, was sie doch alle irgendwie waren: eine arme Wurst. Oder wie sonst konnte man einen Mann bezeichnen, der seit Jahren einer Frau hinterherlief, die er nicht kannte, die für ihn unerreichbar war. Und jetzt – nach allem, was

Mario über Hagen wusste – auch immer unerreichbar für ihn bleiben würde.

Denn Viktoria Latell mochte ja vielleicht auf hübsche, ehrgeizige und begabte Jungs stehen, auf Stalker mit jeder Menge Betrügerpotenzial stand sie aber definitiv nicht. Denn das war Hagen. Das gab er sogar selbst zu.

Mit fünfzehn hatte es begonnen. Hagen war damals ein pickeliger Junge mit zu langen Armen und zu dünnen Beinen und Eltern, die regelmäßig den *Express* lasen. Eigentlich interessierte der Junge sich nicht für die Texte im Blatt. Die Kleinanzeigen, in denen Prostituierte ihre Dienste anboten, die Fotos schöner und leicht bekleideter Frauen, die unter irgendeinem Vorwand abgedruckt wurden, und die Sportergebnisse waren das Einzige, was er hin und wieder ansah. Von Lesen konnte man bei den wenigen Buchstaben, die es zu diesen Themen gab, wahrlich nicht reden. Doch als Hagen ein Foto von dem etwas jüngeren Florian sah, der verschwunden war, las er zum ersten Mal einen etwas längeren Zeitungsartikel. Da fing es an. Bisher hatte er immer gedacht, etwas Geschriebenes, das über die reine Information hinausging, sei langweilig und zu lesen deshalb überflüssig. Doch der Text, den eine Reporterin mit dem Namen Viktoria Latell hier über einen jungen Basketballspieler geschrieben hatte, der nach dem Training nicht nach Hause gekommen war, hatte ihn gepackt. Hagen rang nach Worten. »Ich habe geheult«, sagte er und schaute dabei auf seinen dunkelblauen Teppichboden. »Viktoria hat es geschafft, dass ich über das Schicksal des Jungen geheult habe.«

Mario verstand, was Hagen meinte. Viktorias Texte waren einfach so. Charly Berendsen sagte dazu: »Sie packt einen voll an den Eiern!« Er meinte das durchaus als Kompliment. Viktoria schrieb hart wie ein Kerl. Sie vermied es, auf die Tränendrüse zu drücken, sparte sich jede schwülstige Formulierung und erreichte damit genau das, was wichtig war: Die Leute lasen, was sie schrieb. Und weil sie bei der Sache blieben, weil sie begriffen, was dort beschrieben wurde, was wirklich geschehen war, kamen die Emotionen ganz von alleine. So wie bei Hagen.

Der war nach seinem ersten Latell-Text allerdings nicht nur emotional durchgeschüttelt worden. Er war angefixt. Jeden Morgen blätterte er den *Express* durch und suchte Texte, die mit Viktorias Namen versehen waren. Es dauerte nicht lange, und er kannte ihr Kürzel. Noch ein paar Wochen, und er wusste, wie sie aussah. Sie hatte einen Kommentar geschrieben. Üblicherweise wurden diese mit einem kleinen Foto des oder der Schreibenden versehen. Hagen sah lange schwarze Haare und grüne Augen, die er nicht vergessen konnte.

Seine Noten in Deutsch wurden besser, da er sich plötzlich mehr Mühe gab. Beim Lesen, beim Schreiben. Er sammelte ihre Artikel, unterstrich Sätze, die ihm besonders gelungen erschienen, und kreiste jene ein, bei denen er das Gefühl hatte, etwas stimmte nicht damit. Er malte sich aus, wie er – wenn er erwachsen wäre – mit Viktoria über diese Sätze reden würde. Vielleicht waren sie ja gar nicht von ihr, sondern vom Chefredakteur geändert worden. Vielleicht war sie aber auch unter Zeitdruck gewesen, oder vielleicht hatte sie einen schlechten Tag gehabt. Hagen hatte sich ausgemalt, wie er Viktoria nach einem schlechten Tag trösten würde. Doch das erzählte er Mario nicht. Der begriff auch so, was los war. Dass er Viktoria vergötterte. Dass er alles getan hätte, um ihr zu imponieren. Dass er alles tat, um ihr näherzukommen. Und er kam ihr näher. Er trat in ihre Fußstapfen. Er arbeitete an seiner Karriere als Polizeireporter. Er knüpfte Kontakte, redete mit Polizisten, die er über Freunde kannte, freundete sich mit einigen an. Einer nahm ihn schließlich mit zu einem Mordfall, der sich am Ende als Selbstmord herausstellte. Eine Frau aus Steglitz, Janina D., hatte sich selbst erdrosselt. Hagen und Janina wären sich sicherlich niemals begegnet, wenn sie nicht lebensmüde geworden wäre und ihren Depressionen ein endgültiges Ende bereitet hätte, indem sie sich selbst die Luft zum Atmen nahm. Eine lebendige Janina hätte Hagen nicht interessiert, er hätte sie übersehen. Sie war nicht jung, nicht hübsch genug. Doch weil sie tot war, als er sie zum ersten Mal sah, merkte er sich ihren Namen, er prägte sich ihren Geruch ein und ihre Gesichtszüge, er berührte ihre Haut. Er war fasziniert gewesen. Eine Tote so nah sehen zu dürfen, Einblick in etwas zu bekommen, was sonst keiner sehen durfte. Diese Leiche, das wusste er, würde sicher nicht die letzte sein, die er sehen würde, wenn er Viktoria weiter nacheifern würde. Hagen Pressler würde über Mörder und ihre Opfer schreiben, so wie es Viktoria tat. Und es würde ihm nichts ausmachen, dem Tod so nahe zu sein. Im Gegenteil. Manchmal schaute er sich die Fotos an, die er heimlich von Janina gemacht hatte. Doch die Wirkung ließ nach. Nach ein paar Wochen war es nicht mehr dasselbe. Der Geruch fehlte auf den Bildern, die Angst, entdeckt zu werden. Das Adrenalin. Doch es würden andere Leichen kommen, das wusste er. Das beruhigte und beunruhigte ihn gleichermaßen. Fast schien es, als bräuchte er die Toten für sein Leben.

Als sich die Chance ergab, Viktoria beim Goldeber zu helfen, ergriff er sie. Natürlich. Und weil er wusste, dass Viktoria nur mit besonderen Dingen zu beeindrucken war, machte er sich an die Studentinnen ran. Es war so leicht. Mit einem Fotoapparat in der Hand war das Ansprechen ein Kinderspiel. Er konnte die Mädels aushorchen, ohne dass sie ihn für verrückt hielten. Er sammelte überall seine Informationen – und er setzte sie ein. Der Goldeber hätte schließlich von seinen Aufdeckungsgeschichten profitiert. Ohne die Story von der Vermissten wären die ersten Aufträge nicht so schnell reingekommen, sagte Hagen fast trotzig.

Mario schüttelte den Kopf. »Sie war keine Vermisste. Sie war verreist …« Mario musste sich zwingen, Hagen weiter zuzuhören. Er hatte Lilly Andrea kennengelernt und »Glück gehabt«. Während er neben ihr stand, habe sie telefoniert und darüber geredet, dass sie bald auch nach Gomera aussteigen würde. Sogar das Flugdatum und die Fährverbindung hatte sie genannt, weil die Person am anderen Ende der Leitung sie vom Fährhafen abholen sollte. Später sei er ihr einfach gefolgt und habe deshalb gewusst, wo sie wohnte. Ein kleiner Einbruch in ein Studentenwohnheim sei nun wirklich nicht schwer, und so kam er an Fahrrad und Schuh des vermeintlichen »Opfers«. Es sei die Gelegenheit gewesen, die sich ihm geboten und die er einfach wahrgenommen habe. Es sei so schrecklich einfach gewesen, alle hinters Licht zu führen.

Hagen lamentierte und beteuerte, und doch hatte Mario nicht das Gefühl, dass ihm wirklich bewusst war, dass seine Manipulationen keine kleinen Mogeleien, sondern handfester Betrug waren.

Und vielleicht sogar versuchter Mord. Hagen saß inzwischen auf dem kleinen Sofa, auf dem Viktoria sich ein paar Tage zuvor beinahe den Rücken verrenkt hatte, weil es zu klein für ihre langen Beine war.

Mario versuchte immer noch, in dem viel zu engen Zimmer auf und ab zu gehen. Abrupt blieb er stehen. Ihm reichte Hagens selbstmitleidiges Gelaber. »Okay. Ich habe verstanden. Du hast das alles nur aus Liebe getan! Du hast Fotos gemacht und die dazugehörigen Straftaten fingiert …«

Hagen schaute auf. »Nicht immer. Die meisten Geschichten waren echt, klassische Polizeiarbeit eben. Aber dem Goldeber fehlten Exklusivgeschichten, die kein anderer hatte …«

»Und die hast du …«, Mario suchte nach dem richtigen Wort, »… erfunden.«

Hagen nickte lahm.

Mario rieb sich über die Schläfen. Er musste sich zwingen, die folgenden Worte nicht auszuspucken. »Und deshalb hast du Mathilda Hundertmark vom Rad geschubst – weil du eine exklusive Tote-Radlerin-Geschichte haben wolltest, oder was?!«

Hagen schüttelte den Kopf, den er mit beiden Händen abstützte. »Nein. Ich habe sie nicht geschubst. Ich kann gar nicht Motorrad fahren …«

»Dann war es also Zufall, dass du sie an genau dem Abend getroffen hast?«

Hagen schwieg.

Mario zückte wieder das Handy.

»Schon gut.« Hagen nuschelte weiter, so als wollte er nicht, dass jemand hörte, was er sagte.

Doch Mario hörte jedes Wort, und mit jedem Wort verachtete er Hagen mehr. Ein alter Bekannter, wie er es nannte, hatte ihm einen Freundschaftsdienst erwiesen. Dieser alte Bekannte war aus Berlin mit dem Motorrad angereist, und dieser alte Bekannte hatte Hagen die Geschichte der untreuen Freundin geglaubt, die einen Denkzettel gebrauchen könnte. Der alte Bekannte war auch ein alter Bekannter für die Berliner Polizei, und er arbeitete für Hagen als Informant, was die sogenannte Bandenkriminalität anging. Er war eigentlich ganz nett. Außer, man war es nicht zu ihm. Hagen hatte ihn während einer Recherche kennengelernt und war aus Gründen der Kontaktpflege ein paarmal mit ihm um die Häuser gezogen. Wobei die Häuser nicht gerade jugendfreie Bewohnerinnen hatten. Als Hagen ihn anrief, um ihm zu erzählen, dass seine rothaarige Freundin ihn mit einem Münsteraner Studenten betrügen würde, war der alte Bekannte sofort bereit einzugreifen. Allerdings konnte die Bereitschaft ihren Ursprung auch in der Bezahlung gehabt haben, die Hagen darüber hinaus in Aussicht gestellt hatte.

Per Handy hatte Hagen ihn in der Unfallnacht auf den Parkplatz neben der Disco am Schiffahrter Damm bestellt. Eigentlich sollte der alte Bekannte Mathilda nur anstupsen. Sie sollte ein wenig ins Schlingern geraten – mehr nicht. Hagen wollte ein Foto von einem davonjagenden Motorrad machen und sich der gestürzten Mathilda als Helfer andienen, um eine schöne Hintergrund-Story für den Goldeber machen zu können. »Ich dachte, sie hat einen Helm auf«, sagte Hagen.

»Was für ein Riesenarschloch bist du eigentlich?!« Mario nahm sein Handy.

Hagen sah ihn flehend an. »Bitte – ich wollte das nicht. Ich wusste doch nicht, dass der Typ sie so stößt, dass sie stürzt. Und ich habe auch die Rettung angerufen. Ohne mich wären sie gar nicht so schnell da gewesen …«

Er hatte recht. Da war ein anonymer Anruf gewesen, von einem Prepaid-Handy, er erinnerte sich an den Artikel, in dem auch das erwähnt worden war. Trotzdem. Mario drückte die Kurzwahl. »Ich rufe nicht bei den Bullen an, du Idiot. Wir werden jetzt Viktoria alles erzählen. Sie soll entscheiden, was mit dir passiert.«

Hagen nickte ergeben. Er wusste, wann es keinen Sinn mehr hatte, einen Gegner abzuwehren. Das galt beim Basketball genauso wie jetzt und hier. Und dieser Korb ging klar an Mario.

21. Kapitel

Er wunderte sich manchmal selbst darüber, dass sein Gedächtnis noch so gut funktionierte. »Herr Hesselmann, schön, dass Sie uns besuchen kommen.« Antonius Hovester drückte die Hand des Besuchers, dessen Namen er sofort parat gehabt hatte. »Wie geht es Ihnen?«

Hovester war klar, dass diese Frage im Alltag nahezu nie wahrhaftig beantwortet wurde. Deshalb stellte er sie auch beinahe nie, wenn er außerhalb seines Hospizes war. Doch hier, wenn Menschen sterbenskrank waren oder wenn Angehörige damit umgehen mussten, dass jemand aus ihrer Familie sterbenskrank war, war diese Frage keine Floskel mehr. Sie war ernst gemeint. Sie wurde ehrlich beantwortet. Und deshalb freute es Hovester, dass Sven Hesselmann immerhin sagte: »Es geht so.«

Hovester wollte als Nächstes nach den Kindern fragen. Natürlich konnte man auch das als simplen Floskelaustausch abtun. Doch das war es, was in Momenten des Todes immer am wichtigsten war: Wie geht es dir, wie geht es den Kindern? Punkt. Aus.

Doch Hesselmann begann schon von alleine, von Samuel und Leni zu sprechen. Dass er das Gefühl habe, dass sie es ganz gut verkraften. Dass er aber auch das

Gefühl habe, dass er die Mutter nie würde ersetzen können. Er hatte sich viele Gedanken gemacht, das spürte Hovester und hörte ihm zu – beim Aussprechen seiner Gedanken.

Sven Hesselmann hatte gehört, dass im Hospiz immer wieder ehrenamtliche Helfer gebraucht würden. Er bot sich an, bei kleinen Reparaturarbeiten einzuspringen. Mit Holz könne er ganz gut. Und einen tropfenden Wasserhahn würde er auch noch in den Griff bekommen.

Hovester lächelte ihn an. »Gerne«, sagte er.

»Wissen Sie«, sagte Hesselmann. »Ich fand es nicht gut, dass meine Frau hier bei Ihnen sterben wollte. Ich wollte sie zu Hause haben. Bei uns.«

Hovester nickte. »Ich weiß.«

»Doch es hat sie verrückt gemacht. Im Bett zu liegen und nicht die Kinderzimmer aufräumen zu können. Uns nicht mehr helfen zu können war für sie schlimm. Sie wollte sich einfach nur bei Ihnen ausruhen, glaube ich. Vor ihrer letzten großen Reise.«

»Das hat sie«, sagte Hovester. Er wusste, dass es jetzt nicht wichtig war, mehr zu sagen. Julia Hesselmanns Mann musste jetzt reden. Die Mutter seiner Kinder war gestorben, der Mittelpunkt seiner Familie war irgendwo, nur nicht mehr bei ihm. Trauer ist ein hartes Geschäft, dachte Hovester. Sie erledigt sich nicht von alleine, man muss an ihr arbeiten, und am Ende wird man sie nie ganz überwinden. Das wusste er. Das wusste früher oder später jeder Mensch. Trauer hat immer Konjunktur, sie ist von keinen Moden abhängig, ein echter Klassiker oder Everseller. Gestorben wird immer – und zwar reichlich.

Das Telefon klingelte. Hovester tat es leid, doch Hesselmann schien sogar erleichtert über dieses profane Geräusch, das deutlich machte, dass das Leben und das Läuten weitergingen.

Hovester nahm ab. »Ja, es stimmt«, sagte er nach einer Weile. »Frau Latell war hier. Aber sie ist schon länger weg.« Pause. »Nein, weiß ich nicht.« Pause. »Nein, Dr. Paul, der ist auch nicht hier. Aber warum?« … »Aha. Ja gerne. Auf Wiederhören.« Hovester legte den Hörer langsam wieder auf und schaute Herrn Hesselmann an.

»Frau Latell war also auch bei Ihnen?«

Hovester nickte langsam. »Sie kennen die Reporterin?«, fragte er.

»Ich wusste nicht, dass sie Reporterin ist. Ich dachte eher, sie ist einfach eine traurige Frau, deren Freund gestorben ist. Sie hat nach Namen gefragt, Leute gesucht, die ihn vor seinem Unfall noch gesehen hatten.« Hesselmann versuchte ein schiefes Grinsen.

»Hat sie sich auch nach Dr. Paul erkundigt?«

Hesselmann nickte. »Ich habe ihr gesagt, dass ein Dr. Paul hier im Hospiz arbeiten würde. Ich weiß nicht, ob er und Frau Latells Freund sich getroffen oder miteinander geredet haben.«

Hovester setzte sich. Warum nur hatte die Latell Dr. Paul im Visier? Was hatte sie über den Mediziner herausgefunden? Jetzt hatte auch noch jemand angerufen und sich nach ihrem und Dr. Pauls Verbleib erkundigt. Hovester war nicht wohl bei der Sache. Wenn Dr. Paul auftauchte, würde er ein ernstes Gespräch mit ihm führen müssen. Es konnte nicht sein, dass sein Hospiz durch die eigenmächtigen Mauscheleien eines Arztes – egal aus welchem moralischen Grund diese zu rechtfertigen waren – in Misskredit geriet. Haus Rosengarten konnte keine öffentlichen Gerüchte um Sterbehilfe gebrauchen. Denn unter Beobachtung würde der Handlungsspielraum erheblich eingeschränkt werden. Und das wäre nicht nur schlecht für Hovester, es wäre vor allem schlecht für die Gäste. Was hatte Dr. Paul vor ihm zu verbergen, was er nicht ohnehin schon wusste. Von dem Morphium, das regelmäßig aus den Nachtschränken der Verstorbenen verschwand, wollte er dabei gar nicht reden.

»Mama, wer war dran? Du schaust so komisch.« Patricia Westmark kam mit zwei Teebechern in der Hand aus der Küche. Ihre Mutter hatte im Wohnzimmer einen Anruf entgegengenommen und stand immer noch vor dem Telefontischchen. Der Hörer war wieder in seiner Aufladestation, und wie es Christel Westmarks Gewohnheit war, hatte sie sich auf dem Notizblock, der immer neben dem Telefon lag, den Namen des Anrufers und ein paar Stichworte notiert. So hatte sie es vermieden, wichtige Anrufe zu vergessen, und konnte ihrem Mann stets ausrichten, was auszurichten war. Es war hilfreich, direkt mitzuschreiben, statt alles noch einmal nachfragen zu müssen. Jetzt stand auf dem karierten Papier: *Siewers, Viktoria, Dr. Paul?*

Ihre Tochter stellte den Tee auf dem Tisch vor dem Ledersofa ab, das Christel im Winter etwas zu kühl war, weshalb sie sich immer eine Decke unterlegte, wenn sie es sich zum abendlichen Fernsehen gemütlich machte. Als sie sich gerade zu ihrer Tochter setzte, dachte sie, dass sie eigentlich auch jetzt schon gerne eine Decke unterlegen würde, obwohl der Winter noch weit weg war. Vielleicht sollte ich mir ein neues Sofa kaufen, ging es ihr durch den Kopf. Und ganz kurz freute sie sich darüber, dass sie dieses Mal eines auswählen konnte, das nur ihr gefiel. Ihr Mann würde nicht mitreden und kritisch die Augenbrauen heben, wenn sie – seiner Meinung nach – im Begriff war, das falsche zu favorisieren. Doch Kai, der würde ihr nicht mehr beim Tragen helfen können. Sie ließ sich auf das kalte Leder sinken und hoffte, dass der Tee helfen würde. Wenigstens gegen den kalten Hintern. Gegen die Traurigkeit war kein Kraut gewachsen, das wusste sie inzwischen.

Sie nahm einen Schluck und besann sich auf Patricias Frage. »Da war dieser Fotografenfreund von Viktoria dran.«

»Der Kerl mit dem gelben Rennwagen?«

Christel nickte. »Er sagte, er könne Viktoria weder auf ihrem Handy noch in ihrem Zimmer bei Harry erreichen.«

»Na und …« Patricia verbrannte sich die Zunge und fluchte leise. »Wahrscheinlich will sie nur mal ihre Ruhe haben.«

»Nein, nein. Ich weiß ja, wo sie hin wollte. Sie wollte zu …« Sie zögerte. »Zu der Stelle, an der Kai verunglückt ist.«

»Ins Panzerübungsgelände?«

»Ja.«

»Müsste sie dann nicht langsam zurückkommen? Es wird dunkel.«

»Mmmh.« Christel pustete in den Teebecher und stellte ihn wieder ab. »Das denke ich mir auch.«

Patricia wartete, ihre Mutter war noch nicht fertig.

»Dieser Mario hat mich richtig nervös gemacht. Als ich ihm nämlich gesagt habe, dass so ein Mann mit Bart auch schon nach Viktoria gefragt hätte und ich ihm den Weg grob beschrieben hätte, ist er richtig laut geworden.«

»Ich schätze, er macht sich nur Sorgen um seine Kollegin.« Patricia legte ihre rechte Hand auf die linke ihrer Mutter.

»Das ist es ja«, erwiderte Christel. »Ich mache mir auch Sorgen.«

Das Schwerste war, dass er nicht darüber reden konnte. Das wunderte ihn, denn er war nie ein Mann der großen Worte gewesen. »Julius ist ein stiller Junge«, hatte seine Mutter schon immer entschuldigend zu Nachbarn, Freunden, Onkeln und Tanten gesagt, wenn er sich mal wieder lieber schweigend hinter ihrem Bein versteckt hatte, statt das gute Händchen zu geben. Oder später, als er im Teenageralter war, wortlos die Tür geöffnet hatte und ohne etwas zu sagen wieder in seinem Zimmer verschwunden war. Er war ein stiller Junge und ein schweigsamer Mann. Doch dass er nicht darüber reden durfte, dass er seinen Sohn Niklas mit einem Kissen erstickt hatte, auf dessen Rückseite ein kleines Webloch war, wog schwerer als sein schlechtes Gewissen. Denn das hatte er nicht. Er wusste, dass er richtig gehandelt hatte. Er würde es wieder tun. Dachte er. Das Töten war ihm leichter gefallen, als er befürchtet hatte. Sein Sohn war für ihn schon tot, als seine Kollegen ihm gesagt hatten, dass er für immer schwerstbehindert sein würde. Doch er wusste, dass seine Frau die Sache anders sehen würde. Gegen Mutterliebe war die Vernunft machtlos. Er durfte es ihr nicht sagen. Also schwieg er. Und wäre beinahe daran erstickt.

Auch bei den anderen, denen er half, mit einer Überdosierung Morphium oder ein bisschen Luft in der Spritze, schwieg er. Eisern. Selbst als es eine Ermittlung gab. Es war, als habe er ein Schweigegelübde abgelegt, das ihm verbot, über die Sterbenden und ihren Tod zu reden. Es schützte ihn. Es schützte aber auch die kommenden Sterbenden, die ihn um Hilfe anflehten und denen er helfen wollte. Und jetzt kam sie und wollte, dass er redete. Sie hatte ihn angeklagt. Ohne zu wissen, worum es ging. Sie hatte ihren Freund verloren. Es war ein Unfall gewesen. Anders als bei seinen anderen Toten. Ein Unfall, was konnte er dafür. Was konnte er dafür, dass er Kai Westmark von früher kannte? Dass er ihn nicht besonders mochte, ohne Grund eigentlich? Was konnte er dafür, dass Kai Westmark ihn angerufen hatte, weil seine alte Schulfreundin darum gebeten hatte? Auch sie wollte seine Hilfe. Auch sie wollte, dass er ihre Reisezeit verkürzte. Lieber erste Klasse im Flugzeug als dritter Klasse im lahmen Dampfer verrecken, hatte ihm einer seiner Todeskandidaten einmal gesagt. Und jetzt kam sie und unterstellte ihm, dass er Geld genommen hätte. Sie hätte

Informationen, sagte sie. Natürlich hatte er Geld genommen, sie hatten es ihm ja aufgedrängt. Er hatte keine Lust, ihr zu sagen, dass das Geld in all die Hospize floss, in denen er ein und aus ging. Das hatte er mit dem Sensenmann gemeinsam, kam es ihm in den Kopf. Wir gehen beide ein und aus in den Sterbehospizen. Doch das würde sie nie begreifen. Sie dachte nur an sich und ihre eigene Trauer um ihren Freund, mit dem er telefoniert hatte. Und der so blöd gewesen war, ihn direkt am Telefon danach zu fragen, ob er bei Julia Hesselmann nicht etwas nachhelfen konnte. Beim Sterben. Beim schmerzfreien, raschen Sterben ohne Spuren. Ja, sicher konnte er das, doch das würde er doch nicht einem Arzt erzählen, den er nur flüchtig kannte. Das war ein Geheimnis zwischen ihm und denen, die ihn brauchten. Und jetzt hatte sie ihm gedroht. Sie wollte alles an die Öffentlichkeit bringen. Sie hätte Beweise für seine aktive Sterbehilfe, und sie hätte einen Informanten, der Geldzahlungen bestätigen könnte; sie fragte immer wieder, was er mit Kai Westmark getan hätte. Kai Westmark war ihm egal. Er wollte sich nicht mit ihm befassen und auch nicht über ihn nachdenken.

Er hatte seinen Sohn verloren. Sie nur einen Freund, mit dem sie ein paar Wochen lang gevögelt hatte.

Julius Paul saß auf den Stufen, die direkt ins Wasser der Ems führten. Seine Schuhe waren längst durchnässt, es war ihm egal. Er musste an Niklas denken, wie er mit Gummistiefeln mitten in einer großen Pfütze stand und nach ihm und seiner Frau geschrien hatte. Die Pfütze war so tief gewesen, dass die Gummistiefel randvoll gelaufen waren. Niklas war verzweifelt. Damals konnte Julius ihn retten. Mit seinen Armen entriss er den Jungen der kalten Pfütze. Nach dem Autounfall konnte er nichts tun. Außer ihm bei seinem Abschied zu helfen.

Pauls Blick suchte den Fluss ab. Längst war ihr Telefon nicht mehr zu sehen. Es lag samt ihrer angeblichen Beweise gegen ihn irgendwo auf dem schlammigen Grund und taugte nicht einmal als Fischfraß. Verrecken würden die Hechte an den Kupferplatinen. Julius Paul musste an den Schaukasten im Zoo denken. Dort wurde den Besuchern gezeigt, was in dem Magen eines Seehunds gefunden worden war. Der damals fünfjährige Niklas hatte gelacht und auf die Geldstücke gezeigt, die dort zwischen Plastikmüllresten aufgeklebt waren. »Der ist ja reich«, hatte er gesagt. »Ich will auch mal einen Goldschatz im Bauch haben.« Paul hatte seinem Sohn über die blonden Haare gestreichelt und gelacht. Früher, bevor er zum Mörder geworden war, konnte er das noch. Lachen.

»Gott steh mir bei!«, sagte Dr. Julius Paul. Das Emswasser schien sich verdunkelt zu haben, und gewiss floss es schneller, immer schneller weg von ihm. »Was habe ich getan?«

Hagen saß auf seinem kleinen Sofa und wirkte geschrumpft. Mario stand in der Mitte des Raums und drehte sich im Kreis. Eigentlich hatte er auf und ab gehen wollen, doch hier in diesem beschissenen Mini-Apartment ging es nicht. »Verdammt«, sagte er immer wieder. »Verdammt, verdammt, verdammt.«

Hagen betrachtete seinen Teppich. Doch beim zehnten Fluch sah er auf.

Widerwillig sah Mario ihm in die unterwürfig dreinblickenden Sünderaugen. »Sie ist weg, und dieser Arzt, hinter dem sie her ist, der ist ihr nach …«

Hagens Körpersprache wechselte sofort. Er sprang auf. »Dr. Paul?«

Mario nickte.

Jetzt stimmte auch Hagen ins Fluchen ein. »Das ist schlecht.«

Mario zögerte noch einen Moment, schließlich verabscheute er Hagen und seine windigen Reportermethoden zutiefst, zumal sie beinahe dazu geführt hätten, dass Mathilda Hundertmark nie die Chance gehabt hätte, die Mutter seiner Kinder zu werden. Doch hier ging es um etwas anderes. Viktoria Latell war verschwunden – und Dr. Julius Paul, der Mann, von dem sie glaubte, dass er etwas mit dem Tod von Kai Westmark zu tun hatte, war ihr auf den Fersen. Er hatte gerade mit Christel Westmark gesprochen, die von einem bärtigen Mann in schickem Wagen erzählt hatte und dass der nach dem Weg in das Panzerübungsgelände gefragt hatte.

»Weißt du mehr? Ist er gefährlich?« Es war egal, Mario war auf Hagens Hilfe angewiesen, wenn er Viktoria helfen wollte. Und da Hagen sehr viel an Viktoria lag, war er sicher nicht der schlechteste Helfer.

»Ja, ist er. Es gibt Gerüchte, dass Dr. Paul so eine Art Dr. Tod ist. Sie haben ihn schon mal beinahe wegen Sterbehilfe drangekriegt. Es wäre fast zum Gerichtsverfahren gekommen. Er kann ziemlich unangenehm werden, hat eine Bekannte von ihm erzählt, die ich aufgespürt habe.« Hagen machte eine Pause, so als warte er auf eine hämische Bemerkung von Mario, doch der blieb bei der Sache.

»Was heißt unangenehm?«

»Ich weiß es nicht.«

»Toll nachgefragt, du Superreporter.« Mario konnte es sich doch nicht verkneifen. Was war Hagen doch für eine Flachpfeife! »Hat Viktoria Informationen über ihn, die ihm schaden könnten?«

Hagen nickte. »Jede Menge. Ich habe Quellen aufgetan, die ihm richtig schaden könnten. Und ich habe ihr noch vorhin eine Sache geschickt, von der ich zwar nicht weiß, ob es was bedeutet, die aber sehr heikel ist.«

Mario trat auf Hagen zu. »Nun sag es schon. Was?!«

»Vielleicht hat er seinen Sohn umgebracht!«

Mario schnappte nach Luft. »Und das hast du rausgefunden?«

»Ich habe *vielleicht* gesagt.«

»Verarsch mich nicht. Woher willst du das wissen? Stand er deshalb vor Gericht?«

»Nein. Aber ich habe einfach mal bei seiner Exfrau angerufen und mich als Kindergartenfreund von ihrem verstorbenen Sohn ausgegeben. Der ist ja schon ein paar Jahre tot, und rein theoretisch könnte ich fast sein Alter haben, aber nur fast.«

Mario schüttelte den Kopf über so viel Verderbtheit.

»Ich hatte da so ein Gefühl, dass mit dem Tod des Jungen etwas nicht stimmte. Der Junge lag nach einem Unfall im Koma, und bei einem Arzt, der für seinen freizügigen Umgang mit Sterbehilfe bekannt ist, kann man doch mal ein paar Vermutungen haben …«

»Du bist echt Abschaum.« Mario rieb sich die Augen. »Und seine Ex hat also behauptet, er hätte seinen Sohn getötet.«

»Erstickt.«

Mario atmete tief ein und wieder aus. »Und diese Vermutung hast du Viktoria natürlich weitergeleitet?«

»Natürlich!«

»Und damit konfrontiert sie jetzt wahrscheinlich gerade Dr. Julius Paul, mit dem sie mutterseelenallein in diesem beschissenen Gelände rumtapst, in dem schon Kai Westmark elendiglich ersoffen ist.«

Die beiden Männer sahen sich an. Es war klar, was zu tun war.

Hagen griff nach seiner Jacke. »Ich kenne mich in der Gegend da aus.«

Mario nickte und zog seinen Autoschlüssel aus der Tasche. »Ich fahre. Komm!«

22. Kapitel

Sie war tot.

Oder ein Zombie. Mario war der Schrecken durch alle Glieder gefahren. So wie jetzt hatte er sich zuletzt mit zehn gefühlt, als er heimlich *Psycho* geschaut hatte und das Telefon in diesem Schwarz-Weiß-Film plötzlich so laut klingelte, dass sein Herz für einen Moment aussetzte. Auch jetzt vergaß er kurz zu atmen. Viktoria stand direkt vor ihnen, im dunklen Hausflur. Gerade als sie durch die Wohnungstür stürmen wollten, um sie aus den Fängen des bösen Dr. Tod zu retten. Sie war leichenblass und sah auch sonst nicht gerade aus wie das blühende Leben, doch offensichtlich hatte der böse Doc ihr nichts angetan.

»Mensch, Victory. Hast du mir einen Schrecken eingejagt.« Mario hatte sich wieder gefasst.

Hagen, der hinter ihm stand, sagte nichts.

Doch er war es, den Viktoria fixierte. Mit ihren geröteten Augen. Mario blinzelte. Seine Kollegin gäbe wirklich eine überzeugende Untote ab. Langsam ging sie auf Hagen zu und ließ ihn nicht aus den Augen.

Sie weiß es, dachte Mario. Sie weiß, dass er der mieseste, skrupelloseste Polizeireporter aller Zeiten ist. Sie wird ihn fertigmachen. Er grinste.

»Was hast du mit Florians Tod zu tun?« Sie hatte jedes Wort dieser Frage langsam und betont ausgesprochen. Mario konnte sich nicht verhört haben. Florian? Der Junge, der so lange vermisst worden war und der am Ende als verwester Haufen in der Spree gefunden worden war, was sollte der mit Hagen zu tun haben? Mario beobachtete die Szene und sah, dass es stimmte.

Hagen wich zurück.

Viktoria stand vor ihm. Zornig und müde zugleich. Mario bemerkte, dass sie wankte, so als würde sie gleich zusammenbrechen. Sie flüsterte noch einmal ihre Frage: »Was hast du mit Florians Tod zu tun?«

Hagen wand sich. Er wollte nichts sagen.

Viktoria griff nach dem Ordner in seinem Regal. »Hier, der erste Artikel. Da geht es um Florian. Du bist ungefähr so alt, wie er heute wäre, wenn er nicht zufällig beim Entenfüttern ertrunken wäre. Warst du dabei? Du bist auch Basketballer, nicht wahr? Du kanntest ihn.« Sie drehte sich um und ging mit drei großen Schritten zur Pinnwand neben seiner Wohnungstür. »Wo hast du die Medaille hingetan. Das Herz mit dem Basketball. Du und Florian, ihr habt zusammen gespielt. Ich habe ein Mannschaftsfoto gesehen.«

Hagen senkte den Kopf. Und er begann zu sprechen. Leise. So, dass man ihn kaum hörte, weil er auch nicht wollte, dass man es hörte. Weil es doch nicht wahr sein durfte, was passiert war, in jener kalten Januarnacht, in der alles anders wurde.

Zwei Jungs, die zusammen in einer Mannschaft Basketball spielten. Keine Freunde, aber Teamkameraden.

Sie trafen sich zufällig bei der Autogrammstunde ihres Idols. Gordon Bales, der US-Basketballer hatte ein autobiografisches Buch geschrieben und in Berlin vorgestellt. Sie hatten sich beide in der Schlange angestellt, um ein Autogramm zu bekommen. Doch Bales hatte nur eine halbe Stunde Zeit gehabt. Florian hatte Glück – und das war sein Unglück. Er bekam sein Autogramm und steckte es glücklich in seinen Rucksack. Danach schlenderte er Richtung S-Bahnhof Friedrichstraße. Hagen hatte hinter ihm in der Schlange gestanden. Sie hatten sich kurz zugenickt. Cool. Schließlich waren sie keine Babys mehr. Hagen war Florian langsam gefolgt. Tatsächlich hatte der ein Brot aus seiner Brotdose geholt und damit ein paar schlafende Enten beworfen. Einige von ihnen waren aufgewacht und freuten sich über das Abendbrot. Florian packte die Dose wieder ein und erschrak, als plötzlich Hagen neben ihm stand.

»Du fütterst Enten?«

Florian hatte nur genickt.

»Hey, zeig mal die Autogrammkarte«, hatte Hagen gesagt.

Und Florian hatte sie stolz aus seinem Rucksack gezogen. Normalerweise hatte er mit Hagen nicht viel zu tun. Doch natürlich wollte er seinen Schatz zeigen, er war stolz.

Hagen griff nach der Karte und schaute sie sich an. »Hey, ich finde, du gibst sie einfach mir.«

Florian schüttelte den Kopf. »Auf keinen Fall.« Er wollte seine Karte zurück, doch Hagen hielt sie weiter weg und lachte hämisch.

»Hol sie dir, hol sie dir.«

Florian wurde wütend und versuchte, Hagens Hand zu packen, in der er das Autogramm hielt. Hagen lehnte an der Brüstung und tat so, als wollte er die Karte ins Wasser fallen lassen. Florian stieg auf die untere Sprosse des Geländers, griff nach dem Autogramm, bekam es wirklich in die Hand, lachte kurz und verlor das Gleichgewicht, als Hagen ihn ganz leicht anstupste. Als er ins Wasser fiel, fuhr gerade ein Bus vorbei, sodass niemand etwas hörte. Und weil das Wasser eiskalt war und der Junge sofort still hinabsank, sah auch niemand einen Ertrinkenden. Nur Hagen hatte ihn noch einmal kurz gesehen, wie sich das Mondlicht in seinen Augen gespiegelt hatte. Dann war er weggelaufen. Die Spree hatte die Autogrammkarte bekommen. Und einen Jungen dazu.

»Ich hatte ihn doch kaum berührt. Er hat das Gleichgewicht verloren, ich konnte nichts dafür.«

»Seine Eltern haben fünf Jahre lang nach ihm gesucht. Sie dachten, er lebt noch, sie haben gedacht, er sei entführt worden, würde gequält werden. Fünf Jahre lang! Wie konntest du mit so was leben?«

Hagen rieb sich die Augen.

»Du hast das Leid der Eltern auf deinem Gewissen, Hagen! Und du hast den Jungen auf dem Gewissen.«

Hagen hob die Hände, wie zur Verteidigung.

»Du beschissener Mörder!«

»Nein, ich kann niemanden töten. Ich bin kein Mörder.«

Viktoria wandte sich angewidert ab. Mario fürchtete schon, sie würde sich jetzt auf der Stelle auf den Teppich übergeben. Doch sie ließ sich nur auf einen der kleinen Sessel sinken.

Es war still. Hagen saß auf dem Sofa. Mario stand noch immer in der Tür zum kleinen Flur, Viktoria hockte auf dem Sessel.

»Viktoria, glaub mir. Ich kann niemanden töten. Es passiert einfach.«

»Es passiert einfach? Was soll das heißen?« Sie lachte bitter.

»Ich bin doch kein Mörder …« Jetzt sprach Hagen mehr zu sich selbst als zu Viktoria.

Mario dachte, er würde jetzt davon erzählen, wie er Geschichten für den Goldeber frisiert und damit sogar das Leben einer jungen Frau in Gefahr gebracht hatte.

»Nenn es, wie du willst!«, entgegnete Viktoria. »Man kann doch nicht jahrelang verschweigen, dass man seinen Mannschaftskameraden in der Spree hat ertrinken lassen.«

Hagen wollte sich verteidigen. »Er ist gefallen. Es war ein Unfall. Ich hätte nichts machen können.«

»Doch, du hättest es erzählen können! Du hättest es erzählen müssen! Du warst schuld!« Sie musterte ihn. »Und ich bin mir nicht sicher, ob du ihn nicht in voller Absicht gestoßen hast. Und dann bist du nicht nur ein erbärmlicher Feigling, sondern auch noch ein Mörder!«

Hagen sprang plötzlich auf. »Nein, das bin ich nicht«, sagte er laut. »Sie sterben einfach.«

»Wen meinst du mit sie?« Viktoria klang immer noch müde, doch Mario war hellwach.

Wen meinte Hagen mit *sie*?

»Erst Florian, dann noch beinahe diese Rothaarige.« Hagens Stimme klang weinerlich. »Dabei sollte es nur ein kleiner Unfall sein, und warum die keinen Helm aufhatte, weiß auch keiner. Und das mit Kai, das war …«

»Was war mit Kai?! Was hast du getan?!«, fragte Viktoria mit brüchiger Stimme.

Mario fiel wieder ein, dass Hagen ihm vorhin gesagt hatte, dass er sich im Panzerübungsgelände auskenne. Er war erleichtert gewesen, weil sie so Viktoria hätten finden können. Jetzt erschien dieser Hinweis natürlich in einem anderen Licht. Hagen war schon mal an jenem Ort gewesen, an dem Kai sich erst das Bein gebrochen hatte und dann ertrunken war.

»Ich habe nichts getan«, jammerte Hagen. »Ich habe ihn nur gesehen. Ich bin ihm nachgegangen. Ich wollte wissen, wer der Typ ist, der dich haben darf. Ich wollte ihm ja helfen.«

Viktoria ließ Hagen nicht aus den Augen, die sich nach und nach mit Tränen füllten. »Rede weiter, du verdammtes Arschloch, und erzähl mir, was du *nicht* getan hast!«

Er kannte den Weg. Er war ihn kurz vorher noch selbst mit dem Fahrrad gefahren, als er von Münster nach Westbevern geradelt war. Die Route über Handorf vermied große Straßen und führte mitten durch wunderschöne Landschaften. Kein Wunder, dass sie auch Teil eines Emsradwegs war, der von Radlertouristen genutzt wurde, die die Mischung aus Flachland und viel Natur schätzten. Jetzt folgte Hagen Kai Westmark in umgekehrter Richtung. Er war einfach neugierig. Was war das für ein Mann, für den Viktoria Latell ihren Job in Berlin so vernachlässigte? Die Eckdaten hatte Hagen natürlich schon im Vorfeld herausbekommen. Westmark war Arzt, aber die wenigen Fotos, die man im Netz von ihm finden konnte, waren nichtssagend. Nicht hässlich, aber auch nicht gerade Brad Pitt, hatte Hagen gedacht, und ein Fünkchen Hoffnung hatte in seinem Innern zu glühen begonnen. Ihm war klar, dass er sich wie ein Stalker aufführte, als er sein Studium in Münster begann, nur um Viktoria nah sein zu können und einen perfekten Vorwand zu haben, sich ihr als Polizeireporter für ihr Online-Projekt anzudienen. Er musste es einfach tun. Denn ihre Texte waren es, die ihm damals über den Tod von Florian hinweggeholfen hatten. Er hatte jeden Satz von ihr gelesen. Er sammelte alle Artikel, in denen es um Florian ging. Es war seine Form der Buße. Viktorias Artikel befreiten ihn so von seiner Schuld. Und dafür würde er ihr immer dankbar sein. Als er dann selbst begann, als Reporter zu arbeiten, als er also begann, ihrem Leben nachzueifern, fühlte er sich ihr so nahe, wie er sich noch keinem Menschen nahe gefühlt hatte. Er war nicht verliebt in sie. »Verliebt« wäre ein viel zu kleines Wort für das, was er empfand.

Als er herausgefunden hatte, wo ihr Freund wohnte, war er hingefahren. Er wollte sich ein Bild machen. Mehr nicht. Einfach mal schauen. Dann war Kai aus der Haustür gekommen und losgelaufen. Hagen folgte ihm. Weil Kai nicht gerade raste und er schnell gehen konnte, war es leicht, den Nebenbuhler nicht aus den Augen zu verlieren. Als Kai in das unwegsame Gelände jenseits der

Ems abbog, ließ er sich etwas zurückfallen. Hier würde er auffallen, und er wollte nicht riskieren, dass Kai ihn später vielleicht als den Spaziergänger wiedererkannte, der ihn einmal beim Joggen verfolgt hatte. Hagen würde schließlich schon bald in das Leben von Viktoria treten. Charly Berendsen würde ein gutes Wort für ihn einlegen. Und dass Viktoria auf ihren alten Kollegen große Stücke hielt, wusste er.

Hagen bog also nicht in das von Panzerspuren aufgewühlte Gebiet ein, sondern blieb unschlüssig auf der Holzbrücke stehen. Er würde umkehren, denn außer der Erkenntnis, dass er sportlicher war als Kai Westmark, würde seine Verfolgung nicht mehr bringen. Außerdem begann es zu regnen. Hagen lief zurück zu seinem Fahrrad, das er vor dem Gasthaus König abgestellt hatte, verfluchte das Wetter und saß schließlich samt Rad pitschnass im Zug nach Münster. Als er aus dem Fenster schaute, konnte er die Holzbrücke sehen, auf der er zuvor noch gestanden hatte, nachdem Kai den befestigten Weg verlassen hatte.

»Wenn du mir gesagt hättest, wo du ihn gesehen hast, dann hätten wir ihn vielleicht gefunden.« Viktoria sprach ganz leise.

Doch Hagen hörte ihr nicht zu. Er sprach weiter. Er konnte nicht mehr aufhören, jetzt, wo der Anfang gemacht war. Nachdem er gehört hatte, dass Kai von seiner Laufrunde nicht zurückgekehrt war, wusste er, wo er ihn finden konnte. Er malte sich aus, wie er ihn retten und Viktoria in ewiger Dankbarkeit ihm, Hagen Pressler, verfallen würde.

Als er ihn schließlich fand, war ihm klar, dass es so nicht laufen würde. Er hörte ihn schon schreien, bevor er ihn sah. Kai war eins mit dem schlammigen Boden gewesen, doch jetzt stand er an diesem Baum und winkte und krakeelte um sein Leben. Hagen blieb stehen. Was würde es bringen, jetzt hinzugehen. Er konnte ihn ohnehin nicht den ganzen Weg tragen, Kai hatte offensichtlich ein verletztes Bein, das konnte er sogar auf die Entfernung sehen. Jeder würde sich fragen, warum er ausgerechnet jetzt in diese Gegend kam. Viktoria würde ihn fragen, warum er nicht eher davon erzählt hatte, dass ihr Liebster vermutlich hier zu finden sei. Er zögerte. Machte kehrt. Zögerte wieder. Er könnte gehen und einen Krankenwagen anrufen. Er könnte gehen und das Schicksal entscheiden lassen. Er ging.

Viktoria kauerte auf dem Sessel. Sie hielt sich den Bauch, so als würde sie sich selbst trösten wollen, wiegte sich vor und zurück.

»Ich wollte das nicht, Viktoria. Bitte, es – es war ein Unfall. Ich hatte Angst, Angst, dass du mich für einen Verrückten hältst, dass du mich nicht mögen könntest. Viktoria.« Er suchte ihren Blick. Ihr Gesicht vergrub sie in ihren angezogenen Knien. Hagen stand auf, trat zu Viktoria. Er wollte ihr mit der Hand über ihre Haare streicheln. Er wollte sie trösten.

Sie wehrte ihn ab, schrie: »Fass mich nicht an!« Schlug um sich.

Mario löste sich aus seiner Starre und packte Hagen am Arm. »Lass sie los!«

Hagen stieß Mario zur Seite. Der drehte ihm den Arm

auf den Rücken. Hagen schrie kurz auf und entwand sich dem Griff. Die beiden umklammerten sich. Viktoria schloss wieder ihre Arme um sich, kauerte sich noch enger zusammen. Mario packte Hagen und schubste ihn. Hagen verlor das Gleichgewicht und stieß mit dem Rücken gegen die Glastür zu dem kleinen Balkon. Sie sprang auf. Mario blieb atemlos vor Hagen stehen. Hagen grinste und ging rückwärts. Zwei kleine Schritte nur. »Ein Unfall«, flüsterte er. »Ich kann doch nichts dafür.« Dann ließ er sich rücklings über die Balkonbrüstung fallen.

Zwischen den blauen Papiermülltonen und dem Hollandrad platzte sein Kopf. Das Blut färbte die grauen Pflastersteine, auf die er aufgeschlagen war, in ein undefinierbares Gemisch aus rotbraunen Farbtönen.

23. Kapitel

Wie immer hatte sie lange für den ersten Satz gebraucht. Die Cola light war inzwischen warm geworden und damit ungenießbar. Der Tee, den ihr Christel Westmark fürsorglich nach oben gebracht hatte, war hingegen kalt geworden, was ihn genauso ungenießbar machte. Viktoria überlegte, dass sie vielleicht einmal eine Kolumne über das Thema schreiben sollte, ob es Getränke gab, die bei Zimmertemperatur schmeckten. Spontan fiel ihr nämlich keins ein. Selbst Mineralwasser war doch eindeutig appetitlicher, wenn es in einem Glas mit Eiswürfeln serviert wurde. Die lauwarme Plörre dagegen, die sie immer aus der Plastikflasche während der Arbeit an ihrem Schreibtisch und aus reinen Vernunftgründen in sich hineinkippte, war doch nun wirklich keine geschmackliche Offenbarung.

Sie widerstand der Versuchung, ihren Gedanken über Trinktemperaturen weiter nachzugehen, und zwang sich, den Artikel zu Ende zu bringen, den sie nach langem Ringen um den Einstieg schon beinahe fertig hatte. Das Schreiben war ihr endlich wieder leichtgefallen. Die Finger waren über die Tastatur geflogen, die Überleitungen saßen, die Sätze waren einfach und klar, klischeefrei und mitunter staubtrocken – sie war wieder da. Viktoria Latell lebt, dachte Viktoria Latell und schrieb den letzten Satz. Punkt, dachte sie. Punkt.

Sie hatte seinen Namen geändert. Mehr nicht.

Dies ist die Geschichte eines Mannes, der seinen Sohn tötete. Er erstickte ihn mit einem Kissen, auf dessen Rückseite ein kleines Loch war. Gerade groß genug, dass eine Kinderseele hindurchschlüpfen konnte.

Julius Paul hatte ihr alles erzählt. Er hatte sich bemüht, dabei sehr sachlich zu bleiben. Er hatte ihr erlaubt, darüber zu schreiben. Er hatte ihr verboten, ihm Zwischenfragen zu stellen. Denn dann, so war sich Viktoria sicher, wären seine Bemühungen, sachlich zu bleiben, gescheitert. Sie verstand ihn. Sie hatte es schließlich genauso gehalten, mit dem Verstecken der wahren Gefühle. Wäre sie ein Mann gewesen, sie hätte sich auch einen Bart wachsen lassen wie Dr. Paul.

Der hatte ihr im Übrigen ein neues Handy besorgt und sich die Freiheit genommen, seine eigene Nummer als Viktorias ersten Kontakt zu speichern. Als er ihr das sagte und sie dabei ein bisschen anzulächeln schien, fand Viktoria für einen kleinen Moment Bärte doch gar nicht mehr so übel. Immerhin war der von Dr. Paul gepflegt, und man konnte sich die Gesichtskonturen darunter sehr wohl vorstellen.

Viktoria speicherte den Report und legte ein neues Dokument an. Sie hatte noch einen kleinen Pressetext für das Hospiz zu schreiben. Ehrenamtlich! Mario hatte den Kopf geschüttelt, als sie ihm davon erzählt hatte.

»Ehrenamtlich, Victory!? Du machst Scherze. Du weißt schon, dass du dafür keine Kohle kriegst?«

Sie hatte gelacht. »Und du keine für die Fotos.«

Er hatte nicht sofort verstanden, worauf sie hinauswollte. »Wie Fotos?«

»Du machst die Bilder, Mario!«

Mario hatte natürlich protestiert. Doch er hatte sie gemacht. Es ging um eine Ausstellung verschiedener Künstler aus Warendorf und Ahlen, die ihre Werke versteigern und das Geld den Menschen im Rosengarten zugutekommen lassen wollten. Mario war kein Kunstkenner, doch er hatte schon einige Ausstellungseröffnungen für die Kulturredaktion des *Express* besucht. Entsprechend klein waren also seine Erwartungen an die Provinzkünstler gewesen. Entsprechend groß war dann allerdings auch die Überraschung. Ein Bild gefiel ihm sogar so gut, dass er es selbst ersteigern wollte. *Meise* hieß es. Die Künstlerin hatte den Vogel sehr naturalistisch gemalt, fast so, als sei es ein Foto des zarten Tieres. Doch der Rest der großen Leinwand war mit kräftigem Pinselstrich, grellen Farben und groben Formen bearbeitet worden. Mario hatte viele freie Wände in seiner großen Berlin-Mitte-Wohnung. Die wilde Kohlmeise würde sich gut bei ihm machen. Doch als er Mathilda Hundertmark bei seinem nächsten Besuch im Krankenhaus von dem Bild erzählte und ihre Reaktion sah, als er es ihr auf seinem Kamera-Display zeigte, wusste er, dass er es verschenken würde. Ein zartes Vögelchen mit gelben Federn für seine Rothaarige.

Viktoria hatte den Pressetext in wenigen Minuten fertig. Hovester würde sich freuen. Er selbst schob das Verfassen solcher Texte oft wochenlang vor sich her, bis das Ereignis, das angekündigt oder über das berichtet werden sollte, schon lange vorüber war. Als Viktoria ihn gefragt hatte, ob sie etwas für das Hospiz tun könnte, weil sie gehört hätte, dass immer wieder Hilfe gebraucht werden würde, wusste er, womit sie ihm und den Gästen – und sich selbst – einen Gefallen tun könnte.

Sie speicherte den Text und sendete ihn als Anhang an Hovester. Danach öffnete sie die Homepage einer Online-Apotheke, denn in diesem Kaff gab es ja keine echte Apotheke. Nachdem sie die Bestellung eingetippt hatte, lehnte sie sich in Kais Schreibtischstuhl zurück. Sie hatte die Höhe neu eingestellt, doch der Rücken schmerzte immer noch ein bisschen. Sie atmete tief durch. Am nächsten Tag würde sie das Päckchen Heilerde als Expresslieferung bekommen. Sie würde dann zwei Teelöffel in stillem Wasser – bei Zimmertemperatur! – auflösen und trinken. Es klang ekelhaft, fand Viktoria. Aber es sollte helfen, bei schwangerschaftsbedingtem Sodbrennen. Sie nahm ihre Hände von der Tastatur und legte sie sehr vorsichtig auf ihren runden Bauch.

Epilog

»Hey, Viktoria, ich weiß, du hältst mich jetzt für völlig durchgedreht. Bin ich auch. Ich komme mir vor wie Tom Hanks, in diesem Verschollenen-Film. Wie heißt er doch gleich? Dir fällt es bestimmt ein. Ja, ich meine den mit der einsamen Insel. Tom Hanks spricht doch da immer mit seinem Volleyball. Ich spreche mit meinem Handy. Telefonieren geht leider nicht. Erst dachte ich ja, es ist kaputt. So wie mein Bein und mein Fuß und meine Hand. Doch ich hab's getrocknet, weißt du. Ich habe es unter meinem T-Shirt aufgewärmt, und es kam mir schon vor, als würde es leben, so vorsichtig bin ich damit umgegangen. Und jetzt stell dir Folgendes vor: Es funktioniert wieder. Aber ich kann nicht telefonieren. Hier, wo ich gerade bin, ist nämlich Niemandsland. Kein Empfang. Kein Empfang! Also ehrlich jetzt, das ist keine Ausrede. Aber die Aufnahmefunktion, die funktioniert. Ha, die Funktion funktioniert. Du würdest jetzt Wortdopplung sagen. Sorry, ich bin mit Worten nicht so gut wie du. Ich werde jetzt aber trotzdem weiter mit dir reden, bis der Akku leer ist. Denn das hilft mir gerade. Ich hoffe, dass du das hinbekommst mit dem Abspielen. Vielleicht hilft dir Catchi oder sonst jemand. Denn ich schätze, wenn sie mich finden, werde ich erst einmal lange operiert werden müssen. In der Zeit kannst du dann schon mal hören, was ich dir jetzt erzähle. – Also, um es mal so zu sagen: Ich befinde mich gerade in einer wirklich üblen Situation. Mein Bein sieht furchtbar aus, aber ich merke absurderweise gar nichts. Eigentlich müssten die Schmerzen unerträglich sein, doch es geht mir überraschend gut. Wenn ich auch langsam merke, dass ich etwas wirrer werde als noch am Anfang, als ich gerade ausgerutscht war und hier lag. Da war ich so klar wie lange nicht. In solchen Momenten sollte man Doktorarbeiten schreiben. Wirklich, das war mein erster Gedanke. Und ich hatte noch andere klare Gedanken. Äh … Ja, ich werde es jetzt sagen … Moment – mir ist der Filmtitel eingefallen. *Cast Away* hieß der Film. Aber das ist jetzt egal. Was ich sagen will … Viktoria Latell, ich liebe dich. Na, lachst du? Egal. Ich liebe dich. Es tut mir leid, dass ich es dir noch nicht gesagt habe. Aber im Moment gehen mir die verrücktesten Dinge durch den Kopf. Ich muss an den Tod denken. Nicht weil ich jetzt hier liege und nicht weiß, ob mich jemals jemand hier findet. Irgendwie wird es schon gut gehen. Aber ich habe mich mit einer ehemaligen Schulfreundin getroffen. Sie heißt Julia und hat zwei Kinder – und sie wird sterben. Sie hat mich gebeten, ihr dabei zu helfen. Also beim Sterben. Aber ich habe mich geweigert. Ich habe deshalb mit einem Arzt gesprochen, ich habe ihm gesagt, er soll ihr helfen. Ich weiß nicht: Bin ich feige gewesen? Ich habe meine Verantwortung an ihn weitergegeben. Weißt du, das hat mich beschäftigt in den letzten Tagen, und vielleicht war ich deshalb nicht so bei der Sache vorhin. Ich Depp, warum bin ich nur weggelaufen? Ich wollte mich nicht mit dir streiten. Ich springe jetzt ein bisschen in meinen Gedanken, ich kriege die Zeiten nicht mehr auf die Reihe. Ich habe keine Ahnung, seit wann ich hier liege. Vorhin, oder gestern, hatte ich schon richtige Halluzinationen. Da stand plötzlich ein Mann. Ich habe wirklich laut um Hilfe gerufen, und wenn er echt gewesen wäre, hätte er mich hören müssen. Aber er war plötzlich weg. Richtig spuky war das. Egal. – Tori … Ich … also, was ich noch sagen wollte. Auch wenn ich nicht glaube, dass wir zusammenpassen, und wenn ich nicht weiß, wie es gehen soll mit uns. Ich bin dafür, dass wir zusammenbleiben. Du, ich und … Dreh jetzt nicht durch, aber sag mal: Kann es sein, dass du schwanger bist? Ich kann rechnen und bin Arzt, und als dir neulich schlecht wurde, hattest du nichts getrunken. Und – ähm – deine Brüste sind gewachsen … oder? Nicht, dass ich das schlimm finde. Also das mit den Brüsten genauso wenig wie das mit einem Baby. Tori! Wenn es so ist, dann freue ich mich …

Hier bin ich wieder. Ich bin etwas eingeschlafen, glaube ich. Verdammter Regen, da kommt keiner raus und findet mich. Keiner. Aber es ist gut, dass ich keine Schmerzen habe. Und irgendwie scheine ich jede Menge körpereigene Drogen auszuschütten. Ich bin gerade wirklich sehr, sehr glücklich. Und – das ist jetzt die unglaubliche Wahrheit – wenn ich es mir aussuchen könnte, würde ich gerne einmal in genau solch einem Moment wie jetzt sterben.

Hey, ich glaube, jetzt habe ich wieder Wahrnehmungsstörungen. Da steht ein kleiner Junge, glaube ich. Wow, das müsstest du sehen. Das hat was von diesen Horrorfilmen, in denen plötzlich bleiche Kinder aus dem Nichts auftauchen.

Hey, ich bin's. War ein bisschen weggetreten. Dieses Kind ist nicht wieder aufgetaucht. Aber weißt du, woran ich die ganze Zeit denken muss. An unser Kind und an etwas anderes. Ich weiß, dass du lachen wirst: Ich kriege dieses Winnetou-Zitat nicht mehr aus dem Kopf. Diesen Satz, bei dem ich immer heulen muss. Du erinnerst dich? Pass auf, hör zu, ich kann es selbst kaum fassen, dass ich ihn auswendig kann: ›Nun ist sein Herz leicht und voll von Frieden wie dieser See. Es ist erfüllt von Liebe zu Manitu. Und Winnetou weiß, dass sein Tod nicht mehr fern ist.‹

Tori. Ich höre jetzt auf. Ich schau mal nach, wo der kleine Junge steckt. Vielleicht finde ich ihn. Ich denke, er wollte mich einfach nur abholen. Ich mach mich dann mal auf den Weg …«

Danksagung

Ich danke Doro Karrengarn für ihre wahre Geschichte, Nicki Pollmeier fürs Ping-Pong-Brainstorming, Birgit Waldmann für die Einblicke in ein Hospiz, Dr. Dietmar Wigger für die subdurale Blutung, Dr. med. Karin Varchmin-Schultheiss für die rechtsmedizinische Sicht der Dinge, den Omas für Schreibzeit dank Kinder- und Gartenbetreuung, den Blanvalets fürs dritte Mal, Lars und Gabriella fürs Dran-Glauben und Motivieren, Gerhard Seidl für seine gelassene Geduld beim Lektorieren – und meinen drei Indianern für die gemeinsamen Winnetou-Stunden auf unserem Sofa.

Quellenhinweis

Einige rechtsmedizinische Fakten wurden dem Buch *Todesermittlung – Polizeiliche Aufklärungsarbeit, Grundlagen und Fälle* (Kriminalistik Verlag) von Armin Mätzler entnommen.

Schuss. Aus. Vorbei.

272 Seiten. ISBN 978-3-442-37925-5

Viktoria Latell, Polizeireporterin beim Berliner Express, erhält eines Morgens einen Hilferuf von ihrem Fotografenkollegen Mario. Dieser war über Nacht mit einer Frau zusammen, findet aber außer Blut im Badezimmer keine Spur von ihr. Als Viktoria und Mario herauskriegen, dass die verschwundene Herzdame aus der Münsterländer Provinz stammt, schmieden sie umgehend Reisepläne. Dort angekommen entdecken sie zahlreiche Spuren, die sie nicht immer auf die richtige Fährte locken. Und die wiederholt nach Berlin zu einem noch immer nicht aufgeklärten Vermisstenfall weisen …